Também de Kiera Cass:

SÉRIE A SELEÇÃO
A Seleção
A Elite
A escolha
A herdeira
A coroa
Felizes para sempre — *Antologia de contos da Seleção*
Diário da Seleção

A sereia

SÉRIE A PROMETIDA
A prometida

KIERA CASS

Tradução
CRISTIAN CLEMENTE

O selo jovem da Companhia das Letras

Copyright © 2021 by Kiera Cass

O selo Seguinte pertence à Editora Schwarcz S.A.

Grafia atualizada segundo o Acordo Ortográfico da Língua Portuguesa de 1990, que entrou em vigor no Brasil em 2009.

TÍTULO ORIGINAL The Betrayed
CAPA Alceu Chiesorin e Otavio Silveira
FOTO DE CAPA Marlos Bakker
  VESTIDO Dressing
  PRODUÇÃO Joana Figueiredo
  MAQUIAGEM Ailton Hesse
  TRATAMENTO PÓS-PRODUÇÃO Marcelo Calenda
MAPA Virginia Allyn
PREPARAÇÃO Sofia Soter
REVISÃO Jasceline Honorato e Renato Potenza Rodrigues

Dados Internacionais de Catalogação na Publicação (CIP)
(Câmara Brasileira do Livro, SP, Brasil)

Cass, Kiera
    A traição / Kiera Cass ; tradução Cristian Clemente. — 1ª ed. —
São Paulo : Seguinte, 2021.

    Título original: The Betrayed.
    ISBN 978-85-5534-155-7

    1. Ficção norte-americana I. Título.

21-64234   CDD-813

Índice para catálogo sistemático:
1. Ficção : Literatura norte-americana 813
Aline Graziele Benitez – Bibliotecária – CRB-1/3129

[2021]
Todos os direitos desta edição reservados à
EDITORA SCHWARCZ S.A.
Rua Bandeira Paulista, 702, cj. 32
04532-002 — São Paulo — SP
Telefone: (11) 3707-3500
www.seguinte.com.br
contato@seguinte.com.br

*Para Tara, que ouve minhas histórias para jovens
desde quando nós mesmas éramos jovens.
Meu raio de sol, poderia escrever tantas piadas aqui…
Assim, é melhor você escrever a sua favorita no espaço abaixo.*

....

....

Haha! Minha nossa, é isso mesmo!

CRÔNICAS DA HISTÓRIA COROANA

LIVRO I

Assim, coroanos, preservai as leis,
Pois se abalardes uma, a todas abalareis.

Um

A CARRUAGEM AVANÇAVA, E OLHEI PELA MINÚSCULA JANELA TRAseira, como se alguém pudesse estar me perseguindo. Lembrei a mim mesma de que a ideia era ridícula; não restava ninguém em Coroa para me perseguir. Não mais.

Silas — meu marido — estava morto, assim como meus pais. Eu ainda tinha amigos na corte, mas eram bem mais leais ao rei Jameson, ainda mais depois que eu o dispensei bem na noite em que ele planejava me pedir em casamento. Quanto ao próprio Jameson… parecia ao menos ter me dado o seu perdão por fugir com um plebeu — e ainda por cima um plebeu estrangeiro. Além disso, Delia Grace havia tomado meu lugar ao lado do rei, e eu não o queria de volta.

Eram só esses. As únicas outras pessoas que me importavam estavam ao meu lado na carruagem. Ainda assim, eu olhava para trás.

— Passei a maior parte da vida adulta fazendo exatamente

o mesmo — minha sogra, Lady Eastoffe, comentou, pondo a mão no meu colo.

À nossa frente, minha cunhada, Scarlet, dormia no outro banco. Mesmo durante o sono, algo em sua postura dizia que ela estava pronta para acordar numa fração de segundo, comportamento que havia adotado desde o ataque.

Próximo da janela lateral, Etan, orgulhoso e irritante em seu cavalo, vigiava. Sondava a névoa exígua, e eu notava pelo seu jeito de inclinar a cabeça o tempo todo que estava à escuta de sinais de perigo.

— Se tudo correr bem, depois desta viagem nós todas poderemos parar de olhar para trás — comentei.

Lady Eastoffe — não; ela era minha mãe agora — concordou, olhando Scarlet com solenidade:

— Se tudo correr bem, quando chegarmos à casa dos Northcott, encontraremos uma maneira de confrontar o rei Quinten. Depois disso, tudo vai se resolver... de um jeito ou de outro.

Engoli em seco, pensando no fatalismo daquelas palavras. Um dia, sairíamos vitoriosas do palácio do rei Quinten, ou não sairíamos nunca mais.

Eu observava minha nova mãe, ainda chocada por saber que ela tinha aceitado de livre e espontânea vontade um casamento que a atou tão estreitamente a um rei tão perverso. Mas, pensando bem, eu tinha acabado de fazer a mesma coisa sem saber.

Os Eastoffe eram descendentes de Jedreck, o Grande, primeiro de uma longa dinastia de reis no trono isoltano. O atual governante de Isolte, o rei Quinten, era descendente do primeiro *filho homem* de Jedreck, mas não do *primogênito*. Os Eastoffe descendiam do terceiro filho de Jedreck. Só o bom e velho Etan — um Northcott — podia gabar-se de uma linhagem que remontava ao primogênito, uma filha que fora preterida em favor de um menino.

Seja qual for a história, Quinten considerava qualquer Eastoffe ou Northcott uma ameaça ao seu reinado, que se aproximava de um fim rápido a não ser que a saúde de seu filho melhorasse de repente.

Eu não compreendia.

Não compreendia por que ele parecia decidido a afugentar — ou melhor, a *assassinar* — homens de sangue real. O príncipe Hadrian não tinha o mais forte dos espíritos, e quando o rei Quinten morresse, como todos os mortais, *alguém* teria de assumir o trono. Não fazia sentido ele matar todos os pretendentes legítimos.

Inclusive Silas.

Assim, cá estávamos nós, com a determinação de garantir que aqueles que perdemos não tivessem morrido em vão e com a consciência dolorosa da grande chance que tínhamos de fracassar.

— Quem vem lá?

Ouvimos a pergunta esbravejada em meio aos rangidos das rodas. A carruagem parou no mesmo instante. Scarlet se endireitou de imediato e puxou da anágua uma faquinha que eu nem sabia que ela escondia.

— Soldados — Etan murmurou. — Isoltanos. — Em seguida, acrescentou, mais alto: — Boa tarde. Sou Etan Northcott, soldado a serviço de sua majestade...

— Northcott? É você?

Vi que o rosto de Etan relaxou. Ele estreitou os olhos e, de repente, ficou muito mais à vontade.

— Colvin?

O outro não falou nada, e tomei a resposta como um sim. Etan prosseguiu:

— Estou escoltando minha família para fora de Coroa. Você deve ter ouvido falar do que aconteceu com meu tio. Estou trazendo sua viúva e suas filhas para casa.

Houve uma pausa, insinuando a confusão causada por aquelas palavras, até o soldado tornar a falar:

— Viúva? Você está me dizendo que o Lorde Eastoffe morreu?

O cavalo de Etan se agitou, mas ele o acalmou rapidamente.

— Isso mesmo. Assim como seus filhos. Fui encarregado por meu pai de levar o restante da família de volta para um lugar seguro.

Houve um silêncio desconfortável.

— Meus pêsames para a sua família. Vamos deixar vocês passarem, mas precisamos revistar todos. É o protocolo.

— Sim, claro. Entendo.

Um soldado aproximou-se para inspecionar nossa carruagem enquanto outro a rodeava por fora, verificando debaixo dos eixos. Pela voz, reconheci que o primeiro era o tal de Colvin, com quem Etan tinha conversado.

— Minha Lady Eastoffe — ele disse, inclinando a cabeça para minha nova mãe. — Sinto muito pela sua perda.

—Agradecemos a sua preocupação. E o seu serviço — ela respondeu.

—As senhoras têm sorte de terem sido abordadas pelo melhor regimento de Isolte — ele disse, de peito estufado. — Essa estrada costuma estar lotada de coroanos. Incendiaram um vilarejo na fronteira não faz duas semanas. Se as tivessem encontrado, não consigo imaginar o que poderia ter acontecido.

Engoli em seco, baixando a cabeça, e depois voltei a olhar para o soldado. Naquele instante, ele associou a terceira dama da família Eastoffe ao lugar de onde estávamos partindo. Depois de me encarar, voltou-se para Etan, como que pedindo uma confirmação.

— É a viúva do meu primo Silas.

O soldado balançou a cabeça.

— Não dá para acreditar que Silas se foi... nem que se casou — acrescentou, voltando a me encarar.

Parecia estar corrigindo os próprios pensamentos, dando a entender que não conseguia aceitar que ele tinha se casado *com uma coroana*.

Eram poucos os que conseguiam.

Seu olhar passou do breve julgamento à curiosidade:

— Não posso culpá-la por querer sair de lá — ele me disse, indicando com o queixo a estrada atrás de nós. — Não acompanho muito os acontecimentos de Coroa, mas é impossível não ouvir falar de como o seu rei ficou praticamente louco.

— Ficou? — Etan retrucou. — Não que ele já tenha sido são algum dia.

— Concordo. — O soldado riu. — Mas parece que, desde que foi rejeitado por uma garota, seu comportamento anda errático. Há boatos de que destruiu um dos seus melhores navios, no meio do rio, na frente de todo mundo. Ouvimos também que arranjou outra pessoa, mas que não é fiel a ela em nenhum sentido da palavra. Parece que ele pôs fogo no próprio castelo umas semanas atrás.

— Já estive lá — Etan disse secamente. — Um incêndio só traria melhorias.

Precisei de toda a minha força para segurar a língua. Nem nos seus piores momentos Jameson ia querer destruir aquele ápice da maestria coroana que era o castelo de Keresken.

O único boato que me magoaria caso fosse verdade era o de Jameson estar saindo com outras garotas pelas costas de Delia Grace. Odiava imaginá-la pensando ter conseguido o que sempre quis e descobrindo em seguida que estava completamente errada.

O soldado soltou uma gargalhada com a piadinha de Etan e, em seguida, ficou sério.

— Do jeito que o rei Jameson anda imprevisível, já se fala de uma possível invasão. É por isso que temos de inspecionar as carruagens, ainda que sejam de pessoas em quem confiamos. Parece que o louco do rei Jameson é capaz de tudo a essa altura.

Senti-me corar e odiei a sensação. Nada disso era verdade, claro. Jameson não era louco nem estava planejando uma invasão ou coisa do gênero... Entretanto, a expressão de desconfiança no rosto daquele homem me fez guardar meus pensamentos.

Minha mãe confortou-me, pondo a mão no meu joelho antes de falar com o guarda pela janela:

— Bom, com certeza compreendemos e agradecemos de novo a sua meticulosidade. E não vou me esquecer de rezar especialmente por todos vocês assim que estiver a salvo em casa.

— Tudo certo — o outro soldado avisou do outro lado da carruagem.

— Claro que está — ele respondeu em voz alta. — São os Eastoffe, tonto.

Ele balançou a cabeça e depois se afastou da carruagem.

— Abram passagem nas barricadas! — gritou para os outros. — Deixem-nos seguir. Cuide-se, Northcott.

Etan assentiu, ao menos uma vez guardando o que pensava para si.

Ao adentrarmos a fronteira, avistei dezenas de homens pela janela. Alguns nos saudavam, demonstrando respeito, enquanto outros apenas olhavam, boquiabertos. Temi que algum deles me identificasse como a garota que supostamente tinha feito o rei enlouquecer, que me mandasse descer da carruagem e voltar.

Ninguém fez nada disso.

Embarquei nessa jornada por vontade própria. Mais do que isso: fui eu quem a procurou. Mas esse incidente bastou para me deixar ciente de que eu não estava apenas cruzando uma fronteira; estava adentrando um mundo diferente.

— O caminho até o solar será tranquilo — Etan disse quando nos afastamos da multidão.

Scarlet voltou a guardar entre as pregas da saia a faca que escondera em suas mãozinhas comportadas. Balancei a cabeça. O que ela planejava fazer com aquilo, afinal? Minha mãe estendeu o braço e me abraçou.

— Um obstáculo a menos. Ainda faltam inúmeros — brincou.

E, apesar dos pesares, eu ri.

Dois

Levamos boa parte do dia, mesmo avançando mais rápido do que antes, para chegar até o solar dos Northcott. Soube que estávamos perto quando Scarlet começou a prestar atenção às coisas fora da carruagem e quase sorrir, como se aquela região lhe trouxesse boas lembranças.

A mudança de clima e paisagem se deu de maneira rápida, como se uma chave fosse girada. Havia muitos campos ondulados, e o vento fazia o mato alto dançar diante de nós. Passamos por várias fileiras de moinhos de vento que aproveitavam aquela fonte inesgotável de energia que soprava pelas estradas e contra a carruagem. E havia também os interessantes trechinhos de floresta, onde árvores cresciam em espaços pequenos como se estivessem se amontoando para manterem-se aquecidas.

Finalmente o cocheiro fez uma curva que conduziu a carruagem por entre duas fileiras de árvores altas que formavam a trilha até a entrada de um solar. Raios de sol passavam em meio aos galhos das árvores, fazendo cintilar mesmo os objetos mais comuns. O desgaste das pedras que formavam o calçamento daquela pista e as trepadeiras que iam até o alto da casa diziam o que eu já sabia: aquela família estava ali desde sempre.

Minha mãe passou a maior parte da viagem perdida em pensamentos, mas por fim deixou um brilho de sorriso insinuar-se em seus lábios. Quando chegamos mais perto da casa, ela botou a cabeça para fora da janela lateral sem a menor cerimônia e começou a acenar com um renovado nível de entusiasmo.

— Jovana! — gritou, saltando da carruagem assim que paramos.

— Ah, Whitley, eu estava tão preocupada! Como foi a viagem? As estradas estavam ruins? Scarlet! Fico tão feliz em ver você! — Jovana irrompeu ao ver a sobrinha, sem nem esperar respostas para suas perguntas.

— Temos uma visitante inesperada — Etan informou aos pais num tom de voz que comunicava sua contínua desaprovação.

Ainda assim, criado para ser um cavalheiro, ele estendeu a mão para me ajudar a sair da carruagem. Criada para ser uma dama, eu a tomei.

— Lady Hollis? — perguntou Lorde Northcott, surpreso.

— Ah, Lady Hollis! Pobrezinha! — Lady Northcott apressou-se em me abraçar. — Não acredito que fez todo esse trajeto. Não tinha outro lugar para ir?

— Ela é a senhora das próprias terras agora — Etan comunicou. — Possui um solar muito confortável; vi pessoalmente.

— Mas falta ali uma família — acrescentei, baixo. — Eu precisava estar com a minha família.

— Que coragem — Lady Northcott comentou, passando a mão pela minha bochecha. — Claro que a senhora será sempre bem-vinda em Pearfield. No momento, precisa descansar um pouco. É mais que bem-vinda, e ficará segura aqui.

Etan revirou os olhos, trazendo a verdade à tona com esse único ato: não estamos seguros em lugar algum.

Lorde Northcott tomou a mão de Scarlet.

— Preparamos o quarto com vista para a floresta para você. E Lady Hollis, a senhora…

— Apenas Hollis, por favor.

Ele sorriu.

— Com certeza. Vamos providenciar roupas de cama novas para o quarto logo ao fim do corredor. Que surpresa maravilhosa.

Etan bufou.

Sua mãe lhe deu uma cotovelada.

Eu não dei importância.

— Vamos instalar vocês — Lady Northcott insistiu. — Com certeza foi uma jornada e tanto.

Conduziram-nos escada acima para uma ala da casa com quatro quartos, dois de cada lado do corredor. Minha mãe foi levada a outra ala, provavelmente para ter um pouco de paz, enquanto Scarlet e eu ficamos com Etan, cuja frustração só crescia e ficava mais óbvia. Eu não apenas estava sob o teto dele, mas no quarto bem ao lado. Ele me lançou um olhar fulminante antes de entrar nos próprios aposentos e fechar a porta com tanta força que senti nos ossos.

Meu quarto tinha vista para a frente da propriedade, mostrando os extensos campos que recepcionavam os visitantes do lar dos Northcott. Não havia como negar que eram imponentes e impressionantes. Se eu não estivesse tão obviamente deslocada, o lugar quase me faria lembrar de casa.

Dei uma espiada no quarto de Scarlet do outro lado e vi que ela havia ficado com a vista para os fundos. O que mais me chamou a atenção foi a fileira de árvores densas onde uma lacuna inequívoca marcava uma trilha já bastante gasta desde a floresta até a casa.

Deixei a porta do quarto aberta para ouvir Scarlet do outro lado do corredor. Ela tinha feito o mesmo, e pude ouvi-la guardar as coisas e arrastar os móveis.

Scarlet tinha sons próprios. Eu conhecia seus passos e suspiros como os de ninguém mais. Talvez fosse capaz de captar a marcha determinada de Delia Grace em meio a uma multidão, mas isso não era nada perto da familiaridade que eu havia criado com Scarlet. Talvez por causa das semanas dormindo na mesma cama, ela passou a ser uma espécie de lar para mim, um porto seguro. Se eu não tivesse certeza de que ela precisava de um pouco de espaço, teria pedido para ficarmos juntas.

Lady Northcott surgiu à minha porta com uma pilha de vestidos nas mãos.

— Espero não estar atrapalhando. Não pude deixar de notar que você não trouxe muitas roupas. Pensei que talvez pudesse querer ajustar alguns destes. Receio que tenhamos de ir à corte cedo ou tarde, e pensei que talvez ficasse mais à vontade se tivesse... Não que haja algo errado com suas roupas! É só que... Oh, céus.

Fui até ela, pondo a mão em seu ombro.

— É muito prestativo da sua parte. Obrigada. Por acaso sou boa com a agulha, e focar em alguma coisa vai me fazer bem.

Ela deixou escapar um suspiro que revelava anos de tristeza.

— Perdemos tantos ao longo dos anos, e mesmo assim nunca sei o que dizer para aqueles que ficaram.

Balancei a cabeça.

— Nunca passei por nada parecido... Fica mais fácil em algum momento?

Ela apertou os lábios num sorriso tenso e lamentoso.

— Gostaria de poder responder que sim. — Reequilibrou os vestidos nas mãos. — A luz da sala de estar é boa. Quer me acompanhar até lá?

Fiz que sim.

— Ótimo — disse ela. — Deixe-me apenas chamar Scarlet e Etan. Faz muito tempo desde a última vez em que todos estivemos na mesma sala.

Incomodada, segui-a pelo corredor.

O clima na sala era tenso, sem dúvida. Etan estava inquieto, de cara fechada, lançando olhares para a porta como se esperasse o momento apropriado para fugir. Scarlet, também, visivelmente contava os instantes para se ver livre, e minha mãe cochichava com Lorde Northcott, traçando planos que nenhum dos dois estava pronto para divulgar.

— Esses dois sempre foram conspiradores — Lady Northcott disse, ao notar meu olhar.

— Conspiradores? O que estão conspirando? — perguntei.

Eu alternava entre ela e eles. Lady Northcott penava para passar a linha numa agulha, e achei gracioso seu jeito de colocar a língua para fora ao tentar se concentrar.

— Deixe que eu passe a linha, enquanto a senhora alfineta — ofereci.

Levantei os olhos e me deparei com Etan andando por trás dela, observando-nos cheio de raiva. Aquele olhar deixava meus dedos muito menos firmes. Ele mirou o anel na minha mão direita, o que minha mãe me dera. Passado de geração em geração pela família Eastoffe, tinha pertencido a Jedreck.

Para Etan, o anel não deveria estar comigo. Na verdade, eu concordava com ele, mas o usava com amor. Aceitar aquele anel tinha salvado a vida dela e a minha.

— Obrigada, minha cara. Ah, eles estão tramando o que sempre tramam. Estão...

— Mãe... — Etan entreolhava-nos hesitante. — Tem certeza de que vai contar isso a ela?

Ela suspirou.

— Meu querido, agora ela está envolvida nisso até o pescoço. Acho que não podemos deixá-la na ignorância.

Insatisfeito, ele endireitou as costas e continuou a dar voltas pela sala como um abutre.

— Desde o começo do reinado, Quinten se mostra... estranho, apesar de os ataques abertos contra isoltanos que ousam opor-se a ele só terem começado por volta de uns dez anos atrás. Ele não devia ser rei, e a nossa família está à procura da maneira certa de destroná-lo.

Estreitei a vista para esticar a linha.

— Quando um rei é péssimo de verdade, não costuma acontecer uma rebelião? As pessoas não ficam enfurecidas e simplesmente tomam o castelo?

Ela suspirou.

— Seria o esperado. Mas acho que você, por ser coroana, entende quando eu digo que Isolte é uma terra de leis. O modo de ser de Quinten nos leva a pensar que é ele quem está por trás de todas as barbaridades que têm acontecido em Isolte, e ele com certeza nunca fez nada para contradizer essa suspeita. Mas... e se estivermos errados? E se for um justiceiro solitário? E se for Hadrian, que não tem como se proteger fisicamente, quem está usando outros para derrubar seus oponentes? E se for algum grupo de bandidos agindo por conta própria? Tentar depor um rei sem uma causa justa é contra a lei, mas fazer isso *com* uma causa justa é legal. Se ao menos conseguíssemos pegar ele no flagra, teríamos a prova de que precisamos. Teríamos o apoio de milhares de editos e mandamentos e, depois de difundir a verdade ao máximo, teríamos também o apoio da população. Sem isso, seríamos vistos como usurpadores fora da lei... Qualquer tentativa nossa seria desfeita com a mesma rapidez com que a fizéssemos.

— Então é esse o problema? Ninguém nunca viu com os próprios olhos Quinten dar uma ordem ou puxar uma espada? — perguntei.

Os passos de Etan soaram nítidos atrás de mim e foram ficando silenciosos à medida que ele se aproximava do fim da sala. Respirei, muito mais calma sem a presença dele debruçado no meu ombro.

Lady Northcott fez que sim.

— E, se alguém é capaz de imaginar um jeito de isso acontecer, são esses dois. As mentes mais afiadas entre todos nós quando se trata de planos.

— Bom, então ao menos estamos em boas mãos. Já fico feliz por nada disso depender de mim! Não tenho talento para esse tipo de coisa.

Ela abriu um sorriso.

— Você tem seus próprios talentos, Hollis. Já os vi em ação. E é isso que importa. Temos que usar o que estiver à nossa disposição para fazer a diferença.

—Verdade.

Olhei para Etan do outro lado da sala. Silas jurava que ele também tinha seus talentos. Eu sabia que era um soldado e que parecia manter a calma sob pressão. Faltavam-lhe muitas outras qualidades admiráveis — estando a gentileza no topo da lista —, mas eu era incapaz de negar sua mente rápida. Ainda assim, isso não bastava para despertar minha admiração.

Ele tragou o resto de sua bebida e pôs o copo em um móvel com tanta força que o som ecoou pela sala, atraindo minha atenção, independente da minha vontade. Os olhos dele me examinavam. Algo em sua expressão raivosa me dava calafrios até os ossos. Com um único olhar, Etan Northcott deixava claro, de uma maneira chocante, que me odiava e que estava desesperado para que eu fosse embora.

Mas ele não era o chefe daquele lar, e tudo indicava que, da parte dos pais dele, eu era mais do que bem-vinda. Como se lesse meus pensamentos e quisesse mostrar o quanto eu fazia parte daquilo tudo, Lorde Northcott se levantou e veio até nós.

— A minha esposa está informando você da enrascada em que se meteu? De todos os planos a que você está amarrada agora? — perguntou.

O gesto do pai foi a deixa para que o filho voltasse a andar em círculos.

Levantei a cabeça para o senhor, sorrindo.

— Eu fazia alguma ideia. Mas não imaginava o quanto vocês têm trabalhado por aqui na tentativa de dar o passo certo. Parece que tenho muito que aprender nesse quesito.

Ele se sentou numa cadeira grande de frente para mim, e minha mãe veio até nós, pousando as mãos no encosto dessa mesma cadeira.

— Acredito que não exista momento melhor para contar a você o que sabemos, o que supomos e no que estamos trabalhando.

— Vocês têm certeza de que isso é prudente? — Etan sussurrou, mas não baixo o bastante para que eu não ouvisse.

Pela segunda vez, expressava publicamente que eu não era de confiança.

Lorde Northcott sorriu para o filho, sem julgamento, sem nem mesmo corrigi-lo, apenas dizendo o óbvio na cara dele:

— Tenho. Acho que minha nova sobrinha deveria ser incluída nos nossos planos, por mais frágeis que sejam.

Os olhos de Etan voltaram-se para mim de novo e vi o ar de desconfiança que havia neles.

— Lady Northcott já começou a me explicar um pouco — comentei. — Parece que precisamos de uma prova de que o rei Quinten está por trás das ações dos Cavaleiros Sombrios antes de destroná-lo, certo?

— Isso. Assim, por enquanto, a nossa estratégia é encontrar essa prova. — Lorde Northcott suspirou. — Não que já não tenhamos tentado, claro — ele disse, para mim principalmente. — Tentamos subornar guardas. Temos amigos que moram na corte e estão sempre de olho. Temos... bom, mais apoio do que se imagina. Mas, até agora, não obtivemos muito sucesso. — Ele fitou um por um. — E com os ataques cada vez mais violentos e frequentes, tenho a sensação de que o nosso próximo passo talvez seja a última tentativa de desmascarar as ações de Quinten. Todos nós temos que trabalhar para isso. O que já sabemos? Quem poderia nos ajudar? Por falar nisso... Etan? — Lorde Northcott virou-se para o filho. — Descobriu alguma coisa enquanto estava em Coroa ou no caminho de volta? Imaginava que seus colegas soldados baixariam a guarda perto de você e soltariam algo.

Etan assentiu devagar, recusando-se a falar logo de cara.

— Fiquei sabendo, sim. Parece que a rainha perdeu o bebê e está tentando ter outro.

Olhei para ele, odiando estar desesperada por notícias que só ele podia dar.

— E como está Valentina? — perguntei.

Ele fixou os olhos em mim e disse:

— Não costumo perguntar como andam meus inimigos.

Ali estava uma palavra que ele com certeza associava a mim também.

— Ela é só uma moça. Não fez nada.

— Ela é a *esposa* do meu inimigo. Está tentando dar continuidade à família real mais inescrupulosa de toda a dinastia. Amiga, com certeza, não é.

— *Minha* é — murmurei.

Ele não se deu ao trabalho de responder. Apenas continuou a dar suas notícias:

— Quinten tenta sustentar a ideia de que a rainha está grávida, mas as mulheres da corte dizem que ela não tem desejos e permanece ativa, portanto acho que essa mentira não vai durar muito.

Engoli em seco, imaginando Valentina sozinha no castelo, provavelmente grata por receber uma nova chance e ao mesmo tempo apavorada com o que ia lhe acontecer se fracassasse. Eu não via como tanta pressão ajudaria no processo.

— Príncipe Hadrian tem andado doente. Quer dizer, mais doente do que o normal. Ficou uns dias sem aparecer na corte e, quando o trouxeram, mal podia andar. Não sei o que o rei Quinten acha que ganha com isso, exibindo para todos o filho fraco desse jeito.

— Coitado do rapaz. — Lady Northcott suspirou. — Não sei como conseguiu sobreviver todo esse tempo. Vai ser um milagre se viver até o dia do próprio casamento.

— Quando vai ser mesmo? — minha mãe perguntou.

— A chegada dela está prevista para o começo do ano que vem — Lady Northcott confirmou.

— Ainda estou chocado por terem ido a outro país para encontrar uma noiva para ele — Lorde Northcott comentou.

— O fato de o príncipe Hadrian casar-se com alguém da realeza é tão extraordinário assim? — perguntei.

— É — os outros responderam quase simultaneamente.

A reação me fez arquear as sobrancelhas.

— Hmmm. Antes de partir, fui envolvida extraoficialmente num contrato. Minha primeira filha mulher, caso tivesse um irmão mais velho para herdar o trono, deveria casar-se com o filho mais velho de Hadrian. Jameson disse que era incomum que o rei Quinten fizesse um acordo desses, que qualquer isoltano se casasse com alguém de fora. Acho que tinha razão.

Lorde Northcott olhou-me de olhos arregalados:

— Isso é verdade?

Corri o olhar pela sala e notei que todos se abeiravam de mim, contemplando-me surpresos.

— É. Jameson e Quinten assinaram o contrato, mas Hadrian, Valentina e eu estávamos presentes. Imagino que não dará em nada agora, já que eu não estava expressamente nomeada. Ou talvez o ônus seja transferido para Delia Grace. Por quê? O que tem isso?

— O que será que significa? — Lorde Northcott perguntou-se em voz alta.

— Legitimidade — Etan disse rápido. — Querem outro sangue real na linha de sucessão para que ninguém possa questionar a pretensão de seus descendentes ao trono. Em troca, oferecem aos coroanos uma aliança com Isolte, o maior reino do continente. — Etan balançou a cabeça. — É genial.

Houve um grande silêncio enquanto todos digeriam aquelas palavras. O rei Quinten estava fazendo planos para proteger a si mesmo e a sua linhagem, e nós ainda nem tínhamos ideia de como atacar.

— Há algo que possamos fazer a esse respeito? — perguntei, em voz baixa.

Lorde Northcott franziu a testa profundamente, juntou as mãos e começou a tamborilar os dedos uns contra os outros.

— Acho que não, mas é bom termos essa informação. Obrigado, Hollis. Consegue lembrar de mais alguma coisa dessa viagem em particular, qualquer coisa, que possa vir a ser útil para nós?

Engoli em seco.

— Detesto desapontar vocês, mas insistiram que eu mantivesse distância de Quinten durante a visita e por isso só falei com ele brevemente.

Aquela única e rápida interação despontou na minha memória, nítida e dolorosa como um soco no peito.

— Ah. — Senti meu corpo gelar. Parecia coincidência demais para ser verdade.

— O quê? — Etan perguntou. — Ele tem outros planos?

Balancei a cabeça e meus olhos marejaram contra minha vontade.

— Ele me deu um alerta.

— Quem? Quinten? — minha mãe perguntou.

Confirmei, sentindo as lágrimas transbordarem ao voltar mentalmente ao Grande Salão do castelo de Keresken. Eu segurava a coroa feita por Silas. Ele estava bem ao meu lado quando isso aconteceu.

— Ele percebeu que eu tinha ficado próxima da sua família… E… Não consigo me lembrar das palavras exatas, mas me mandou tomar cuidado para não acabar queimada.

Minha mãe levou a mão à boca, seu rosto era a representação do horror.

Ele sabia. Já naquele momento, ele sabia que ia matá-los e já desconfiava de que eu fosse me aproximar tanto dos Eastoffe a ponto de colocar em perigo minha própria vida.

— Pai, isso não é o suficiente? — Etan perguntou.

— Receio que não, filho. É um tijolo, mas precisamos de uma parede.

Fiquei parada ali, ainda perturbada pelas palavras de Quinten, tentando pensar no que mais ele teria dito.

— Você está bem, Hollis? — Scarlet sussurrou.

Ela estava tão quieta que eu tinha quase me esquecido da sua presença. Mas ela sabia. Tinha as suas próprias assombrações.

Fiz que sim, embora fosse mentira. Às vezes, eu tinha a sensação de que fazia anos que Silas estava morto, de que era um capítulo num livro lido muito tempo antes. Outras vezes, porém, a sensação era de que a dor da perda era tão recente que abria uma ferida e rasgava a pele à força, fazendo meu coração sangrar por um amor tão jovem que mal aprendera a andar.

Sequei as lágrimas. Podia chorar quando estivesse sozinha. Ali não.

— Por falar do ataque, outro detalhe me preocupa.

Voltei os olhos para Etan, que mexia nas abotoaduras como se apenas precisasse de algo com que ocupar as mãos.

— E qual é? — minha mãe indagou.

— Ninguém nas fileiras sabe nada sobre ele.

— E? — minha mãe perguntou.

— O fato de o rei ter conseguido praticamente eliminar uma ramificação inteira da família é o tipo de coisa de que todos ficariam sabendo. Ou pelas bravatas do rei, ou pelo medo dos outros. Mas ninguém comentou nada a respeito quando viajei para Coroa, e ninguém sabia de nada quando atravessamos a fronteira de volta a Isolte hoje. — Ele balançou a cabeça. — Precisamos ficar de guarda.

Lorde Northcott ergueu o rosto para ele, sério e calmo.

— Estamos sempre de guarda.

— Estamos, mas isso é surpreendente — Etan insistiu, gesticulando para minha mãe. — A essa altura era para os rumores estarem se multiplicando. Não estão. Se o rei está calando pessoas, podemos muito bem ser seu próximo alvo.

— Você está deixando sua imaginação dominá-lo, filho. Sempre tomamos cuidado com relação ao rei, mas não há motivos para sairmos correndo em pânico. Continuamos a ser descendentes de uma princesa, não de um príncipe. A rainha Valentina ainda é jovem, e o príncipe Hadrian continua vivo. Acho que, no futuro próximo, o foco dele estará nesses dois, não em nós. Por ora, continuaremos a buscar alguma prova inegável. Não vamos nos esconder e não vamos fugir.

Etan bufou, mas não falou mais; aparentemente, respeitava o pai o bastante para obedecer-lhe. Pelo que eu tinha visto, ele não costumava respeitar muitas coisas.

Mas parte de mim compreendia totalmente a preocupação de Etan. Se os Cavaleiros Sombrios eram capazes de deixar corpos na frente do palácio do rei Quinten para gabarem-se de seus feitos, por que ninguém falava daquilo?

Perguntas demais pairavam em torno da nossa situação, e nenhum de nós sabia como encontrar respostas.

Três

Era meia-noite e eu ainda não conseguia dormir. Uma coisa do castelo de Keresken que me fazia falta — e que nos meus últimos dias lá tanto me irritara — era o fluxo contínuo de sons. O burburinho das criadas, os passos arrastados e mesmo o chacoalhar das carruagens ao longe tinham se tornado uma cantiga de ninar para mim, e as semanas que se passaram desde a minha saída não foram suficientes para eu me acostumar com sua ausência. Peguei-me atenta, na esperança de encontrar alguma melodia que quebrasse o silêncio da noite. Não encontrei.

Às vezes, quando o mundo estava quieto demais, outros sons vinham-me à cabeça, sons que eu tinha inventado. Ouvia Silas gritar. Ouvia-o suplicar. Às vezes, era minha mãe quem gritava. Minha mente tentava completar as lacunas daquilo que desconhecia, imaginando o pior. Eu tentava forçar-me a supor o melhor. Dizia a mim mesma que minha mãe tinha desmaiado de medo de tudo aquilo, e que o meu pai, angustiado, tinha se ajoelhado ao lado dela e segurava sua mão. Desse jeito, ele não teria visto sua morte chegar, e ela não teria sentido nada.

Quanto a Silas, eu era incapaz de imaginar que ele não encararia qualquer coisa que lhe viesse pela frente, boa ou ruim. Se gritasse, não seria para pedir misericórdia ou por medo. Seria como ele se foi: lutando a cada suspiro.

Eu me revirei na cama. Sabia que minha mente ia procurar outras pistas deixadas pelo rei Quinten na sua visita ao palácio, mas não restava nada. Ainda assim tentei encontrar e logo em seguida desejei dormir até enfim perceber que havia coisas demais na minha cabeça dispostas a me impedir, inclusive saber que havia alguém que tanto me odiava logo na porta ao lado.

Então, saí da cama e arrisquei atravessar o corredor até o quarto de Scarlet. Ela também não vinha dormindo bem nos últimos dias.

— Quem está aí? — perguntou, sentando-se rápida como um raio na cama ao ranger da porta. Não tive dúvidas de que já estava com a faca na mão.

— Sou só eu.

— Ah, desculpe.

— Tudo bem, não posso culpá-la. Eu mesma não estou me sentindo muito à vontade — disse, já me sentando ao lado dela na cama.

Estava acostumada. Logo que deixei a corte e os Eastoffe me abrigaram, era no quarto de Scarlet que dormia. Foram dias confortáveis — nós espremidas numa cama que precisava de tantos reparos quanto o resto da casa, acordando com a respiração devagar e sonolenta uma da outra, indicando que não estávamos sós.

Cantávamos músicas aos sussurros e ríamos das velhas histórias e dos rumores da corte. Eu era filha única. Ser absorvida numa família com filhos mais novos e mais velhos e, sobretudo, com uma irmã, era um sonho que se realizava.

O clima definitivamente mudara.

— Eu não paro de pensar na visita de Quinten a Keresken, fico tentando me lembrar de qualquer coisa que ele tenha dito ou feito que pudesse nos servir de prova... Nada me vem à mente, e isso está me levando à loucura.

— Ah, bom, então você vai se encaixar perfeitamente na família — ela disse enquanto eu me ajeitava debaixo dos cobertores. — Acho que deveríamos ter pedido para ficar no mesmo quarto. Depois de morar naquele espaço minúsculo do castelo, percebi como eu gostava de ter minha família por perto. Foi uma alegria nós duas termos sido obrigadas a dividir o quarto em Abicrest.

— Pensei a mesma coisa. Só não quis parecer deselegante. Sua tia e seu tio têm sido tão generosos.

— Eles gostam muito de você — ela disse. — A tia Jovana fala o tempo todo que a sua presença é um alento.

Dei uma risadinha desanimada.

— Meus pais usavam outras palavras para isso, mas estou feliz por ela gostar de mim mesmo assim. Se ao menos Etan parasse de me olhar furioso daquele jeito.

— Por enquanto é só ignorá-lo.

— Eu tento, juro — suspirei antes de soltar a única pergunta para a qual eu tinha alguma voz. — Nós temos alguma chance, Scarlet? Você está nisso desde que nasceu, então sabe melhor do que eu.

Ela engoliu em seco.

— Nosso apoio é muito extenso. Por anos, só nos faltou mesmo um exército a postos. Eu sei que a tia Jovana falou sobre a lei...

— Falou. Não posso dizer que não compreendo, mas parece que as circunstâncias são extremas.

Scarlet respondeu em voz grave e séria:

— Se estivermos errados, seria a morte certa para todos os envolvidos. E se não agirmos rápido o bastante, os Cavaleiros Sombrios podem nos exterminar antes mesmo de começarmos. Quero vê-lo pagar, mas temos que fazer do jeito certo ou tudo será em vão.

Suspirei de novo. Aos meus olhos, era difícil imaginar um jeito certo de consertar tantos erros, mas se era isso que a família dizia, eu estaria de acordo.

— Sabe por que saímos de Isolte? — Scarlet perguntou.

— Silas me contou que foi ideia dele, e a mãe disse que seus rebanhos foram massacrados... Eu também teria ido embora.

Ela balançou a cabeça.

— Lembre: se removermos Quinten do trono, ele terá de ser substituído por *alguém*... Alguém com o sangue real de Jedreck.

Sentei-me na cama, traçando na cabeça a óbvia sequência

de acontecimentos, incapaz de acreditar que nunca tinha pensado naquilo até então.

— Silas?

Ela confirmou com a cabeça.

— Primogênito homem do ramo paterno… Era dele que as pessoas falavam. Bom, as pessoas que tinham coragem suficiente para falar alguma coisa.

Baixei a cabeça, pensando em como tinha sido egoísta. Um país inteiro perdeu algo com a morte de Silas Eastoffe. Eu me perguntei se era verdade o que Etan dissera, se as pessoas ainda não sabiam que ele tinha morrido. Perguntei-me se tinham começado a depositar suas esperanças em…

— Scarlet — balbuciei. — Está me dizendo… que *você* pode se tornar a rainha?

Ela suspirou, mexendo com nervosismo no cobertor.

— Estou rezando para não chegarmos a isso. Parte do motivo de termos voltado é dar apoio ao tio Reid. Ele é quem deveria ser rei.

— Mas… Mas você poderia *governar*. Poderia moldar o mundo ao seu redor como quisesse.

— Você já teve essa opção uma vez. E pela carta que ele enviou antes de partirmos, Jameson praticamente lhe deu essa opção de novo. Você voltaria atrás se pudesse?

— Não — respondi rápido. — Mas eu não seria a governante. Você seria.

Ela deu de ombros.

— O povo pode até me apoiar, mas isso está longe de ser uma certeza como era com Silas.

Um calafrio percorreu meu corpo.

— Então ele sabia? Que o povo o apoiava?

Ela engoliu em seco.

— Uma vez chegamos a fazer planos, talvez uns quatro meses antes de irmos para Coroa. Se for capaz, tente imaginar a mãe e o tio Reid conspirando ainda mais do que agora. Apesar de não termos a prova de que precisávamos, pensávamos que poderíamos agir por causa do povo. O povo está pronto, mas também está aterrorizado. Só que todos esses boatos de que Silas planejava invadir o palácio vazaram antes. Depois que começaram, não tínhamos mais como contê-los. Silas não estava pronto, nenhum de nós estava. As pessoas da corte comentavam, lançavam-nos olhares de alerta… Tínhamos a sensação de que, apesar de nada ter acontecido, os boatos bastaram para decidir o destino de Silas. Então ele implorou que nossos pais fugissem para salvar a família. Tinham a esperança de que voltaríamos algum dia, e acho que Silas adoraria ver Quinten ser julgado, mas ele queria o que todos queríamos: uma chance na vida. Jurou que não voltaria mais. E então conheceu você. Ele tinha todos os motivos para ficar em Coroa.

Não sei ao certo quando comecei a chorar, mas já estava sentindo o gosto das lágrimas.

— Não fez diferença — falei. — Ele perdeu a vida, afinal. Quinten não se contentou em deixá-lo partir.

— Não. Ele só quer tomar e tomar e tomar. Talvez isso devesse nos parar. Mas só me faz querer que ele pague.

Voltei a me deitar, trêmula. Não parava de pensar em Silas,

tão confiante, divertido e inteligente. Pensava nele me abraçando apesar de tantos dos seus compatriotas detestarem os meus. Pensei nele buscando a paz de qualquer maneira que pudesse.

Teria sido um rei maravilhoso.

Mas não quis. Quis outros títulos. Marido. Pai. Amigo. E tudo isso lhe foi negado pela mão ameaçadora de Quinten.

— Como resolvemos isso, Scarlet? Como o fazemos pagar?

— Só consigo pensar numa maneira de garantir que isso nunca aconteça de novo — ela disse, seca.

— Assassiná-lo? — perguntei, odiando cogitar isso. Eu não achava que a resposta à morte era mais morte.

— E Hadrian. E provavelmente Valentina, para garantir. Teríamos que eliminar a família inteira.

Eu mal conseguia respirar.

— Eu seria incapaz de fazer mal a Valentina. Ainda a considero uma amiga.

Scarlet fixou o olhar no teto, aparentando pensar cuidadosamente em suas palavras.

— Não sei se há como descolá-la da família real. Ela é a rainha.

— Eu... Scarlet, eu não consigo.

Depois de uma pausa, ela virou de lado na cama para me olhar.

— Posso perguntar uma coisa que não tem absolutamente nada a ver com o assunto?

— Sim, claro.

— Acha que vai se casar de novo algum dia?

Levantei a mão e toquei o peito. O anel dado por minha mãe ainda figurava orgulhosamente na minha mão direita, como sinal da aliança com minha nova família, mas os anéis que ganhei de Silas estavam numa correntinha, perto do meu coração. Essas eram as únicas joias que me importavam agora.

Às vezes, perguntava-me se deveria ter ficado com o anel do meu pai, passado de geração em geração através de antigas linhagens da aristocracia coroana. Como eu não conseguia ter certeza de qual dos anéis carbonizados que encontramos nos restos do incêndio era o dele, provavelmente nunca me sentiria bem de usar nenhum.

— Não sei — respondi. — Silas me deixou uma marca. Não sei se quero que outra pessoa deixe também. Não importa quanto tempo passe, acho que nunca vou esquecer o que ele fez para mim, por mim. Talvez não pareça agora, mas sempre vou ter a sensação de que ele me resgatou.

Ela ficou quieta por um tempo antes de comentar:

— Acho que ele ficaria feliz de saber que é assim que você se sente, mesmo depois de tudo o que aconteceu. Acho que também ficaria feliz de saber que você não quer ferir ninguém. Era o jeito dele.

Abri um sorriso.

— Eu sei. — Eu tinha uma vida inteira de coisas para aprender sobre Silas, mas conhecia seu caráter e o levaria sempre comigo. Engoli em seco. Não sei se queria continuar falando sobre ele. — E você? Pretende se casar?

— Não sei se consigo. Não mais — ela confessou. — Parece que sempre haverá uma espécie de muralha ao meu redor.

— É uma boa maneira de descrever a sensação. É difícil para mim pensar em deixar alguém se aproximar tanto quanto deixei Silas... Antes de partirmos, fui até seu túmulo. Disse-lhe que a minha sensação era a de que tinha de deixá-lo para trás para conseguir continuar vivendo.

— É mais ou menos assim que funciona.

— Quantas pessoas você já perdeu?

— O suficiente para aprender que elas têm que ser marcos para mim, não âncoras.

— Por favor, não me abandone, Scarlet.

— Não está nos meus planos. Pretendo estar de pé quando tudo isso acabar. Livre.

— Ótimo. É o que eu quero ver.

De repente, me senti exausta. Cansada de me esconder, cansada de fugir, cansada de tentar ser tantas coisas. Estendi a mão para que Scarlet pudesse segurá-la se quisesse. Ela enlaçou delicadamente os dedos nos meus, e enfim me senti segura para dormir.

De manhã, acordei ao som dos passarinhos e me dei conta de que Scarlet e eu estávamos deitadas de costas uma para a outra; o calor de outra pessoa me protegia das pontadas do ar frio da aurora. Fazia séculos que não me sentia contente assim, e não tinha a menor vontade de sair da cama.

Como se lesse meus pensamentos, Scarlet murmurou:

— Temos que ir comer agora, não é?

— Trouxe um pouco do dinheiro que ganhei de Jameson. Podemos roubar cavalos e virar nômades — propus.

— Eu podia fingir que sei ler folhas de chá e tirar a sorte.

— Eu podia fazer uma apresentação de *allemande*. Com certeza aprenderia a dançar.

—Totalmente.Você é uma dançarina muito talentosa.

— E você também. Seríamos um espetáculo e tanto.

— Seríamos — ela disse, e depois de um instante acrescentou: — Mas não existem leis contra viajantes?

— Provavelmente… Então é isso: cadeia ou café da manhã. Ela suspirou.

—Acha que a comida é boa na cadeia?

Refleti um pouco antes de responder:

— Bom, se a escolha é entre café da manhã com Etan e cadeia, eu aceito qualquer coisa que me servirem lá.

Quatro

Enquanto me contorcia toda para amarrar o vestido, lembrei-me do tempo em que era um privilégio ter uma pessoa que me ajudava a vestir as roupas. Fiz o que pude sozinha, mas ia precisar de Scarlet para finalizar as mangas.

Tinha passado muito tempo acordando no castelo de Keresken, e depois me acostumei a acordar em Abicrest. Quando Abicrest acabou, me acostumei a acordar no solar Varinger. E agora lá estava eu, em Pearfield, acordando em mais um lugar diferente, com regras e ritmos novos. Perdi o compasso antes mesmo de qualquer coisa começar.

Saí do quarto na esperança de que Scarlet estivesse à minha espera. Ela não tinha se aprontado ainda, e eu comecei a circular por nosso curtíssimo corredor, deixando meu olhar correr solto pelo ambiente. Não queria criticar a arquitetura, mas tudo parecia simples demais. Forte, mas simples. Por que não esculpir relevos nas vigas? Por que não pintar uns padrões nas paredes? Havia tanto espaço.

Tentei refrear meus pensamentos críticos. Talvez houvesse alguma beleza no potencial desaproveitado ali, como a tentação infinita de uma página em branco.

Para estragar meus pensamentos tranquilos, Etan saiu do quarto, ajustando as mangas da camisa. Parou assim que me viu, e apertou os olhos para me examinar. Tão frios, aqueles olhos, um azul-acinzentado que me lembrava do céu quando uma tempestade se armava. A barba por fazer lhe dava uma aparência meio desleixada, louca ou zangada... Eu não conseguia encontrar a palavra, mas não era positiva.

— Suas mangas estão desamarradas — ele comentou.

— Eu sei. Preciso de outro par de mãos e não tenho criada.

Ele cruzou os braços.

—Você podia chamar uma criada.

Não me dei ao trabalho de contar que tinha pedido água ontem para me lavar e não recebi nada. Nem que, depois de perceber que ninguém viria preparar meu quarto à noite, acendi sozinha a lareira antes de dormir. Não ficou bom, mas serviu.

— Eu já chamei outra vez, mas até agora ninguém apareceu.

— Não posso culpá-las. Eu certamente não te atenderia por dinheiro algum. — Ele se aproximou até parar bem na minha frente. — Qual é o seu segredo? Vou descobrir mais cedo ou mais tarde, mas você economizaria o tempo de todos se me contasse agora.

— Como é?

— Sei quem você é e sei como foi criada, e sei que a sua

lealdade a Coroa é muito maior do que a Isolte. Então, por que está aqui? Qual é o verdadeiro motivo?

Encarei-o, chocada.

— Meus pais estão mortos. Meu marido está morto. Esta é a única família que tenho. É *por isso* que estou aqui.

Ele balançou a cabeça.

— Vi como Jameson Barclay a olhava. Se você voltasse àquele castelo, seria recebida de braços abertos.

— Os braços dele estão ocupados com outra pessoa. Não há mais lugar para mim na corte de Jameson.

Ele permaneceu parado, analisando-me de cima a baixo.

— Duvido.

Ergui os braços em rendição.

— Não sei onde você quer chegar, Etan. Silas foi meu último segredo. Por isso, seja lá o que acha que está acontecendo, você está errado.

— Estou de olho em você.

— Já percebi.

Bem nesse instante, Scarlet saiu de seu quarto, e a vi arquear as sobrancelhas ao notar como ele estava perto de mim. Etan me fulminou com um olhar frustrado e desceu. Estendi as mangas do meu vestido para Scarlet. Nem precisei pedir.

— O que foi isso? — ela perguntou, amarrando os lacinhos.

— Etan está de olho em mim. Não o suporto.

Ela suspirou.

— Etan às vezes é... intenso.

— Intenso? Essa é a palavra que você vai escolher?

— Mas às vezes também é muito gentil, até divertido, depois que você o conhece melhor.

Meu queixo caiu.

— Gentil? Divertido? — desdenhei.

— Sei que não parece. Cada um lida com a dor de um jeito. Etan fica na ofensiva. Só não percebe que está dirigindo seus esforços para o alvo errado.

Refleti um pouco antes de perguntar:

— E eu vou ter de esperar até ele perceber?

Ela fez que sim.

— Exatamente. Ele vai mudar quando enxergar você como nós a enxergamos, e, para ser bem sincera, vocês dois são a minha menor preocupação no momento.

A tensão estava tomando conta de Scarlet. Notei que ela estava ofegante e com as mãos trêmulas ao fazer o último laço. Já não estava ali comigo, mas sim de volta a Abicrest, no meio do ataque.

— Quer conversar sobre isso?

— Ainda não. — Ela balançou a cabeça.

— Bom, se um dia decidir que está pronta...

— Você vai ser a primeira a saber. Os outros não iam entender, e minha mãe não seria capaz de suportar. Só não quero falar disso ainda.

Tomei as mãos dela, apertando-as.

— Tudo bem. Vamos acertar as coisas, Scarlet. Vamos dar um jeito.

Ela fez que sim e respirou fundo para se acalmar. Scarlet não conseguia esconder tudo, mas também não estava pronta para mostrar o quanto aquilo lhe doía. Eu sentia até certo privilégio por ela baixar a guarda quando estava comigo.

— Já estou pronta. Vamos — ela disse, e descemos de braços dados. — Estava pensando em talvez me mudar para o interior, para o norte, bem longe de tudo.

— Não a culpo. Depois do agito da vida na corte, talvez seja bom um lugar mais tranquilo. Depois que a gente derrubar um reinado e distribuir justiça, sabe? — brinquei.

Ela abriu um sorriso malicioso.

— Vou encontrar uma casa e deixar um quarto reservado especialmente para você, caso se case e queira um lugar para onde fugir quando o seu marido estiver chato.

Ri e segurei o braço dela com um pouco mais de força.

— Talvez acabemos duas velhas solteironas.

— Com muitos bodes.

— Gosto de bodes.

— Então estamos combinadas.

Quando chegamos à sala de jantar, minha mãe já estava sentada, bem como Lorde Northcott. Conversavam aos sussurros, mas levantaram a cabeça e abriram um sorriso radiante ao nos ver entrar.

— Bom dia, garotas — Lorde Northcott nos cumprimentou, feliz. — Parece que descansaram bem.

— Então conseguimos enganá-lo — Scarlet gracejou.

Esperava que Etan já estivesse ali, mas deve ter ido resolver alguma coisa antes, porque entrou na sala segundos depois de nós.

Cumprimentou o pai e sentou-se à minha frente, recusando-se a me dar qualquer folga.

Havia caldo, queijo e pão na mesa. Quando Scarlet começou a fazer seu prato, segui seu exemplo. Uma criada serviu um pouco de cerveja nos copos de Etan e de Scarlet. Levantei o meu copo para receber também. Não saberia dizer se ela não viu ou me ignorou.

Abaixei o copo. Etan assistia à cena, e, por algum motivo, ser esnobada na frente dele era pior do que o acontecimento em si, de modo que me senti corar. Baixei a cabeça e comi em silêncio.

— Ah! Que alegria ver a mesa cheia!

Lady Northcott adentrou a sala, injetando uma dose de animação contagiosa no ambiente. Observei-a contornar a mesa para dar um beijo na bochecha do marido e outro na testa do filho. Etan não se esquivou nem demonstrou irritação como de costume; pareceu grato por aquele toque breve. Não consegui conter o sorriso, um pouco ressentida por minha mãe nunca ter feito isso comigo.

Desejei que tivéssemos tido mais tempo.

— Pois então, Hollis, acho que você precisa dar uma volta para conhecer a propriedade — ela disse, sentando-se e virando-se para mim.

Endireitei-me na cadeira.

— Eu adoraria, Lady Northcott.

— Ótimo. Também andei pensando — ela continuou enquanto pegava a colher — que Hollis é parte da família agora.

— Com certeza — Lorde Northcott concordou. — Integralmente.

— Então podemos dispensar os lordes e ladies. Hollis, será que podemos ser apenas a tia Jovana e o tio Reid para você? Como somos para Scarlet?

Todos os olhares recaíram sobre mim, e eu vi a esperança neles. Aquele pedido era tão doce e generoso que, mesmo que me sentisse desconfortável, não poderia dizer não.

— Se isso agradar vocês — reuni forças para responder.

Minha nova tia Jovana abriu um sorriso mais do que radiante, mas não fui capaz de apreciar o gesto. Tudo que consegui ver foi o desdém no rosto da criada e pura frustração em Etan. Não era sua cara de raiva padrão, mas algo mais doloroso. Como se eu tivesse me infiltrado em algo que era dele e o reclamasse para mim.

— Estamos tão felizes de ter você conosco, Hollis — minha tia disse, abrindo o guardanapo sobre o colo. — É uma mudança maravilhosa. Estamos tão acostumados a perder gente… meus queridos sobrinhos, minhas duas garotas.

Engoli forte em seco, só então me dando conta da fonte da sua tristeza.

— Finalmente ganhamos alguém! — concluiu ela.

— Isso mesmo! — minha mãe concordou.

Tio Reid sorria e até Scarlet parecia em paz. Mas eu não conseguia me livrar da frieza que emanava de Etan em ondas agudas e pesadas. Todos os limites que eu julgava ter ultrapassado antes não eram nada comparados àquilo.

Cinco

— Essas árvores foram plantadas pelos primeiros Northcott a viver em Pearfield — afirmou tia Jovana, apontando para a parte de trás da propriedade. — Temos sorte de serem tão fortes. Protegem a casa nas estações com mais vento e proporcionam um pouco de privacidade natural.

— Não consigo deixar de notar que esqueceram de plantar num lugar — brinquei ao mostrar a lacuna na fileira onde começava a trilha.

Ela riu.

— Fomos nós que derrubamos uma das árvores uns vinte anos atrás. Essa trilha garante o acesso fácil daqueles que trabalham nas nossas terras, que se estendem a partir da fileira de árvores. Você vai ver a importância dela em primeira mão amanhã, que é dia de pão.

Eu não sabia o que era um dia de pão, mas imaginei que logo aprenderia. Scarlet apertou minha mão, que vinha segurando, para chamar minha atenção. Ela sorriu, e reparei que era uma tentativa de acalmar meus nervos; Etan estava uns passos atrás de nós.

Ele obviamente não precisava de uma visita guiada pelas próprias terras, mas pelo visto eu não tinha permissão para circular por ali sem o seu olhar vigilante. Será que ele pensava que eu ia destruir seu solar a machadadas? Levantar uma cortina e revelar um exército? Suspirei, tentando, em vão, ignorá-lo.

— E, passando para esse lado da casa, você tem uma vista excelente para o nosso jardim. Repare que plantamos arbustos grandes em volta por causa do vento, o que faz as flores se desenvolverem melhor. Todas floresceram tão lindas este ano.

Lancei um olhar nostálgico para as flores. Ah, como sentia saudade do jardim de Kereseken; era o meu esconderijo.

— Talvez devêssemos colher algumas? Para a mesa de jantar? — tia Jovana sugeriu ao notar o desejo em meus olhos.

— Podemos?

— Claro!

Levantei os olhos para os cabelos cheios dela.

— Tenho uma ideia melhor.

Tomei-a pelo braço e a conduzi até o centro do jardim, procurando um banco.

— Muito bem, Scarlet — falei. — Encontre as flores mais lindas e traga para mim.

— Entendido, capitã — ela gracejou antes de se dirigir até aquelas altas cercas de vegetação.

Etan postou-se no canto do jardim, encostado num arbusto alto, e cruzou os braços, observando tudo atentamente.

Achei um lugar para tia Jovana se sentar e comecei a tirar os grampos de seu cabelo.

— Mas o que você está fazendo? — ela perguntou entre risos.

— Uma obra de arte. Agora, fique parada.

Levantei algumas mechas e fiz tranças como as que costumava fazer em Delia Grace. Então, perguntei-me se alguém estava cuidando da minha amiga. Perguntei-me se ela sentia saudade de mim, se Nora sentia. A dor de perder a família e Silas tinha afastado minhas amigas do meu pensamento por tanto tempo, mas uma vez que voltei a pensar nelas, desejei poder abraçá-las, ainda que por um instante.

Scarlet trouxe flores azuis como a bandeira de Isolte, e as prendi na coroa de tranças que fiz no cabelo de tia Jovana enquanto ela ria. Depois de enfeitarmos o cabelo dela, trancei flores no cabelo de Scarlet e no meu, separando algumas para a minha mãe.

Se íamos lutar, precisávamos de uma motivação. Lutar pela liberdade de escolher o próprio jantar ou pelo direito de cavalgar tão longe quanto sonhássemos. Pela esperança do amanhã ou pelas flores no nosso cabelo. Pelo grande e pelo pequeno: tudo importava.

Notei que o olhar de Etan já não estava em mim; estava em sua mãe. Ele a observava com o que parecia um esboço de sorriso nos lábios, braços ainda cruzados e a cabeça inclinada para o lado.

Peguei uma flor do buquê que havíamos juntado e fui em direção a ele. Na metade do caminho, ele me notou, e sua postura mudou num instante. Ficou hesitante, levantou a guarda. Estendi a mão sem falar nada e passei uma flor pela casa de um botão em seu peito. Ele fulminou a flor e depois a mim com aqueles olhos cor de ardósia. Mas não a arrancou, nem fez qualquer comentário.

Inclinei de leve a cabeça e voltei para junto das mulheres, feliz por percorrer o jardim e o resto das terras dos Northcott.

Já fazia bastante tempo que eu estava de camisola com a porta aberta. As noites eram frias em Isolte, e eu precisava acender a lareira. Se as criadas não queriam acendê-la para mim, sem problemas; eu sabia fazer sozinha. Mas já tinha usado toda a lenha de que dispunha, e não sabia onde encontrar mais.

Por fim, cruzei os braços e atravessei o corredor rumo ao quarto de Scarlet. Bati à porta, mas nada de resposta. Arrisquei uma espiada rápida, mas ela não estava lá. Vi que sua lareira estava acesa, mas só lhe restavam mais duas toras de lenha. Não ia pegá-las para mim.

Fechei a porta e fui até o quarto desocupado ao lado, na esperança de que já houvesse alguma lenha estocada ali. Infelizmente, não. Parecia que eu só tinha recebido meu primeiro feixe de lenha por causa do olhar atento de tia Jovana, que dera ordens para que preparassem meu quarto.

Eu até pediria mais, mas não sabia onde ficava o quarto dela ou o da minha mãe. Estava de mãos atadas.

Com um suspiro, olhei para porta de Etan do outro

lado do corredor. Perguntei-me se era melhor falar com ele ou me arriscar a perder alguns dedos dos pés para o frio gélido...

Resolvi deixar o orgulho de lado, cruzar o corredor e bater à porta. Ouvi Etan saltar da cama e me surpreendi quando o vi abrir a porta com tanta energia.

— O que aconteceu? — ele perguntou com um tom de urgência.

Por um momento me distraí com a camisa dele para fora da calça e aberta, revelando um dos ombros. Notei pelo menos três cicatrizes diferentes em seu peito, provavelmente marcas dos tempos de soldado.

— Todos estão bem — respondi, levantando a mão. — Não é nenhuma emergência.

Ele soltou um suspiro longo e balançou a cabeça, como se precisasse se acalmar. Numa fração de segundo, chegara à pior das conclusões e agora tinha de desmontar a pilha de ansiedade que erguera dentro de si. Era uma sensação que eu conhecia muito bem.

— É só que... — comecei, para logo hesitar.

— Fale logo.

— As criadas não me trazem lenha e não sei onde encontrar sozinha. Você poderia me dar um pouco da sua?

Ai, como desejei arrancar aquele sorrisinho pretensioso do rosto dele.

— Então a poderosa Lady Hollis necessita de um favor.

— Não faça isso, Etan — falei, tentando parecer corajosa no meio daquela humilhação. — Imagine o frio que estou sentindo para me dispor a vir aqui pedir para você. Por favor, me dê um pouco da sua lenha.

Ele hesitou e esperei que batesse a porta na minha cara.

— Entre — falou afinal, e eu o segui porta adentro de cabeça erguida.

Na minha imaginação, tinha Etan por bagunceiro, mas, no geral, tudo estava organizado. Havia três livros abertos na escrivaninha, uns copos usados na mesinha de cabeceira, mas nenhuma roupa espalhada pelo chão, e nada cheirando mal.

— Estenda os braços.

Eu obedeci, e ele começou a empilhar pedaços de madeira sobre minhas mãos. Não ergui o olhar, apenas movendo os dedos na esperança de evitar as farpas.

— A lenha fica lá atrás, entre duas árvores. Você pode ir buscar amanhã.

— Eu vou.

— Está me devendo uma. Eu deveria ter feito você ir buscar agora mesmo.

Soltei um suspiro e finalmente o encarei.

— Etan, não…

Minhas palavras foram roubadas pela vista de algo ao mesmo tempo tão estranho e tão conhecido que fez brotar lágrimas em meus olhos.

Na parede, pendurada logo acima da lareira de Etan, havia uma espada com um entalhe grande em forma de V na lâmina.

— Que foi? — Etan perguntou.

Não falei nada, apenas passei por ele em direção à espada.

— Aonde você pensa que vai? — ele insistiu, vindo atrás de mim.

Parei diante da lareira e olhei para cima. Era quase como se eu sentisse a presença de Silas.

— O que está fazendo? — ele perguntou, bem alto. — Será que preciso lembrar que este quarto é *meu*?

— Sabe qual foi a primeira vez que ouvi seu nome, Etan? — sussurrei. — Silas estava me contando de quando começou a trabalhar com metais e falou de uma espada que fez para o primo. Disse que você a usou durante todo o torneio, embora ela tivesse ficado péssima.

Consegui segurar as lágrimas por tempo suficiente para encarar Etan. Com olhar cauteloso, ele virou-se comigo para contemplar o metal surrado na parede.

— É praticamente inútil — ele comentou suavemente. — Outro golpe nessa parte lascada, e a lâmina quebra, e não dá para confiar no cabo. Mas não consigo me desfazer dela. Mesmo depois de tudo o que aconteceu, sou incapaz de abrir mão. Ele sentia muito orgulho.

Fiz que sim.

— Eu admirava esse orgulho dele. — Mantive os olhos fixos na obra de Silas, enquanto tentava respirar apesar do aperto no peito. — Minha primeira impressão de você, a partir daquela conversa roubada com um garoto que não era nem para eu conhecer, foi a de uma pessoa íntegra, nobre. — Voltei-me de novo para Etan. — O Etan que conheci não é o mesmo das histórias de Silas. Ou o Etan de que Scarlet fala. Não te reconheço na versão deles. Por quê?

Houve uma respiração longa e silenciosa.

— Saia do meu quarto.

— Eu queria muito entender. Por que é tão frio, quando, segundo sua família, está longe de ser assim?

— Mandei sair. — Ele apontou para a porta e, depois de um momento, obedeci. No corredor, voltei a olhar para ele. Seus olhos eram como gelo e fogo ao mesmo tempo. — Não acha que já tomou o bastante de mim? — perguntou. — Vá para casa.

Fiz que não.

— Não sei mais como demonstrar, Etan. Estou aqui por minha família. E não vou abandoná-la.

E, como eu tinha previsto, enfim a porta foi batida na minha cara, e odiei desejar que ele a abrisse de novo só para eu ver a espada péssima de Silas. Voltei para o meu quarto e usei minha vela para acender a lareira.

Sentei-me o mais próximo possível dela e ali permaneci, mexendo na minha aliança de casamento e chorando. Como eu conseguia ouvir Etan bufando em seu quarto, tive certeza de que ele também me ouvia.

Seis

Na manhã seguinte, logo cedo, descobri o que era o dia de pão. Os Northcott faziam grandes fornadas de pão duas vezes por semana para as famílias que arrendavam suas terras. Isso significava que todos os cozinheiros e cozinheiras, algumas criadas e a própria tia Jovana iam para a cozinha logo depois de o sol nascer e passavam o dia trabalhando. Assim, garantiam que mesmo os trabalhadores doentes tivessem algo para comer. Era uma das ideias mais generosas e simples que eu já vira, e fiquei ansiosa para participar.

Se ao menos ansiedade garantisse habilidade…

Com Scarlet por perto, observei as cozinheiras sovarem a massa com tanta agressividade que cheguei a me perguntar se iam deixar hematomas. Tentávamos imitá-las, mas não éramos fortes como aquelas mulheres que faziam isso havia décadas. Até a tia Jovana nos impressionava, levantando a massa e a batendo na mesa com força. Eu tinha um medo terrível de a massa sair voando das minhas mãos se tentasse fazer algo parecido.

Como se a maestria das cozinheiras ao redor já não me intimidasse o bastante, o olhar sempre vigilante de Etan, testemunhando o meu fracasso, tornava tudo cem vezes pior.

— Filho, já que você vai ficar aí, por que não nos ajuda? — tia Jovana pediu a ele, sentado com as pernas abertas sobre um balcão e comendo uma maçã com mordidas acintosamente altas.

— Nada disso. Estou aqui para ficar perto de Enid e só — ele declarou, com uma mecha do cabelo balançando casualmente na testa.

—Vamos parar com essas bobagens! — a mulher gorda ao meu lado exclamou, mas percebi que aquele flerte a divertia.

O comportamento de Etan me deixava completamente desnorteada.

—Você é o amor da minha vida, Enid. Eu morreria sem você! — ele exclamou, com a boca ainda cheia de maçã.

Todas as mulheres da cozinha riram. Era óbvio que eu estava num lugar cheio de defensoras de Etan. Isso me deixava pasma. Será que ele era assim quando eu não estava perto? Será que ele era charmoso em seu estado natural? Havia ainda outra questão, completamente diferente: por que eu era incapaz de aprender a sovar a massa?

— Passa isso para cá — Enid disse, tirando a massa de mim. — Se você não fizer do jeito certo, o pão não vai crescer.

— Desculpe — balbuciei. Dei uma espiada para trás e vi

que Etan me observava, balançando a cabeça. Se era tão fácil, por que ele não vinha fazer?

— A Enid aqui faz pão desde que passou a ter altura para alcançar a mesa. Você pode aprender muita coisa com ela — Lady Northcott disse, espichando o pescoço para a cozinheira-chefe, que agora trabalhava na minha massa.

O elogio da patroa a fez abrir um sorriso, mas não tão brilhante quanto o que a declaração de Etan conseguiu.

— Eu queria muito — falei, baixinho, na esperança de que a mulher percebesse que eu só estava tentando ajudar.

Ela não respondeu, apenas continuou a amassar. Suas mãos eram maiores do que as de qualquer homem que eu tinha visto. Olhei ao redor, tentando encontrar outro jeito de me ocupar. Fui pegar mais um pouco de farinha. Tive o azar de o saco enorme estar bem ao lado de Etan. Fiquei ali por um minuto, sem jeito.

— São quatro — disse ele.

— Eu sei — menti enquanto desenterrava o copo de medidas do saco. — Se você sabe tanto, por que não vem me ajudar?

— Porque é mais divertido ver você se atrapalhar, claro.

Bufando, levei minha tigela de volta à mesa. Fiquei ali parada, olhando para os outros ingredientes e tentando lembrar o que eu deveria pegar depois. Água? Ovos? Eu estava imóvel num lugar cheio de atividade. Até Scarlet, cuja massa estava pior do que a minha, recebia instruções pacientes das cozinheiras.

As palavras de Etan confirmaram o que a atitude das pessoas já me dizia: eu não era bem-vinda ali. Não importava que a meta fosse alimentar gente que não tinha nada; ninguém queria minha contribuição. Quando eu olhava para as mulheres à procura de ajuda, elas me encaravam por um segundo e voltavam ao trabalho, ignorando-me.

Sem falar nada, deixei a tigela na mesa e me retirei em direção às escadas. A única pessoa que talvez tenha notado foi Etan, mas não fez diferença. Ninguém veio atrás de mim.

Tentei não chorar enquanto raspava a farinha molhada dos braços na vasilha do meu quarto. Já tinha sido capaz de aceitar que seria vista como uma *forasteira* pelos isoltanos. O que não esperava era a agressividade com que deixariam isso transparecer. E estava odiando a experiência.

As lágrimas vieram à medida que eu sentia aquela rejeição no coração tantas e tantas vezes. Apesar de serem a única família que me restava, eu sentia uma solidão imensurável. Era uma crueldade singular e desnecessária assomando-se àquilo que todos naquela casa já sabiam: eu tinha perdido tudo.

Veio então outra onda de lágrimas, inundando as primeiras, por um motivo diferente.

Sim, eu tinha mesmo amado um homem de Isolte. Amava a família dele. Amava a rainha deles. Mas só depois de conhecê-los. Ri das roupas de Scarlet na primeira vez em que ela entrou no Grande Salão, e não gostei de Valentina por achar que tinha a empáfia típica que eu atribuía aos isoltanos. Agora eu amava as duas, mas a primeira coisa que fiz foi julgá-las.

Considerar-me mais elegante, mais inteligente. Considerar-me melhor.

Eu só estava recebendo agora o que tinha oferecido com gosto aos outros. Elas podiam não saber, e talvez eu não tenha sido tão grossa, mas minhas ações foram vergonhosas mesmo assim.

Quando eu pensava em tudo isso, me via diante de duas explicações, e só uma era verdadeira: ou eu merecia ser tratada assim, ou ninguém merecia. Nunca.

Gostaria de ter Silas ao meu lado, para conversar. Sempre o pacificador, sempre o pensador. Silas saberia o que fazer. Sequei as lágrimas e fechei os olhos.

— O que você diria? — sussurrei ao ar. — Como remendaria essa situação?

Não houve resposta, mas eu soube naquele momento, com uma certeza estranha, que ele não ia querer que eu me escondesse. Levantei a cabeça e fiz o longo caminho de volta até a escadaria dos criados. Pude sentir o calor da cozinha antes mesmo de descer os degraus e inalei aquele aroma delicioso de pão no forno.

O primeiro par de olhos que vi foi o de Etan, e ele estava tingido de surpresa.

— Ah, Hollis! Aí está você. Estávamos… Está tudo bem? — tia Jovana perguntou.

Lancei um olhar desesperado para Scarlet, que inventou uma desculpa para mim.

— Eu às vezes também choro do nada. Tem sido difícil desde… desde…

— Claro. Venha, Hollis, volte para a mesa. Nada diminui a nossa dor como ajudar a aliviar a dos outros.

Aproximei-me à sugestão de tia Jovana, retomando meu posto ao lado das mãos enormes e ainda um pouco intimidadoras de Enid.

— Acho que você pode ter razão. Srta. Enid — falei, erguendo os olhos para a mulher —, como esta agora é a minha família, eu tenho mesmo que aprender a fazer isto direito. Pode me mostrar de novo?

Ela não sorriu, nem mesmo disse que sim. Simplesmente pegou outra tigela, pôs à minha frente e repetiu as mesmas instruções de antes. Delia Grace sempre tinha deixado claro que eu era uma péssima aluna; e isso não tinha mudado. Mas observei as mãos de Enid com uma atenção teimosa. Se ela ia me mostrar, de boa ou má vontade, eu ia aprender.

Etan permaneceu lá o tempo inteiro, sem nunca levantar um dedo, sem nunca dizer uma palavra, mas observando tudo como se esperasse por um erro meu. Acho que não cometi nenhum, mas ninguém falou nada de qualquer forma, e senti que para um dia já era uma grande coisa.

Eu estava tão determinada a provar o meu valor que permaneci na cozinha até depois de sair a primeira fornada de pão. Quando colocávamos as últimas tigelas de massa para descansar, algumas das mulheres que trabalhavam nas terras dos Northcott já começavam a aparecer na porta dos fundos da cozinha para pegar seu pão.

Como tia Jovana tinha prometido, a lacuna entre as árvores passou a fazer sentido para mim. O trecho proporcionava um caminho direto para aqueles que precisavam da ajuda dos patrões sem perturbar as imaculadas terras à frente da propriedade, que, dada a posição da família, deveriam ser bem cuidadas e reservadas. A passagem entre as árvores era uma solução muito cuidadosa.

Tia Jovana atendia com paciência cada pessoa que aparecia, fazendo perguntas enquanto entregava o pão. Sabia os nomes, sabia as histórias. Perguntava se as crianças estavam bem e prometia uma visita caso alguém mencionasse um problema específico. Eu observava tudo com uma admiração silenciosa.

— Surpresa? — Etan perguntou, sem tirar os olhos da mãe, que distribuía comida e sabedoria.

— Sim — admiti, observando tia Jovana segurar com firmeza as mãos de uma mulher com roupas marrons desbotadas enquanto a olhava como se qualquer diferença de condição entre ambas fosse imaginária. — Mas não deveria estar. Acho que não conheço ninguém tão gentil quanto seus pais. Isso me faz pensar em como eles conseguiram produzir alguém bravo como você.

— Não sou bravo, sou cuidadoso.

— É um chato.

Ele fez que sim.

— Eu sei.

Arrisquei uma olhada para ele. Havia uma resignação silenciosa em seu rosto que não consegui compreender.

— Mas poderia mudar isso fácil — sugeri.

— Poderia. Mas não para você — ele disse, com um suspiro. — Todos precisamos fazer sacrifícios. Eu preciso vigiar você feito um falcão, minha mãe precisa trabalhar até cansar os ossos, e o meu pai? Sabia que é aniversário dele? Mas não vai ter festa alguma.

Parei na frente dele para obter toda a sua atenção.

— É aniversário dele?

— É.

— Então por que, céus, não estamos preparando uma refeição especial? Ou uma dança? Ou alguma coisa?

— Porque temos em mãos questões maiores do que uma festa — o tom de voz de Etan dava a entender que eu era uma idiota por não enxergar isso.

— Numa família em que as pessoas morrem tão cedo, não consigo pensar em questões mais importantes do que comemorar mais um ano de vida.

Algo mudou naqueles olhos, naqueles olhos frios que me observavam tão de perto. Como se talvez ele concordasse comigo.

— Qual é a grande tradição de Isolte? Silas e eu nunca chegamos a passar um aniversário juntos, então não sei.

Etan bufou.

— Doces. Fazemos bolinhos para desejar que a pessoa tenha um ano recheado de doçura.

Assenti.

— Bom, estamos numa cozinha, então é perfeito. — Olhei ao redor até encontrar as mãos largas da chefe das cozinheiras.

— Srta. Enid — comecei, obtendo a atenção dela —, sabia que hoje é aniversário do Lorde Northcott?

— Sabia.

— Então poderia, por favor, me ajudar a preparar doces à altura? Doces tradicionais?

Ela olhou para Etan e depois abriu um sorriso forçado para mim.

—Você já não trabalhou demais por hoje, não?

— Não o suficiente para me impedir de comemorar o aniversário de quem eu gosto. Por isso… se a senhorita puder ajudar…

Ela balançou a cabeça.

— Cinco xícaras de farinha. Eu pego o açúcar.

Entrei em ação, empolgada. Eu era uma boa padeira? Com certeza não. Mas tinha um dom especial para festejar, e era exatamente isso que ia fazer.

Sete

Estávamos todos na sala de jantar, prontos para fazer uma surpresa para o tio Reid. Enfeitamos a mesa com mais flores colhidas do jardim, acendemos mais velas pelo ambiente e até arranjamos um criado talentoso com o alaúde para tocar. Tudo estava muito festivo, só nos faltava o convidado especial.

Quando ouvi seus passos, quase comecei a pular de alegria. Etan balançou a cabeça, quase transparecendo satisfação. Ou talvez não. Entendê-lo não era a coisa mais fácil do mundo.

— Surpresa! — berramos quando o tio Reid saiu do corredor.

Ele levou a mão ao peito e sorriu ao contemplar a sala e a sua família.

— Eu falei que não queria bagunça — disse, dirigindo-se ao seu assento, embora não fosse um protesto muito firme.

— Feliz aniversário, pai.

— Obrigado, filho. — Tio Reid deu um tapinha nas costas de Etan ao passar por trás dele. — Não precisava.

— Foi ideia de Hollis — tia Jovana afirmou com um sorriso.

— Não se preocupe. Enid fez a maior parte do trabalho na cozinha, então os doces não devem estar muito ruins — comentei, apontando os bolinhos em uma bandeja no centro da mesa.

Todos nos sentamos. Tio Reid sorriu de orelha a orelha.

— Que bom termos um momento de alegria. Obrigado a todos.

— Coma um doce, amor. Para entrar docemente em mais um ano — tia Jovana disse, gesticulando para que ele pegasse um dos bolinhos.

Tio Reid suspirou, mas não foi um suspiro pesado. Sorria ao observar a mesa, admirando nossa pequena festa. Por fim, estendeu a mão e pegou o primeiro doce. Deu uma mordida e revirou os olhos de tão delicioso que devia estar.

— E agora vamos todos nos servir também, para fazer parte do ano doce — minha mãe cochichou.

Estendi a mão com os outros presentes à mesa, encostando sem querer na da minha mãe e na de Etan ao pegar um dos bolinhos. Embora eu tivesse ajudado a fazê-los, não sabia o que os deixava tão apetitosos. Independente do que fosse, tinha gosto de céu na terra.

— Hmmmm. — Suspirei com a boca cheia. — Vou ficar mal-acostumada. De quem é o próximo aniversário? Não vejo a hora de comer isso de novo.

— Acho que é de Scarlet — minha mãe disse.

Scarlet, que devorava os doces, apenas confirmou com a cabeça.

— Eu amo aniversários — falei, antes de dar outra mordida. — Em Coroa, damos as mãos e dançamos em volta do aniversariante. Quando eu era pequena, só minha mãe e meu pai participavam, mas quando fomos para o castelo, passaram a ser dezenas de pessoas. Era bom ser o centro de tantos rostos felizes.

— Bom, aqui é Isolte — Etan disse com firmeza. — E é isto que *nós* fazemos.

Houve um silêncio desconfortável, que quebrei com um simples:

— Eu sei.

— Então se adapte. Se vai ficar aqui, precisa abrir mão de Coroa.

Era óbvio que todos os presentes queriam que o assunto se encerrasse. Mas me perguntei se algum assunto simplesmente se encerraria entre nós dois. Respirei fundo e continuei:

— Quando seus primos se mudaram para Coroa, você esperava que eles abrissem mão de tudo que sabiam? De todas as suas tradições?

— É completamente diferente — ele respondeu rápido. — Eles formavam uma família *e* não iam ficar para sempre...

— Silas com certeza ia!

— ... e você está sozinha. E, para o nosso azar, presa aqui.

— Etan — minha mãe sibilou.

— Não venha me dizer que está grata por *mais uma* pessoa

ter sido arrastada para essa história! — ele gritou. — Além disso, metade dos nossos problemas seria resolvida se sua gente simplesmente...

— Minha *gente*? — gritei, e me levantei, deixando a cadeira cair para trás com o movimento.

— O seu povo massacra o nosso sem nem pensar duas vezes. Você sabe como é insuportável ter você debaixo do meu teto?

— Etan, já falamos sobre isso — tio Reid interveio, decidido.

—Você age como se Isolte nunca tivesse iniciado um ataque — falei friamente. — Quando o assunto é guerra entre nossos países, os conflitos sempre foram instigados por vocês. Talvez na fronteira seja diferente, mas você não é homem o bastante para admitir que Isolte também tem culpa pelas tensões?

Ele se levantou também, passando a mão no cabelo, com um sorriso louco no rosto.

—Você é tão mimada! Acha que as guerras que aconteceram há mais de cem anos têm alguma coisa a ver com o que está acontecendo *agora*? Faz alguma ideia de quantos vilarejos o seu rei incendiou?

— *Meu* rei? O *seu* rei incendiou a sua família, e você ousa falar contra *mim*?!

— Ouso! E vou continuar falando até o dia em que você for embora ou se tornar isoltana! O que, aliás, *nunca* vai acontecer.

— Eu já não fiz o suficiente? — perguntei, jogando as

mãos para o alto. — Casei-me com um isoltano. Fui embora de Coroa. Vim ficar com a minha família, incluindo você, e mesmo assim você...

—Você *não* é da minha família — ele insistiu, com o dedo apontado para mim. — Não passa da garota que chegou *pertinho* da cama de Jameson. Não ouviu nada do que comentam na fronteira? As pessoas acham que ele quer entrar no país. Por quê? Porque perdeu a cabeça por você, por motivos que não sou capaz sequer de imaginar. E por que você não o ajudaria? Por que eu lhe confiaria meus segredos, sendo que a qualquer minuto você pode sair correndo e voltar para aquele homem?

Eu o encarei, sentindo meu olhar sair sombrio e gélido.

— Não. Se. Mexa.

Saí rapidamente da sala de jantar, corri escada acima e fui até meu quarto. Peguei o que precisava e desci voando, os braços suportando o peso. A família conversava na minha ausência, em tom baixo mas firme. Não consegui entender muita coisa além das recusas inflexíveis de Etan a pedir desculpas. Marchei pela sala de jantar até ficar de frente para ele e joguei em seu peito o saco de ouro que tinha trazido do quarto. O peso o acertou em cheio e o jogou, cambaleante, na cadeira de novo, enquanto várias moedas esparramavam-se no chão.

— Céus, Hollis — tia Jovana disse. — Mas de onde você tirou tanto dinheiro?

Etan ainda olhava para o próprio colo, chocado, mas finalmente ousou me encarar.

— Foi o que consegui carregar da minha compensação por ter enviuvado. Todas as damas nobres de Coroa recebem dinheiro quando perdem o marido. E agora é seu, seu porco. Use para formar o exército que achar necessário, para subornar quem precisar. Deste momento em diante, o dinheiro de Jameson Barclay está financiando a sua busca por justiça, e ele veio pelas *minhas* mãos. Não se esqueça.

— Hollis — minha mãe murmurou.

Levantei a mão para interrompê-la, incapaz de tirar os olhos de Etan Northcott.

— Nunca disse isso a qualquer outra alma… mas odeio você — bufei.

Ele abriu um sorriso maldoso e vazio.

— Já falei isso para tanta gente que perdi a conta, mas ainda assim posso afirmar: eu odeio você — respondeu ele.

— Etan — tio Reid disse calmamente. — Peça desculpas.

— Não se dê ao trabalho. Já ouvi mentiras demais. Com licença, por favor.

Dei meia-volta e fui embora, de cabeça erguida, na expectativa de ainda conservar algum vestígio da dama que eu tinha sido.

Houve uma erupção de discussão à minha saída, e odiei ter causado uma briga entre eles.

Senti orgulho de mim mesma por não ter chorado antes de chegar ao quarto. Simplesmente não conseguia entender a raiva de Etan, como se eu tivesse feito algo contra ele com minhas próprias mãos. Quando eu não tinha feito nada.

Permaneci ali imóvel por um longo tempo, com minhas

frustrações, minha raiva e minha tristeza, e cheguei a uma conclusão simples: tinha cometido um erro.

Nunca deveria ter ido a Isolte.

Em três curtos dias, minha presença abrira buracos no que restava de uma grande família. Eu tinha esgotado a pequena contribuição que podia dar aos planos deles. Não era bem-vinda pela criadagem, seria certamente julgada pelos vizinhos apesar da minha família e, depois de tantos anos sendo tratada com arrogância, não conseguiria suportar mais nem uma palavra da boca de Etan.

Eu precisava partir.

Como eles jamais me deixariam ir embora se eu pedisse, precisava fugir. Foi muito fácil juntar minhas coisas e guardar nas malas: eu tinha tão pouco que era meu de verdade.

Escrevi uma breve carta pedindo desculpas e a deixei na cama. Assim que ficou tarde o bastante para eu ter certeza de que todos estavam dormindo ou ao menos recolhidos nos próprios aposentos, desci na ponta dos pés e fui até a cozinha pela escada dos criados.

Esperei um pouco diante da porta, conferindo se o cômodo estava vazio. Satisfeita, entrei, e no mesmo instante ouvi um suspiro atrás de mim. Ao me virar, vi encostada ao lado da porta uma garota que eu não tinha notado na minha inspeção.

— Ah, é a senhorita. Como posso ajudá-la?

— Você não me viu. Entendeu?

Sem esperar pela confirmação dela, segui até a porta dos fundos, tomando o caminho direto até os estábulos que tia Jovana me mostrara no passeio guiado pela propriedade. Será que ela continuaria a ser minha tia depois que eu partisse? Sacudi a cabeça para me livrar do pensamento. Madge estava lá, descansando, mas se animou assim que sentiu meu cheiro.

— E aí, garota? Quer ver Coroa de novo? Deixe-me pegar uma sela.

Precisei procurar um pouco onde guardavam as coisas, mas logo Madge estava pronta com a sela presa e as malas penduradas no seu lombo. Levantei o capuz da capa e calcei as luvas, na esperança de ficar o mais anônima possível; não sabia como seria recebida do outro lado da fronteira.

Contornamos a casa em silêncio até chegarmos à estrada da frente, que era a único trajeto que eu conhecia para a fronteira. Na longa trilha para o solar, fiz uma pausa para olhar para trás. Senti como se me cravassem uma estaca no cento do coração. E então, por não conseguir afastar a tristeza, chorei. Muitas pessoas me haviam sido tiradas à força, e a dor de perder outras por escolher partir era completamente diferente. Com a mão tampando a boca, observei a casa por um minuto, as lágrimas escorrendo pelo rosto.

— Por favor, me perdoem — balbuciei. — Não sei mais o que fazer.

Dei meia-volta e adentrei a noite.

Oito

O LUAR NEM DE LONGE ERA SUFICIENTE PARA ILUMINAR O CA-
minho, então reduzi a velocidade do cavalo. Tanto o trajeto
como a noite eram incrivelmente longos. Desejei ter sido esperta a ponto de trazer uma adaga ou qualquer outra coisa
que pudesse me dar alguma segurança. Na verdade, começava
a desejar ainda ser uma dama ignorante no palácio, ou ter
escutado minha mãe e permanecido em Coroa... Mas não.
Mesmo não tendo coragem para terminar o que tinha começado, não me arrependia nem por um segundo.

Levei um tempo para perceber que um cavalo e um cavaleiro pareciam me seguir de longe. Reparei que vinham mais
rápido do que eu e que, se eu não fizesse algo, me alcançariam
em um minuto. Eu não queria cruzar com um ladrão ou coisa pior sozinha no escuro.

Por instinto, pensei em sair da trilha e me esconder. Mas,
se já tivessem me visto, seria o fim. Minha segunda ideia foi

galopar o mais rápido possível e tentar deixá-lo para trás, o que parecia improvável com o meu pouco conhecimento das estradas. Antes que eu pudesse decidir, uma voz ecoou:

— Hollis! Hollis, espere!

Puxei as rédeas e parei.

— Etan? É você?

Com o coração disparado, acalmei o cavalo e observei Etan se aproximar.

—Vai a algum lugar? — ele perguntou casualmente quando me alcançou.

Balancei a cabeça.

— Como ficou sabendo que eu tinha ido embora?

Ele suspirou, incapaz de me olhar nos olhos.

—Vi você sair.

Claro que viu. Seu quarto ficava ao lado do meu, e ambos tinham vista para a frente do solar. Por que, antes de fugir, eu não conferi se ele estava dormindo?

— Não vou voltar — falei, esquentada. — Não sei o que me espera em Coroa, mas tenho certeza de que você concorda que minha partida será melhor para todos. — Odiando me sentir tão perto das lágrimas, continuei: — Como você mesmo frisou várias vezes, não sou isoltana e, no fundo, não faço parte da família. Vai ser melhor para todos que eu simplesmente… suma.

— Não, não vai. Você vai voltar comigo. De qualquer forma, nunca chegaria sozinha a Coroa.

— Eu dou um jeito.

— Hollis, você mal consegue dar um jeito no seu guarda-roupa. Dê meia-volta!

—Você deveria estar comemorando! — rebati, amarga. — Afinal, tem tentado me expulsar desde o instante em que cheguei. E, em todo caso, se me viu sair, por que diabos me deixou chegar tão longe antes de tentar impedir?

— Porque eu *queria* que você fosse embora. Óbvio. — Ele balançava a cabeça, ainda sem me encarar. — Até que me dei conta de que não podia deixar isso acontecer de jeito nenhum.

Apertei os olhos e perguntei, com sarcasmo:

— E por que não?

— Porque conheço você, Hollis.

Então finalmente olhou para mim, severo.

Essas palavras foram estranhamente parecidas com algo que Silas tinha me dito uma vez, palavras que me fizeram enxergar que eu precisava fugir com ele ainda que acabasse arruinada. Se Etan Northcott pensava que ia macular essa recordação, estava enganado.

—Você pode conhecer muitas coisas, Etan Northcott, mas não me conhece.

— Conheço, sim — ele insistiu, em voz baixa. — Sei que você já teve que enfrentar mortes demais. Sei que escolheria uma vida longa e solitária de sofrimento se isso significasse mais uns dias neste mundo para aqueles que você ama. Sei… — Ele engoliu em seco. — Sei que, mesmo quando está infeliz, você cuida das pessoas. Há anos eu não via minha mãe sorrir como fez com sua coroa de flores. — Ele baixou os olhos, quase como se estivesse envergonhado. — E sei que você acha que tia Whitley e Scarlet vão esquecer você, e meus pais também… Mas não vão.

O olhar de Etan atravessara todas as minhas defesas até alcançar meus medos mal disfarçados. As lágrimas faziam meus olhos arderem tanto que nem ousei falar.

— Já fiz tudo o que você está pensando em fazer — ele prosseguiu. — E ergui um muro ao meu redor para manter minha família longe, para que eles não achem tão difícil suportar quando eu estiver ausente. Mas você é diferente. Você ilumina qualquer ambiente, e se não estiver em casa quando eles acordarem, Hollis, minha família se sentirá completamente derrotada.

— Eles nã…

— Sentirão, sim — Etan garantiu. — Venha para casa.

Casa. Aquela ainda era a minha casa? Eu não fazia a menor ideia.

Olhei para ele, examinando a seriedade em seus olhos. Ele continuou:

— Você tem noção de que, se continuar, vão me mandar buscar você mesmo assim, ainda que eu tivesse de segui-la até a fronteira? Embora eu admire a sua tendência ao heroísmo, sem dúvida vão arrancar essa ousadia de você lá.

Suspirei, sabendo que ele tinha razão. Se eu continuasse, ele simplesmente me localizaria, o que certamente acabaria em desastre. Se não para mim, ao menos para ele. Eu não queria ser culpada por mais luto.

Sem uma palavra, fiz Madge trotar de volta ao solar.

— Como vai funcionar então? — perguntei. — Você não me suporta, e eu também não sou lá uma grande fã sua.

— Fácil. Autocontrole. Acredite ou não, eu tenho um

pouco. Vamos simplesmente evitar falar um com o outro, a não ser que seja absolutamente necessário. E, por mais que me doa, vou parar com todos os insultos a Coroa e à sua infeliz lealdade por enquanto.

Suspirei.

— Acabei de lhe dar até o último centavo que tinha. Isso não é o bastante para provar que estou do seu lado?

— Até certo ponto. Mas é difícil esquecer que você quase foi rainha.

— Aí está o problema — falei, secamente. — Você não confia em mim de verdade, e eu não confio em você. Como vou saber que vai cumprir sua palavra, que não vai discutir comigo ou me humilhar o tempo todo?

Ele me olhou nos olhos.

— Eu tinha a esperança de que a esta altura você já soubesse que nunca falo nada que não seja verdade.

Os cascos dos nossos cavalos ecoavam na noite.

— Bem, isso eu não posso negar. Certo. Vou manter distância e evitar dar a você qualquer pretexto para ser um babaca.

— Boa sorte.

Abri um sorriso amarelo por um breve segundo e voltei a ficar séria.

— E, por favor, não conte a eles que parti.

— Não contarei.

Ambos caímos no silêncio, e cavalguei ao lado dele por todo o trajeto de volta ao solar. O céu ganhava um belo tom de rosa, mas cada novo raio de sol me deixava com medo de que todos acordassem e descobrissem que eu tinha tentado abandoná-los.

— Depressa — Etan disse, como se lesse meus pensamentos. — Se cortarmos por aqui, sairemos nos fundos.

Ele disparou pela estrada e eu o segui, a galope. Etan montava bem, tinha quase a mesma firmeza de Jameson, o que não era pouco. Depois de uma noite em claro, aquela sensação real de movimento, de quase voar pelo campo, me fazia bem. Entramos por uma pequena fileira de árvores, saindo nos campos de grãos onde já havia gente trabalhando pesado.

À medida que passávamos a cavalo, os homens inclinavam o chapéu e as mulheres faziam reverência diante da presença de um dos proprietários daquelas terras. Etan retribuía o cumprimento de muitos pelo nome.

—Você me deixa envergonhada — disse-lhe, e ele se voltou para mim com olhos de dúvida. — Não sei o nome de uma única pessoa que trabalhou na nossa propriedade. Eu poderia ter sido melhor.

Ele deu de ombros.

—Você *pode* ser melhor. Quando voltar. Porque um dia vai voltar, Hollis. No fim, vai tomar a sua vida de volta.

—Veremos.

Eu mal sabia se sobreviveria até o final do mês, que dirá fazer planos para depois disso. Etan me conduziu por outra fileira de árvores, essa já familiar. Atravessamos a abertura e lá estávamos, nos fundos do solar, na trilha rumo à cozinha.

— Acha que alguém já está de pé?

— Não — ele respondeu com um bocejo. — Mas vamos pela escada de serviço só para garantir.

Deu uma batida na janela da cozinha e acenou para quem quer que estivesse lá dentro. Alguém veio abrir a porta para nós, e recebemos olhares chocados da criadagem.

— Não comecem a pensar bobagens — Etan disse, brincalhão, sacudindo o dedo para todos. — Foi uma missão de resgate, e espero que não saiam comentando que passamos por aqui. Já temos problemas demais. — O tom de voz de Etan era tão preguiçoso que mal parecia uma ordem, mas eu sabia que mesmo assim todos naquela cozinha obedeceriam.

— Ah, graças aos céus — disse uma voz, e ao me virar dei de cara com a garota que me pegara fugindo.

— Desculpe ter feito você guardar um segredo desses — falei. — Não vai acontecer de novo.

Etan observou aquela rápida interação com ar de quem dava a última pincelada numa pintura.

—Vamos, Hollis. — Ele mal havia pisado no primeiro degrau da escada, quando voltou de repente para a cozinha.

— A propósito — acrescentou, sacudindo novamente o dedo —, a partir desta manhã, quando Lady Hollis levantar o copo, será servida. Se tocar o sino, será atendida. Para o bem ou para o mal, ela é… parte da família, e vai ser tratada como tal.

Passou os olhos pelo cômodo, fixando-os em cada rosto com seriedade absoluta.

Naquele instante, tive certeza de que Etan cumpriria sua palavra. Ainda que me odiasse, não me deixaria mal de novo.

— Não se preocupe, senhor — disse Enid, que circulava pela cozinha com um gingado e os braços carregados com frutas irreconhecíveis. — Nós tínhamos chegado a essa conclusão ontem. — Ela então olhou para mim. — Acho que a senhora fez bem em comemorar o aniversário do patrão. Ele é um homem bom.

— É mesmo — concordei. — Um dos melhores.

— Ah, Enid, meu amor! — Etan disse, soprando-lhe um beijo. — Sabia que você nunca me decepcionaria.

— Fora! — ela ordenou com uma gargalhada, e nós dois debandamos pela estreita escadaria de serviço, tentando não fazer os degraus rangerem, mas sem saber como evitar.

No segundo andar, precisamos fazer algumas curvas até chegar à ala dos nossos quartos. Aparentemente, tínhamos conseguido passar despercebidos.

— Sei que é um desafio para você, mesmo quando está descansada, mas vá se arrumar — Etan disse, sarcástico. — O dia vai ser longo.

Cruzei os braços.

— Muito engraçado. Que tal então você fazer a barba?

Passei por ele e entrei no meu quarto, impressionada pelo nosso feito. Tínhamos voltado para casa sem ninguém saber e podíamos apenas seguir em frente. Rasguei a carta que tinha escrito na noite anterior e joguei os pedaços na lareira para acender o fogo. Talvez eu lhes contasse do meu momento de fraqueza um dia, quando fosse um episódio distante e tivéssemos vencido a nossa batalha. Por ora, precisava jogar água no rosto e botar um vestido limpo. O dia ia ser cansativo.

Nove

Desci para o café da manhã com a vista embaçada, ansiosa por uma oportunidade de pôr em prática o acordo recém-feito com Etan. Só que ele não estava.

— Você está bem? — minha mãe perguntou, olhando-me de cima a baixo.

— Estou. Por quê? Alguma coisa errada? — perguntei um pouco rápido demais.

— Não, nada. É que parece cansada.

— Não dormi bem.

— Bom, hoje vamos pegar leve — tia Jovana assegurou. — Tenho muitas cartas para escrever e com certeza vou precisar que você e Scarlet me ajudem. Se Etan estiver certo, temos alguns bons amigos a quem informar dos... últimos acontecimentos — ela se esforçava ao máximo para evitar as palavras.

Eu segui seu exemplo.

— A minha caligrafia é excelente — disse-lhe. — Era a única disciplina em que eu arrancava elogios de Delia Grace.

— Ah! Isso me lembra uma coisa! — tia Jovana exclamou antes de levantar e ir depressa ao aparador. — Isto aqui chegou ontem à noite. Não quis acordar você. Espero que não seja nada urgente. — Se ela ficou um tanto apreensiva por não ter me levado a carta na noite anterior, eu me senti imensamente grata.

O nome "solar Varinger" aparecia riscado na frente do papel dobrado, e abaixo estava escrito *Northcott, Isolte*, pois eram as únicas informações que tinham na minha casa para mandar a mensagem. Não reconheci a letra.

Rompi o selo desconhecido e fui direto para o fim da página para ver a assinatura.

— Nora!

— Sério? — Scarlet perguntou. — O que ela está dizendo? Quer dizer, desculpe. Não quero ser intrometida.

Tirei os olhos da carta bem no momento em que Etan chegou. Aquela cobrinha, que tinha feito a barba afinal, desabou na cadeira com um sorriso malicioso, como se me desafiasse a dizer algo.

Houve um pico de tensão à mesa, todos esperando que continuássemos a briga do ponto em que, imaginavam, tínhamos parado. Mas havíamos chegado a uma trégua, por mais frágil que fosse, e era hora de seguir adiante como podíamos.

— Não tenho segredos para vocês — falei a todos os presentes, na expectativa de que Etan estivesse prestando atenção.

Limpei a garganta e comecei a ler. — "Querida Hollis, pelo amor, volte!".

Precisei parar para rir, e me animou ver que a saudação fizera Scarlet sorrir.

— "Não quero tirar o peso do que aconteceu. Sei que você passou por uma coisa inominável, e ainda não consigo acreditar que seus pais se foram. Imagino que você precise de apoio agora e, se eu estivesse perto, ficaria ao seu lado. Espero que tenha encontrado algum conforto na casa da sua família. Ainda assim, queria muito que estivesse aqui. Acho que nunca tinha percebido a alegria que você trazia ao palácio. Delia Grace está fazendo o máximo para substituir você (mas de sapatos!)."

Parei para rir um pouco, mas apenas minha mãe e Scarlet entenderam a piada.

— "Só que ela não é a Hollis" — retomei a leitura. — "Sinto saudades das suas piadas e do seu riso…" — Precisei fazer uma pausa para tomar fôlego. — "… e espero que você também sinta saudade de mim. Não quero falar mal de Delia Grace. Acho que sempre soubemos que ela era ambiciosa. Mas o buraco que ela cavou no coração do rei me deixa… desconfortável. Nós duas ainda conversamos, graças a você. Mas temo um pouco como serão as coisas se ela um dia for rainha."

— O que foi? — minha mãe perguntou ao notar o meu rosto consternado.

— Nada… É que eu sempre soube que Delia Grace sonhava em estar nos braços de Jameson. Me pergunto o que ela anda fazendo para deixar as pessoas em alerta. E fico pensando naquele soldado da fronteira que disse que Jameson não era fiel a ela. Dela Grace tinha tantos planos, sabia jogar o jogo... —Voltei para a carta. — "Talvez eu esteja preocupada à toa. Talvez só esteja cansada da tensão da corte. O rei, às vezes, ainda fala de você. Quando se lembra de você por algum motivo, sente-se obrigado a contar a história inteira. De você..."

Nesse momento corei e me perdi um pouco.

Etan zombou:

— Nada de segredos, hein?

Respirei fundo e continuei:

— "De você o beijando na sala onde ficam todas as joias da coroa." Na verdade, não foi bem assim — expliquei, olhando para a mesa. — Estávamos nos aposentos *dele* e foi ele que me beijou. "E essa história leva a outra, de você certa vez pintando os lábios com amora. E então passa para a história de você atirando amoras em mim. Dá para notar que Delia Grace morre por dentro toda vez que ele faz isso, o que é uma das coisas que me deixa apreensiva. Ela parece tão insegura, mesmo depois da sua partida. Venha nos visitar logo. Mesmo que não tenha intenção de reconquistar o rei (confesso que ainda torço para que isso aconteça), acho que ela vai ficar mais calma se você aparecer, for embora e nada acontecer. Ela vai vê-la como a nossa boa e velha Hollis, e talvez todos possamos seguir em frente. Não sei como estão sendo os seus dias, mas espero que encontre tempo para me escrever logo, contando todas as suas aventuras. Não sei se você mantém contato com a família Eastoffe depois do que ouvi falar. Se mantém, por favor, diga a Lady Scarlet que lhe mando meus melhores passos de dança". — Interrompi a leitura mais uma vez e vi que aquele trecho tinha feito os olhos de Scarlet marejarem de alegria. — "Desejo-lhe tudo de melhor, Hollis. Envie-me umas palavras bonitas logo para iluminar a corte. Sua amiga e serva, Nora."

Dobrei a carta, sentindo um afago no peito. Não eram notícias especialmente positivas, mas ainda assim um consolo. A criada apareceu e começou a servir bebida enquanto a família refletia sobre as palavras que Nora teve a delicadeza de mandar.

— Fofoca inútil — Etan comentou.

— Nem tanto — repliquei. — Confirma algo para nós. — Ele franziu a testa para mim, e eu continuei: — Os isoltanos não sabem o que aconteceu com a minha família, mas os coroanos sabem. Como Quinten não é o rei deles, talvez ninguém tenha medo de espalhar a história por lá.

Ele suspirou ao pensar nisso.

— Tem razão.

Tio Reid parou de mastigar para olhar boquiaberto para o filho.

E a criada encheu meu copo de cerveja.

E tudo isso me pareceu tão caloroso quanto a carta.

Tio Reid pigarreou, aparentando querer preservar aquele raro momento de paz entre nós.

— Quais são os seus planos para hoje, filho?

— Dormir. Tive uma noite horrível.

Fiquei com vontade de conferir se alguém na mesa associou minha noite maldormida com a dele, torcendo para que, se isso acontecesse, ninguém tirasse a conclusão errada. Era pouco provável, já que até onde eles sabiam ambos estávamos a ponto de nos esganar na noite anterior. No fim das contas, só olhei para Scarlet, e pude notar que a mente dela estava trabalhando, mas voltei ao meu prato, recusando-me a lhe dar qualquer coisa que alimentasse a fogueira.

— Quando é o próximo dia de pão? — perguntei, precisando desviar a nossa mente para outro assunto.

— Sábado — tia Jovana disse. — A minha maior tarefa de hoje são as cartas. Também estou quase acabando de ajustar um vestido para você, Hollis, e vou lhe pedir para provar.

— Com certeza.

— Filho, estaria disposto a me acompanhar numa visita aos Bierman hoje? — tio Reid perguntou. — O filho mais velho deles começou a falar em mudança.

Até aquele momento, os dias de Etan tinham consistido em me seguir por toda a casa como uma sombra impertinente, mas pelo visto as coisas enfim mudariam de figura.

— Claro — ele respondeu. — Faz séculos que não os vejo. Para onde Ash pensa em se mudar? Ele vai abandonar a fazenda?

O correio da manhã chegou, e uma criada entrou trazendo outra carta, dessa vez para o tio Reid.

— Parece que sim. Acho que o jovem Ash quer se aventurar num novo ramo, o que deixa seus pais tensos.

— O *jovem Ash* — Etan repetiu com um sorriso irônico, balançando a cabeça. — Ele tem a minha idade.

— Sim, sim, tem.

Como se não se preocupasse com a carta, tio Reid manteve seu sorriso condescendente para o filho ao estender a mão para a criada. Mas tanto o seu rosto como o de Etan tornaram-se sombrios no mesmo instante, o que me fez perguntar:

— O que foi?

Etan soltou um suspiro pesado, respondendo sem tirar os olhos do papel:

— O selo real.

Dez

— O selo real? — Scarlet perguntou num tom agudo, parecia ao mesmo tempo engolir em seco e se preparar para o pior.

Tio Reid correu os olhos pela folha, anunciando o que lia.

— Fomos convocados ao palácio. O príncipe Hadrian vai se casar no final desta semana. Vai haver um baile e um torneio, e os festejos culminarão na cerimônia de casamento. — Ele soltou um suspiro. — Bom, é isso.

Todos à mesa ficaram desolados. Pior, aterrorizados. Mas me empertiguei na cadeira e anunciei:

— Que notícia ótima!

Etan foi o primeiro a me fuzilar com os olhos, descrente.

— Em que mundo o nosso inimigo conseguir enfim casar o filho e prolongar sua linhagem é uma coisa boa?

— Vocês dizem o tempo todo que precisam de provas para conseguir apoio. O melhor lugar para encontrar provas é no castelo. E acabam de nos convidar para ir lá.

Tio Reid abriu um sorriso convencido, ao passo que Etan afundou na cadeira, mais uma vez irritado por eu ter razão.

— Bravo, Hollis. É esse tipo de atitude que todos precisamos adotar. Essa visita é uma grande oportunidade. Vamos ficar atentos para descobrir o que os membros da corte ouviram, ver o que podemos descobrir por conta própria e reunir apoio. Receio que seja a nossa última chance.

— O que precisaremos fazer? — minha mãe perguntou.

— Colocar as mãos e os ouvidos para trabalhar. Conversem com todos e tentem descobrir se alguém viu alguma coisa com os próprios olhos. Ganhem a simpatia das pessoas. Devemos nos envolver e marcar presença. Isso vai fazer com que Quinten nos considere apoiadores submissos e, ao mesmo tempo, vai nos dar espaço para concluir nossos planos. Também precisamos mostrar que estamos unidos, que não nos desfizemos apesar das provações. Por isso — ele disse, inclinando-se para a frente e olhando primeiro para mim e depois para Etan —, você vai ser o par de Hollis em todos os eventos.

Vi o queixo de Etan cair. Seus olhos iam de um lado para o outro, claramente procurando uma desculpa.

— Seja lá o que estiver pensando em dizer, pare. Todo mundo sabe quais são seus sentimentos com relação a Coroa. Se você conseguir ser não apenas educado, mas *gentil* com ela, afirmará a união da nossa família mais do que qualquer discurso que eu possa fazer. Portanto, vai ser o par dela, e não quero voltar a este assunto.

Ele me encarou, e eu retribuí o seu olhar. Aquela era uma pressão maior do que nosso acordo de paz poderia suportar.

Mas, como se tratava de uma missão, acho que não havia como contornar o plano.

Etan suspirou, derrotado.

— Sim, pai.

Tio Reid olhou para mim, e eu simplesmente assenti.

— Ótimo — ele disse. — Partimos amanhã, então é melhor começarmos a fazer as malas.

Fui tomada de preocupação e senti o corpo ficar tenso diante da perspectiva de entrar na casa e na corte de Quinten.

— Não se preocupe — Scarlet sussurrou. — Posso emprestar um vestido.

Sorri e concordei sem nem pensar nesse detalhe. Eu ia precisar me misturar e era pouquíssimo provável que fosse conseguir; vestidos de mangas apertadas eram a menor das minhas preocupações.

Passei um bom tempo acordada na cama. Nem a fadiga da minha tentativa de fuga na noite anterior, nem o calor da lareira eram capazes de me fazer dormir. Temia, talvez num nível irracional, encarar o rei Quinten no dia seguinte.

Talvez fosse minha imaginação, mas eu tinha a sensação de ouvir Etan no quarto ao lado, ora andando em círculos, ora se jogando na cama e levantando-se em seguida. Será que estava tão ansioso quanto eu? Ou será que aquele homem nunca sossegava?

Tomei um leve susto e me sentei na cama ao ouvir uma batida à porta.

— Sou só eu — Scarlet sussurrou. —Viu como assusta?

Ri baixinho e ergui os cobertores, abrindo espaço para ela subir na cama. Scarlet se deitou, mas permaneci sentada, com a cabeça apoiada nos joelhos.

—Talvez precisemos de um sinal específico. Eu podia piar feito coruja ou coisa assim antes de entrar — propus.

— Isso. Seria lindo. Muito nobre da sua parte. Imaginei que você fosse estar acordada. Tudo bem?

— Não, nada bem. Estou exausta, mas a minha mente... —Tudo parecia tão enrolado, mas, quando as palavras começaram a sair, a verdade foi junto. — Estou com medo, Scarlet. Ao contrário de você, para mim tudo é novidade. Vocês sempre tiveram esse segredo na manga, essa consciência de quem são e do que isso significa na vasta história do seu reino. Eu sou apenas uma garota que por acaso se apaixonou por um garoto... e agora aqui estamos, e não tenho a mínima ideia do que devo fazer. Não sou isoltana; não vejo ninguém confiando uma informação vital a mim, uma *estranha*. E o rei Quinten nunca gostou de mim nem por um instante. Tenho medo de que qualquer papel que eu possa ter de assumir para fazer justiça a Silas seja inútil. Não tenho a confiança de Etan nem o olhar aguçado como o seu. A mãe e o tio Reid planejam, e a tia Jovana é aquela calma silenciosa que paira sobre tudo. E eu? — A sensação era de enfim estar colocando em ordem meus pensamentos bagunçados.

E eu?

Será que eu deveria ter continuado minha fuga na noite passada, apesar dos protestos de Etan? Será que não deveria nem ter vindo até aqui? Será que de fato havia alguma coisa que eu pudesse fazer para ajudar?

— O que foi? Você quer saber qual é o seu papel nisto tudo?

— Quero! Desesperadamente!

Scarlet sentou-se e olhou no fundo dos meus olhos.

— É uma pena, porque eu não sei. — A franqueza em seu rosto me deu vontade de rir, o que foi bom, porque pelo visto era a intenção dela. — Hollis, tudo que posso dizer é que acredito que você está aqui por um motivo. Talvez hoje não saibamos qual é, mas tenho certeza de que, não importa o que acontecer, vamos precisar de você.

— Acha mesmo? — perguntei, enfim deitando-me.

— Acho — ela disse, fazendo o mesmo.

Passamos um longo tempo em silêncio, perdidas em pensamentos. Uma das coisas de que eu gostava em Scarlet era esta: eu podia ficar em silêncio com ela.

— Sou treinada, Hollis — disse de repente. — Aprendi a golpear com a espada desde que passei a aguentar seu peso. Mas quando… — Os lábios dela começaram a tremer, e vi que estava contando a história que todos pensávamos que jamais contaria. Ela engoliu em seco e continuou: — Quando eles entraram, não consegui me mover para salvar a minha própria vida. Lembro que foi justamente nisso que pensei: se quiser sobreviver, é preciso agir. Mas eu não conseguia.

Ela mexia com nervosismo na borda dos cobertores, na tentativa de controlar os pensamentos.

— Eles entraram sem alarde. As primeiras pessoas morreram sem sentir nenhum medo ou expectativa porque eles eram muito *silenciosos*. Todos só começaram a correr depois de um bocado de pessoas perceber o que estava se passando e começar a gritar. Hollis, sei que foram apenas alguns minutos, mas pareceram tão lentos. Todos os dias, novas peças se encaixam, novas lembranças. Meu pai gritou para Silas correr. Mas Silas… não quis. Meu pai pegou uma espada da parede e partiu para o combate, e Silas foi logo atrás. Eu os vi derrubar pelo menos dois homens antes de… — Ela precisou fazer uma pausa. — Meu pai caiu primeiro. Desviei o olhar e então vi Sullivan pular na minha frente pela direita. — Ela balançou a cabeça. — É como se pensassem que um golpe não bastasse para ele. O jeito com que eles… Acho que nem consigo contar isso para você.

— Tudo bem. Não precisa falar nada que não quiser.

Estendi-lhe a mão, que ela agarrou com toda a força. Soltou, então, um soluço longo e esfregou o rosto. Perguntei-me se ela ia parar de falar, de tão dolorosas que as lembranças aparentavam ser. Mas ela não parou.

— Não sei o que aconteceu com seus pais. Sinceramente, só procurei por *você*. Não sabia que você e minha mãe não estavam lá. Eu olhava para todos os lados do salão, com os pés plantados no chão. Tenho fragmentos de imagens. Um pescoço. Um puxão de cabelo. Lembro-me de alguém jogar um vaso. Sangue. Sangue demais.

"Eles começaram a derramar óleo no chão e a arrancar os tapetes que lavamos e penduramos com tanto esforço. Ainda não consigo lembrar quando comecei a ver o fogo.

"E então, de repente, apareceu alguém na minha frente e me agarrou pelos braços. Lembro de olhar para as mãos e pensar que eram grandes demais para serem humanas. Até fiquei com hematomas, mas na hora não senti nada. Esperei pela espada. Mas ele não parava de me olhar nos olhos e, depois de um minuto me observando, puxou outro homem de preto. O segundo homem olhou para mim e assentiu, e o homem que me segurava pelos ombros me empurrou em direção à porta. Depois minhas pernas funcionaram o bastante para que eu chegasse na frente da casa. Tropecei em Saul a caminho da saída. Ele estava imóvel, mas eu só o vi quando olhei para trás procurando onde tinha prendido o pé. Tentei sacudi-lo, mas ele já estava morto.

"A essa altura precisei rastejar. Rastejando, passei pelas portas da frente e desci os degraus até chegar nos arbustos. Minha cabeça entrou em parafuso. Eu estava só. Eles tinham me deixado viva e eu não conseguia imaginar o motivo. Estava preparada para morrer, Hollis. Sempre soube que esse dia ia chegar. Mas ser a única que restou viva é o que torna tudo tão difícil."

Assenti.

— Eu entendo.

As mãos dela finalmente aqueciam-se contra as minhas.

— Minha mente estava um caos, mas tentei traçar um plano. Imaginava aonde poderia ir, o que poderia fazer se tivesse ficado sozinha no mundo. Pensei que deveria voltar para Isolte. Ninguém como eu viveria em paz em Coroa sozinha. Por isso, pensei em roubar um cavalo, ir para o norte e entrar despercebida em Isolte pela fronteira com Bannir. Viveria no campo, onde ninguém saberia que eu era uma Eastoffe, e poderia simplesmente envelhecer. Desde criança, Hollis, nunca soube se teria chance de envelhecer. Agora estou determinada. Eu vou conseguir.

— Claro que vai. Quando tudo acabar, teremos respostas, justiça. Aquele homem nunca mais fará isso com ninguém — jurei.

Ela beijou minhas mãos, ainda bem apertadas nas dela.

— É por isso que precisamos de você, Hollis. Esse é o seu papel. Quando decidiu que queria se casar com um rei, fez acontecer. Quando mudou de ideia e quis um garoto de Isolte, fez acontecer. Quando lhe dissemos para ficar em casa e você não gostou, conseguiu ser trazida conosco. Você tem talento para juntar coisas impossíveis. Não o menospreze.

— Como sou sortuda por ter você. — Eu a abracei. — Passe a noite aqui, por favor. Depois de ouvir isso, e com tudo que tenho na cabeça, acho que não vou conseguir dormir sem você.

Ela fez que sim, e abri espaço suficiente na cama para que nós duas nos acomodássemos. Continuei de mãos dadas com Scarlet, pensando em tudo o que ela tinha acabado de me contar, tudo o que tinha visto. Se novas lembranças não paravam de vir à tona, fiquei imaginando como seria seu relato se ela resolvesse me contar tudo de novo dali a um ano. Era difícil imaginar uma memória assim cada vez maior, e ainda mais difícil imaginar que Scarlet tinha que carregar tudo isso sozinha.

Não sei se ela estava certa, sobre o meu talento para fazer as coisas acontecerem, mas, se Scarlet me achava capaz, eu estava disposta a tentar.

Onze

O tio Reid não estava mesmo brincando quando disse que Etan me acompanharia a viagem inteira. Quando fui subir em sua carruagem, ele me conduziu para a de trás.

— As duas só têm quatro assentos, e você e Etan precisam fazer as pazes antes de chegarmos lá.

— Mas já fizemos.

Ele sorriu.

— Bom, vão ter de fazer ainda mais.

Tomei seu braço para subir e suspirei, pensando que poderia passar a vida sem uma viagem como aquela. Menos de um minuto depois, Etan entrou com tudo, chacoalhando a carruagem e me obrigando a me segurar na janela enquanto ele se sentava ao meu lado.

— Você tem consciência de que o assento à minha frente está vago e que pode ficar com ele todo para você, certo? — perguntei, boquiaberta.

Ele ergueu a cabeça de leve e falou, sem olhar para mim:

— Viajar de costas me dá enjoo. Mas claro que você está livre para mudar de lugar quando quiser.

Soltei um suspiro.

— A verdade é que também me dá enjoo.

Ele se voltou para mim, e foi esquisito descobrir que tínhamos algo em comum.

— Minha mãe achava que era mentira minha — expliquei —, que eu fingia passar mal para não precisar ficar indo e voltando do castelo de Keresken. Levou anos para ela descobrir que eu falava a verdade.

Ele abriu um sorrisinho, quase involuntário.

— Eu gostava de viajar no colo da minha mãe quando criança, e ela adora se sentar de costas. Gosta de saber por onde passou. Como os isoltanos estão sempre testando novos remédios, ela tentou me dar vários comprimidos para enjoo, e até algumas soluções para o sono, mas nada funcionou. No fim, acabei crescendo tanto que precisava de um assento só para mim, e então tudo melhorou.

Depois dessas experiências compartilhadas, passamos para o silêncio. Não se tratava de um silêncio confortável. Eu reparava em cada respiração e cada gesto de Etan, consciente de que ele me vigiava, como se ainda tentasse encaixar minhas peças. Eu achava que já merecia a confiança dele, mas talvez estivesse errada.

A primeira hora de viagem consistiu em exatamente quatro palavras. A carruagem passou por uma pedra que me fez tombar para cima dele. Por instinto, Etan agarrou meu braço para evitar que eu caísse.

— Muito obrigada.

— De nada.

Mas em algum momento da segunda hora de viagem, Etan pigarreou e falou:

— Como era mesmo o nome dos seus pais?

— Quê?

— Bom, teoricamente você faz parte da família agora. Eu não deveria saber? Além disso, tenho certeza de que pelo menos uma pessoa vai querer provas de que você é uma lady.

Balancei a cabeça.

— Minha mãe era a *Lady* Claudia Cart Brite, e meu pai era o *Lorde* Noor Brite. Ambos descendiam de longas dinastias da aristocracia coroana, e se tivessem tido filhos homens, a dinastia... ainda existiria.

— O que houve? — ele perguntou, inclinando-se para me olhar nos olhos.

— Nada. É que... só agora me dei conta de que a linhagem dos Brite morreu. Meus pais se foram, e eu sou uma Eastoffe. Não pensava muito nisso quando estava para me casar com Jameson. Que filho homem poderia dar-lhes um presente desses? Que filho homem poderia torná-los membros da realeza? Mas agora não há filhos homens, e eu não sou rainha, e acabou... por minha causa.

Essa era uma das muitas mortes que eu não conseguia aceitar. Eu já havia compreendido que os Cavaleiros Sombrios iriam atrás dos Eastoffe algum dia, estivesse eu com eles ou não. Não era o caso dos outros ao meu redor.

Meus pais, por exemplo, foram absolutamente contra meu casamento com Silas. E, ao que tudo indicava, não só por ele ser estrangeiro e plebeu, mas por algo muito mais profundo que eu jamais consegui entender. Quaisquer que fossem seus motivos, eram tão fortes que eles nem sequer queriam comparecer à cerimônia, e se eu não tivesse suplicado, talvez tivessem sido poupados.

Eu me sentia muito culpada pela morte deles, uma culpa que não conseguia expressar muito bem porque todo o meu luto voltou-se para Silas. Mas a dor estava lá, aguda e profunda, e eu não tinha recursos para superá-la.

— *Como* todos os seus planos de ser rainha se desmancharam? Tudo parecia tão meticulosamente acertado na nossa visita — Etan perguntou casualmente.

— Parecia mesmo, não é? — repliquei, admirada. Estive tão perto da coroa. — Pelo visto um par de olhos azuis me desencaminhou. — Sorri, perdida em lembranças. — Jameson... era uma aventura. Era um jogo a vencer ou um desafio a enfrentar. Mas Silas me passava uma sensação de destino. Uma sensação de que o mundo entrava nos eixos. Não sei se tenho as palavras certas para explicar.

Etan balançou a cabeça.

— E agora que ele se foi? Você ainda considera destino?

Seu tom de voz não era de provocação nem mesmo indelicadeza, mas de genuína curiosidade: o que eu pensava de uma história de amor que mal completara a primeira página?

— Considero. Talvez nossa história seja maior do que nós dois.

Ele refletiu por um instante.

— Talvez seja — concordou.

— Mas isso não quer dizer que a ausência dele não seja dolorosa — acrescentei, baixinho. — Tenho sempre medo de esquecer como eram seus olhos. Ou o som de sua risada. Receio que tudo vá embora... e então começo a me perguntar se é errado me forçar a permanecer apegada.

Não tinha a intenção de me expor tanto, mas era verdade. E doía. Por um minuto, não houve nada além do barulho das rodas, girando sem parar. Bem quando pensei que Etan estava se abrindo para mim, ele decidiu ignorar a minha dor.

Por fim, ele tossiu.

— Disso, madame, acho que entendo.

Arrisquei um olhar para ele, mas seu rosto estava voltado para a janela, as emoções ocultas.

— Quatro anos atrás, perdi Tenen. No ano passado, Micha. Duas semanas antes de sermos obrigados a visitar Coroa, perdi Vincent e Giles.

— Família?

— Amigos — ele me corrigiu com suavidade, virando-se para mim. — Amigos tão próximos que eu considerava família. E agora sou o último de nós vivo... Não consigo imaginar o porquê. Tenho a sensação de que deveria ter morrido faz tempo. — Balançou a cabeça. — Todo mundo que é importante para mim morre. Em parte, é por isso que ainda não consigo entender Silas. Fiquei quase com *raiva* dele quando fiquei sabendo do seu casamento.

— Como assim?

— Não por ele ter se rebaixado ao se casar com uma coroana — ele disse zombando, embora eu pudesse notar que, pela primeira vez, não havia veneno por trás de suas palavras. — Depois de *tudo* pelo que nossa família passou, não consigo pensar em algo mais insensato do que arrastar mais gente para isso. Não consegui imaginá-lo casando-se com *qualquer pessoa*. Você nunca vai me ver em um altar.

— Então vou fazer uma oração de agradecimento por você poupar uma garota de semelhante destino.

Ele soltou uma risada.

— Nem todo mundo que você ama morre — argumentei delicadamente. — Seus pais ainda estão aqui.

Ele deu um sorriso triste.

— Mas são os últimos que sobraram. Você é nova aqui, não faz ideia de quantas pessoas perdemos. E se acha que não estou com medo de que meus pais estejam a caminho da própria cova hoje, está terrivelmente enganada.

Engoli em seco.

— Com certeza ele não nos mataria no casamento.

Etan deu de ombros.

— Acho que o rei quer que testemunhemos seu maior triunfo primeiro, mas isso não me tranquiliza. Se pudermos ir embora logo depois da cerimônia, melhor. É o que eu prefeririria. Mas, claro, estou às ordens do meu pai.

—Talvez eu possa dizer que estou indisposta e que preciso voltar para casa. E como você é meu acompanhante em tudo...

Ele se animou.

— Essa talvez seja a melhor ideia que você deu até hoje.

— Eu tenho um monte de boas ideias — falei, endireitando-me no assento e cruzando os braços.

— Sim, claro. Dispensar um rei, fugir no meio da noite. Você é brilhante — ele provocou.

—Você participa por livre e espontânea vontade dos conflitos na fronteira e se afasta da família... Difícil pensar que esteja em condições de criticar minhas decisões.

— Mas criticarei mesmo assim — ele disse com um sorriso, cheio de si.

Balancei a cabeça e virei-me para a janela. Sempre tão seguro de si, sempre tão rápido nas palavras. Etan era mesmo insuportável.

O interior de Isolte começou a dar lugar a casebres e depois a casas grandes. Fiquei boquiaberta quando chegamos a uma estrada coberta de pedras, e a nossa carruagem deu um solavanco ao entrar naquela via estranha e rochosa.

— Essas pedras são comuns por aqui — Etan disse. — No litoral tem muitas. E por isso você vai ver em toda parte, especialmente na capital.

— Já chegamos à capital? — perguntei, enfiando a cabeça pela janela para conferir.

— Quase. Eu manteria a cabeça dentro da carruagem se fosse você. Não é porque estamos nos aproximando do castelo que não há gente perigosa por aí. Na verdade, sou capaz de apostar que há até mais do que antes.

— Ah.

Recolhi-me e tentei ver o que fosse possível do meu assento. Havia sobrados grandes lado a lado, com um jardim tão pequeno na frente que só cabiam alguns canteiros de flor. Logo essas casas deram lugar a prédios geminados cada vez mais altos. No térreo, abrigavam lojas, muitas com vitrines com esquadrias de chumbo exibindo suas mercadorias.

Uma mulher batia um carpete; um homem puxava uma vaca teimosa por uma viela. Algumas crianças bem sujas corriam de um lado para o outro com pés descalços, até que enfim avistei uma menina arrumada subir a rua de mãos dadas com a mãe.

— Os pobres moram aqui?

— Alguns. Muita gente mora na cidade. Algumas preferem trabalhar de curtidor ou costureira em vez de ficar no campo. Mas aqui é lotado e, como você pode ver, não muito limpo. Ainda assim, com o aparecimento de novas fábricas, há muito trabalho.

— Que cheiro ruim.

Ele suspirou.

— Sim, Dona Altíssima e Poderosíssima, o cheiro é ruim. Mas melhora perto do palácio.

Depois de uns minutos, Etan apontou para sua janela, gesticulando para que eu me aproximasse.

— Palácio de Chetwin. Bem ali.

Eu me deparei com a construção mais agourenta que já tinha visto na vida. Os telhados formavam ângulos muito acentuados, talvez para suportar as frequentes nevascas, e eram cobertos de um material escuro e brilhoso. As pedras usadas na construção do palácio eram as mesmas das estradas: riscadas de veios brancos, um pouco perturbadoras em comparação às pedras de tom mais quente usadas em Coroa.

Era uma visão intimidante, com certeza. Contudo, não pude deixar de me sentir tocada por aquela estranha beleza à medida que nos aproximávamos. Como se lesse a minha mente, quando viramos na via que dava no palácio, Etan falou:

— Eu costumava ficar totalmente embasbacado ao chegar aqui quando era criança. As torres altas, as bandeiras tremulando. Não é à toa que chamam os reis de deuses. Veja as casas deles.

Ele apontou aquilo tudo, como se não houvesse uma palavra grande o bastante para abarcar tal grandeza. Tinha razão, claro. A vista era ao mesmo tempo maravilhosa e aterrorizante.

— Sabe o que você sente com relação ao casamento? É o que sinto com relação às coroas. Não há dinheiro no mundo que me faria chegar perto de uma coroa de novo… Dito isto, eu amava o castelo de Keresken. Sempre descobria um canto novo cheio de uma beleza que eu nunca tinha visto. E a luz atravessando os vitrais na sala do trono… Aquilo me tirava o fôlego. Ainda tira.

Ele sorriu.

— Se você pudesse construir seu próprio castelo…

—Vitrais por toda parte. — Suspirei. — É óbvio.

— Um jardim enorme.

— Isso! Com um labirinto.

— Um labirinto? — ele perguntou, cético.

— É bem divertido. E flores de aroma doce.

— Uma sala do trono redonda.

Franzi a testa.

— Redonda?

— Isso — ele insistiu num tom de voz que dava a entender uma necessidade óbvia. — Um cômodo retangular tem frente e fundos. É um jeito muito nítido de marcar hierarquia. Num cômodo circular, todos olham para o centro. Todos são igualmente bem-vindos.

Abri um sorriso.

— Então a sala do trono vai ser redonda.

A carruagem parou, e Etan me dirigiu um olhar animador mas sóbrio.

— Está pronta?

— Acho que sim. Estou.

— Muito bem. — Ele saltou rapidamente, levantando um pouco de brita ao pisar no chão.

E eu tomei sua mão com um sorriso que, para minha surpresa, foi muito sincero.

Doze

Etan me acompanhou até os outros membros da família que também desciam da carruagem. Minha mãe massageava as costas de Scarlet, cujos ombros estavam inconfundivelmente tensos.

— Parecem pessoas diferentes — cochichei com Etan.

— Estamos todos no castelo. Tente não mudar. Eles vão precisar de você.

Assenti e fui dar um abraço em Scarlet.

— Foi horrível? — ela perguntou, baixinho.

— Bom, como não houve derramamento de sangue, posso considerar uma vitória.

Ela deu uma risadinha, e nós duas nos viramos para nossa mãe.

— O que vem primeiro? — perguntei.

Foi o tio Reid que me respondeu:

— Apresentação ao rei.

Ele então se virou para tia Jovana e ofereceu-lhe o braço e, logo atrás, minha mãe e Scarlet deram as mãos.

— Agora? — perguntei, quase sem emitir som, para Etan.

Ele ajeitou a adaga na cintura, que eu não tinha notado na carruagem.

— É melhor ter uma noção do humor e das intenções dele o quanto antes. E ver tia Whitley e Scarlet sozinhas talvez amanse o seu temperamento. Melhor nos livrarmos logo dessa parte.

Ajeitei o vestido — como imaginava, estava tendo dificuldade de me mover naquelas mangas drapejadas de Isolte — e engoli em seco. Desde o começo sabia que ia chegar àquele ponto. Cedo ou tarde, teria que olhar para o rosto daquele homem. Precisaria ser respeitosa e me calar, mesmo olhando nos olhos da pessoa que tinha ordenado a morte do meu marido. Notei minha respiração rápida e entrecortada ao me dar conta de como estava perto do inimigo.

— O que foi? — Etan perguntou, sem baixar os olhos, que inspecionavam a multidão.

— Etan, não sei se vou conseguir — cochichei.

Ele ofereceu o braço com toda a calma de alguém acostumado a fazer aquilo centenas de vezes ao longo dos anos.

— *Você* não vai conseguir. *Nós* vamos conseguir.

Ele esboçou um sorriso, e eu passei a mão trêmula por seu braço para assumirmos nosso lugar atrás do restante da família. O caminho até a entrada para o palácio Chetwin era marcado por postes de pedra circulares e enormes que ficavam cravados no chão nas laterais. Ao contrário da grande área de brita que servia para deixar cavalos e carruagens em Keresken, o caminho terminava num semicírculo; esperavam que apeássemos ali para que depois os cocheiros levassem as carruagens até outro lugar. Isso deixava espaço para um gramado amplo que, apesar da beleza, estava vazio. Voltando-me para o outro lado, direcionei meu olhar para o alto das paredes pálidas de pedra.

Talvez por ter fugido de Keresken, de Jameson, entrar em outro castelo era para mim como trocar pulseiras por algemas. Tudo o que conseguia enxergar eram os favores que custavam caro, as expectativas que traziam uma série de restrições invisíveis. Acima de todas as danças ou festejos pairava o peso do trono. Mesmo quem não estava próximo dele tinha de suportá-lo.

Se os céus quisessem, depois de tudo isso, eu me afastaria de qualquer coroa do continente por séculos e oceanos. Para sempre.

Assisti ao inevitável acontecer. As pessoas viam tio Reid e o cumprimentavam calorosamente, felizes por encontrá-lo. Assentiam para minha mãe e Scarlet, e depois pareciam notar que faltavam vários membros na comitiva de costume. Até que me viam de braço dado com Etan. Uma desconhecida. Franziam a testa, olhavam mais de uma vez, embora a maior parte das pessoas tivesse o tato de não comentar.

Eu captava um ou outro cochicho à nossa passagem, sempre em tom apressado.

— Por que os Northcott convidaram alguém de *Coroa*?

— Parece uma aliança perigosa de fazer agora.

Não eram tão cruéis quanto poderiam ser, talvez nem mesmo tão afiados quanto eu esperava. A maioria das pessoas demonstrava mais preocupação do que julgamento, mas ainda assim eu tinha a nítida sensação de não ser bem-vinda.

— Suponho que o treinamento para ser rainha tenha feito você se acostumar com esse tipo de falatório. — Etan ponderou. Ele tentou manter a voz leve, e agradeci o esforço.

Com um sorriso largo, respondi:

— Não imagina o que falaram quando caí no rio.

Ele se virou para mim na hora, chocado.

— Você caiu no... Agora não é o momento, mas quero ouvir essa história mais tarde.

— Perdi os sapatos — falei, com uma risadinha.

— Os sapatos — ele disse, enfim entendendo o comentário de Nora na carta. Depois, balançando a cabeça e com um sorriso, comentou: — Inacreditável. Silas sabia disso?

— Aconteceu antes de ele chegar, mas ele mencionou o fato na nossa primeira conversa. *Todo mundo* sabia.

— Perfeito — disse Etan, rindo com gosto.

Eu estava acostumada a uma corte cheia, ao barulho e à falta de espaço. Para mim deveria ter sido como calçar um velho par de botas confortável, mas eu não conseguia me acalmar. Tentei não pensar em nenhum dos olhares de esguelha que recebia enquanto avançávamos para a sala do trono. A mesma pedra cinza-esbranquiçada por toda parte, e a luz entrando em raios compridos e angulosos por janelas altas e estreitas. Era até bonito, mas não tinha metade da beleza do Grande Salão de Keresken. A tapeçaria era grossa, mas sem graça, e os candelabros, rudimentares se comparados aos de Coroa. Parecia não haver orgulho naquele trabalho, nenhum esforço para tentar melhorar as coisas.

Eu estava tão perdida na simplicidade da sala que só vi o rei Quinten quando já estávamos para nos curvar diante do trono.

— Majestade — tio Reid saudou, fazendo uma reverência bem profunda para demonstrar respeito.

Segui seu exemplo, lutando contra todos os instintos, e me curvei perante aquele monstro.

— Lorde Northcott — ele dirigiu-se a tio Reid com a voz entediada. — O senhor parece bem. Quem o acompanha?

— Minha esposa e meu filho, Etan, com os nossos parentes, Lady Eastoffe, Scarlet Eastoffe e minha mais nova sobrinha, Hollis Eastoffe.

Ao ouvir isso, uma cabeça loira e esperançosa apareceu por cima do tio Reid, e encontrei os olhos de Valentina, sentada no trono. Ela tinha me parecido tão imponente da primeira vez que nos vimos, tão determinada a deixar uma marca, boa ou má, em quem cruzasse seu caminho. Agora, tinha um aspecto jovem e assustado. Tentava esconder isso, claro, como já era seu costume. Talvez a visão de um rosto amigo tenha trazido suas verdadeiras emoções à tona. Ela brindou-me com um pequeno sorriso, que não pude deixar de retribuir, feliz demais por enfim vê-la viva e bem. Valentina tinha mudado a postura no trono para não me perder de vista, e não desviei os olhos dela, com vontade de quebrar cada regra que tinha aprendido para correr e lhe dar um abraço.

Mas não demorou para eu perceber que Valentina não era a única a olhar para mim; Quinten fazia o mesmo.

— Ora, ora. Tinha ouvido falar que Jameson perdeu a noiva, mas não imaginava que ela viria parar na minha corte. A que devo a honra de sua presença, menina?

Sua voz, mesmo sob o verniz do tédio, era ameaçadora, e eu precisei tomar fôlego para me manter firme e conseguir responder:

— Estou aqui com minha família, majestade. Sou uma Eastoffe agora.

Ele encostou-se no trono, observando-nos confuso. Não consegui perceber se estava abalado por eu ter me casado com um membro da família que ele tentara matar, ou por eu não ter sido massacrada também. Em todo caso, estava tão inquieto quanto eu.

— Está me dizendo que trocou um rei por um *artesão*? Traidor do reino, ainda por cima?

— Silas Eastoffe elogiou Isolte a vida inteira, majestade. Foi muito doloroso para ele partir. — Não precisei nem mentir para dizer essa frase diplomática. Silas trazia Isolte no coração. A terra, a comida, os costumes... Tudo permanecia na tessitura da sua alma. A única coisa que fez Silas sair do seu tão amado país foi o homem que no momento conversava comigo.

— Verdade? — Quinten perguntou, incrédulo. — E se ele gosta tanto da terra natal, por que não ousa dar as caras agora?

Que animal feroz! Ele ia me obrigar a falar. Olhei em volta, notando todos os presentes, curiosos à espera de uma resposta. Fiz força para não chorar.

— Ele... — Minha voz falhou e tomei fôlego novamente. Etan fez-se presente, esfregando o polegar na minha mão. *Você não está só*, era o que dizia. Tentei continuar. — Ele morreu, majestade.

Por mais fraquezas que tivesse, o rei Quinten era um excelente ator. Manteve a testa franzida e olhou bem para aquela comitiva de seis pessoas, percebendo que vários membros da família que deveriam estar ali não estavam.

A sala, sobretudo, ficou chocada ao perceber. Algumas pessoas que tinham se calado durante a nossa conversa com o rei agora tocavam o ombro dos que ainda confraternizavam para contar-lhes, depressa, a notícia ao pé do ouvido. Restavam apenas poucas conversas aos sussurros quando Quinten tornou a falar:

— Lady Eastoffe? Seu marido faleceu também?

— Sim, majestade. Ele e todos os meus três filhos. — A voz vacilou na última palavra, mas ela se controlou com graciosidade.

O rei deteve-se por um instante, examinando-nos, e eu não consegui saber ao certo se estava contente por estarmos ali, honrando seu filho como era seu desejo, ou se estava frustrado por descobrir que seu trabalho estava incompleto. Seu rosto era uma verdadeira máscara de surpresa.

Tratava-se de uma manipulação tão cruel que eu não consegui mais olhar. Virei o rosto e deparei-me com um homem de barba curta e grisalha e entradas bem avançadas no cabelo. Seus lábios tremiam diante da notícia. Ao lado dele, uma mulher balançava a cabeça e cochichava incrédula com o marido.

Eu sabia que Lorde Eastoffe era uma boa pessoa, e sabia que seus filhos seguiam seus passos. Mesmo para um povo frio como o isoltano, era difícil aceitar a perda de excelentes homens como aqueles.

— Você estava certo — sussurrei para Etan. — Ninguém sabia.

Ele apertou os lábios, aparentando não gostar disso. Então, de repente, o rei Quinten mudou de assunto:

— Viúva Eastoffe, dei a outros os seus antigos aposentos quando sua família partiu para Coroa, em castigo ao seu comportamento. Mas os aposentos dos Northcott permanecem os mesmos, e julgo que atenderão bem à quantidade de pessoas. Podem retirar-se.

Fiz uma reverência e olhei para Valentina por uma última vez. Ela assentiu, aparentando querer confortar-me, mas sem poder fazer absolutamente nada. Etan começou a dar meia-volta e eu o acompanhei, passando para o outro braço.

Ele nos conduziu rápido para fora da sala, só diminuindo o ritmo no corredor. Virei-me ao som desolador do choro da minha mãe atrás de nós.

— Está tudo bem, mãe. Ninguém vai chamar você disso, tenho certeza — Scarlet disse para a confortar. Não adiantou muito.

Minha mãe jogou a cabeça um pouco para trás, num ângulo que parecia bastante doloroso, para a apoiar no ombro de tia Jovana.

— *Viúva Eastoffe*. Eu não vou suportar. Não vou.

— Com licença. Lady Eastoffe?

Nossos olhos dirigiram-se para um homem que vinha correndo do salão principal tentando nos alcançar.

— Lady Eastoffe — repetiu ele, com a voz carregada de dor, antes de pegar a mão de minha mãe. — Não pode ser verdade.

Ela sorriu tristemente para o homem.

— Lorde Odvar, temo que seja.

Ele balançou a cabeça.

— Os garotos também? Silas?

Ela fez que sim. Antes talvez eu não notasse o destaque que ele dera a Silas. Agora que sabia que as pessoas chegaram a depositar suas esperanças nele, fazia sentido. Talvez alguns tivessem esperado o retorno dele.

Lorde Odvar voltou-se para mim.

— E você? Você é a jovem viúva de Silas?

Ah, minha mãe estava certa: que palavra cortante. Nos rotulava pela perda, arrancando de nós todo o resto. Esqueça "lady", esqueça "noiva". Eu era uma pessoa que tinha sido roubada.

— Sou, senhor.

Ele se aproximou e estendeu a mão para mim. Hesitante, fiz o mesmo. Ele a levou até os lábios e a beijou.

— Acredito que a senhora seja mesmo uma dama singular, se é verdade que antes esteve ao alcance de um rei.

Abaixei a cabeça.

— Estive, senhor. Antes.

— Não vou mentir. Sinto-me muito mais impelido a conhecê-la como a mulher que roubou o coração de um homem como Silas Eastoffe. Bem-vinda a Isolte.

Treze

Etan caminhou resoluto por corredores tão estreitos que mal comportavam duas damas em vestido de gala seguindo lado a lado. Eram também muito mais labirínticos do que eu estava acostumada, com encruzilhadas que levavam sabe-se lá para onde. Comecei a prestar atenção nas poucas decorações que havia, na esperança de conseguir me orientar sozinha se decorasse alguns marcos.

Ainda sentia na mão o calor do aperto de meu novo e inesperado amigo Lorde Odvar. Parecia que, mesmo morto, Silas ainda tornava a minha vida melhor.

— Bem aqui — Etan disse, conduzindo-nos por uma curva.

Os mordomos já guardavam os baús nos quartos; sabiam onde ficaríamos sem que ninguém lhes dissesse.

— Cuidado com esse — tio Reid instruiu quando levaram seu baú para dentro.

Era o último, ainda bem, porque eu precisava que todos os olhos do castelo desaparecessem por um minuto.

A entrada era até espaçosa, apesar de escura. Reparei que aqueles aposentos, em vez de estenderem-se indefinidamente, como os últimos que tive em Keresken, continham apenas quatro dormitórios.

—Você fica com esse — tia Jovana insistiu, indicando para minha mãe aquele que devia ser o maior, o quarto deles.

— Não, não… Não vou incomodar vocês mais do que já tenho incomodado.

— Então este — Etan disse, conduzindo-a para o que imaginei que fosse o quarto dele.

— Garotas, não será problema vocês dividirem um quarto, será? — tio Reid perguntou.

Scarlet e eu sorrimos.

— Nós até preferimos — respondeu ela.

— Excelente.

Etan, sem dizer nada, pegou o quarto no canto direito dos aposentos, de modo que Scarlet foi comigo para o quarto ao lado, à esquerda. Adorei encontrar ali uma cama grande, com dossel, várias daquelas janelas estreitas que deixavam a luz entrar no quarto, e uma lareira apagada na parede que dividíamos com o quarto de Etan.

Scarlet e eu começamos, então, a nos instalar: baús ao pé da cama, malas no canto, vestidos pendurados para pegar ar. Levei o que tinha, isto é, vestidos mais apropriados para a corte de Coroa do que de Isolte. Mas eu sabia que Scarlet ia me emprestar alguma coisa, e eram apenas poucos dias.

— Garotas? Etan? — tio Reid chamou. — Venham aqui quando puderem.

Etan chegou primeiro na sala, onde o tio Reid e minha mãe estavam com as cabeças coladas e tia Jovana sorria com a cena, aparentemente admirada com a tenacidade de ambos.

— Ah, aí estão vocês — tio Reid cumprimentou. — Superamos a chegada e agora precisamos nos preparar para o próximo evento: o jantar. A meta desta noite é manter os ouvidos abertos. Hollis tinha razão, aqui é provavelmente o melhor lugar para encontrarmos uma prova inegável de que o rei cometeu alguma traição. Vamos conversar com as famílias que moram aqui, ver se alguém ouviu alguma coisa.

Ele fez uma pausa, limpou a garganta e continuou:

— E… Acho que precisamos admitir uma segunda meta. Se planejamos mesmo derrubar a coroa, e se as pessoas nesta sala são as únicas com direito a ela que ainda estão vivas, precisamos garantir o nosso apoio. Falar, consolar, encantar. Façam o que for necessário. Se provarmos que Quinten cometeu um crime mas tivermos avaliado mal a disposição do povo à revolta, tudo isto será em vão.

Deu para perceber que ele falava muito sério, mas essa era a menor das minhas preocupações. Se existia alguém que eu estava disposta a seguir, esse alguém era Reid Northcott.

Scarlet prendeu meu cabelo à moda de Isolte, separando-o em várias tranças e depois as enrolando em um belo coque no alto da parte de trás da cabeça, na altura de um rabo de cavalo. Era um pouco pesado, mas também um jeito simples de mostrar que meu objetivo era fazer a vontade dos anfitriões, e eu não queria destoar muito, para o bem do tio Reid.

— E com isso terminamos — ela disse quando começou a fixar joias azuis no meu cabelo, que era loiro e num tom mais próximo do dela e de Valentina do que de quase qualquer um em Coroa.

O vestido era quase amarelo. Não o dourado que eu costumava vestir, mas próximo o bastante para que eu não estranhasse. O azul com certeza era novidade.

— Obrigada.

— Posso contar uma coisa? — Scarlet perguntou. — Você é a única com quem posso me abrir.

— Claro — respondi, levantando-me para que ela pudesse assumir meu lugar em frente ao espelho.

— Lembrei-me de mais uma coisa hoje — ela murmurou ao sentar-se. — Que as cortinas começaram a pegar fogo antes de eu ver o vaso no ar. Então o incêndio começou antes do que pensava.

Balancei a cabeça.

— Como essas coisas surgem na sua memória?

Ela abriu a boca mais de uma vez para tentar explicar, mas não sabia nem por onde começar.

— Não sei — respondeu, enfim. — É como se tudo fosse uma pintura e eu virasse a cabeça para me concentrar em apenas uma parte por vez. E o que acontece? Essa parte fica vívida e nítida. Minha esperança é parar de pensar nisso quando tudo estiver no lugar.

Segurei as mãos dela.

— Eu vou sempre ouvir, Scarlet. A qualquer hora.

Ela me deu um sorriso cansado.

— Eu sei.

Comecei a puxar o cabelo dela para cima, imitando o penteado que Scarlet tinha feito em mim.

—Você não precisa ficar tão ansiosa — ela disse, provavelmente por notar minhas mãos nada firmes.

— Estou com medo de que as pessoas percam um pouco da consideração que têm pelo tio Reid por ele ter se associado a uma coroana que abandonou seu país.

— Uma coroana que se casou com um dos melhores homens de Isolte, você quer dizer.

Sorri.

— Ele era mesmo. Ainda assim, me pergunto se não seria melhor eu me afastar.

—Tio Reid pediu união. Você e Etan estão se saindo maravilhosamente bem até agora, e isso diz muito a respeito da força da nossa família, mesmo restando poucos de nós. Além disso, a rivalidade dos nossos países é exagerada. Confie em mim. Quando todos foram visitar a corte de Coroa, foi tão ruim assim?

Apertei os olhos, tentando lembrar.

— Não. Não foi uma alegria, nem nada, mas parecia haver algumas amizades de verdade que ultrapassavam as fronteiras.

— É isso mesmo. Os reis gostam de falar, e sempre vai existir gente preconceituosa com estrangeiros. Quanto a Quinten, acho que isso faz parte da manutenção de seu poder: a ilusão de que precisamos de alguém como ele para nos proteger de alguém como você.

— Sou mesmo ameaçadora. — Dei risada.

— Mas você vai ver. São uma minoria. Eram minoria em Coroa, e são aqui também.

Esperei de todo o coração que isso fosse verdade. Sabia que existiam pessoas assim, mas talvez, só talvez, fossem cada vez mais raras.

Baixei a cabeça, com a sensação repentina de que precisava confessar algo.

—Você me odiaria se eu lhe dissesse que já fui parte dessa minoria?

Ela sorriu.

— Nem um pouco. É passado. Foi e acabou.

Dei-lhe um beijo na bochecha.

—Vamos — falei.

Saímos à sala dos aposentos onde todos estavam à nossa espera. Minha mãe andava de um lado para o outro. Tio Reid e tia Jovana conversavam baixinho em frente ao fogo. Etan estava estirado numa poltrona grande.

Ao ver-nos, endireitou-se um pouco. Seu rosto, geralmente carrancudo, assumiu por um instante uma expressão quase de agrado.

— Ah, queridas. Vocês duas estão lindas — minha mãe disse.

Ao lado dela, tia Jovana parecia tão contente de nos ver que seus olhos marejavam com lágrimas de alegria.

—Todos aqui. Prontos, então? — tio Reid perguntou.

Scarlet e eu fizemos que sim, e Etan, dando um salto da poltrona, veio até mim para me acompanhar no banquete.

— Sabe — começou a falar —, você está quase se passando por uma dama da nobreza.

— Pena que não há veludo no mundo suficiente para fazer você parecer menos canalha.

— Canalha? — ele replicou, como que testando a palavra. — Não me ofende tanto. Aqui — ele disse, oferecendo-me o braço, com aquele esboço de sorriso malicioso ainda no rosto.

Tomei seu braço e assumimos nossa posição na comitiva, os últimos membros da família a sair pela porta.

— Escute — falei, baixinho. — Sei que o tio Reid quer todos nós juntos, e Scarlet me ama demais para me dizer para ficar aqui, mas confio na sua sinceridade. Se você notar que estou atrapalhando, diga, e vou embora.

Ele baixou os olhos para mim, sério.

— Eu até diria. Você sabe que eu diria. Mas acho que meu pai tem razão. Quinten costuma motivar as pessoas pelo medo. Seria revigorante, acho, ver que também é possível motivar as pessoas por outras coisas. Esperança, bondade, o mínimo de decência humana.

— Calma lá… Você tem o mínimo de decência humana?

— O mínimo do mínimo, então não costumo usar muito — ele zombou. E conseguiu me fazer rir. — Apenas siga o nosso exemplo, fique ao meu lado e seja a mais simpática que puder. Depois disso, tudo que terá de fazer é comer e dançar.

— Ah, enfim algo em que sou boa — gracejei.

Etan sorria de orelha a orelha quando entramos no Salão Principal, e me vi apertando seu braço com mais força para me sentir segura. O problema com a história de que só uma minoria me odiava era que não havia como saber à primeira vista quem se incluía nisso. Assim, para não me colocar em maus lençóis, precisei agir como se todos fizessem parte da tal minoria até que provassem o contrário.

Nossos assentos ficavam incrivelmente próximos da mesa principal, o que fazia sentido, já que os Northcott e os Eastoffe eram os únicos parentes de sangue de Quinten presentes naquele salão. Os únicos no mundo, na verdade. Isso fazia com que eu me sentisse exposta, e desejei que houvesse um meio de me envolver em todo aquele tecido que me caía pelos braços, como uma armadura.

— Etan Northcott, é você?

Ele e eu nos viramos para uma mulher que nos observava do outro lado da mesa com os olhos arregalados de admiração.

— Lady Dinnsmor, Lorde Dinnsmor! Quanto tempo!

O rosto de Etan iluminou-se de um jeito que eu jamais vira. Ele estendeu o braço para cumprimentá-la, e ela o fez com as duas mãos.

— A última notícia que tive foi que você tinha voltado à frente de batalha. Não imaginava vê-lo aqui — a dama disse, encantada.

— E voltei mesmo. Mas depois meu pai mandou me chamar. Estou certo de que a senhora ouviu dizer que meu tio, Lorde Eastoffe, e seus filhos recentemente foram… Faleceram. Coube a mim buscar minha tia e minhas primas.

Ele disse isso com muita calma, ligando-me tranquilamente a Scarlet.

Os rostos de ambos disseram o que já sabíamos: aquilo era novidade.

— Como eles morreram? — perguntou o lorde, sério.

— Foram assassinados. Um ataque ao casamento do meu primo Silas em Coroa. Permitam-me apresentar a viúva dele, Hollis Eastoffe.

Seus olhos vazios voltaram-se para mim.

— Pobrezinha. Meus pêsames.

— Obrigada, minha senhora — respondi, reparando que sua dor era sincera.

— Silas era tão inteligente, um pacificador — ela comentou.

Pensei naquilo, em como Valentina tinha me dito uma vez que Silas queria apenas que as pessoas pensassem, em como ele entrou num duelo de espadas sem vestir as cores de ninguém, em como ele parecia nunca hesitar. Não foi à toa que as pessoas o tinham apoiado; ele era feito para a paz.

— Era mesmo. Considero-me sortuda por tê-lo amado. E por ter ganhado uma nova família graças a ele.

Ela sorriu, olhando-me de cima a baixo.

— Então a senhora é de Coroa?

Engoli em seco. Minoria ou maioria, minoria ou maioria?

— Sou.

— E mesmo assim teve a coragem de vir para cá com a sogra e a cunhada?

— Meus pais também foram mortos no ataque. Lady Eastoffe e Scarlet são minha única família.

Eles não demonstraram incômodo por eu ser de fora; apenas tristeza por minha história. Se eu não soubesse o que procurar, talvez não tivesse notado o que aconteceu, mas tive certeza, a mesma de que o sol nasce e se põe, de que eles se entreolharam e... lançaram um olhar ao trono.

— Sinto muito pela sua perda. É pesada demais para alguém tão jovem — o cavalheiro disse.

— Obrigada, senhor.

Ele voltou os olhos para Etan e perguntou:

— Temos alguma informação?

— Nada que possamos provar.

— Silas — ele disse, balançando a cabeça. — Ele odiava Silas.

— Odiava.

O cavalheiro soltou um suspiro pesado, quase com raiva.

— Quando tiver certeza, avise-nos.

Etan fez que sim, os Dinnsmor viraram-se para falar com outra pessoa, e nós saímos para dar uma olhada no resto do salão.

— De onde você os conhece? — perguntei discretamente.

— Falei de Micah quando vínhamos para cá, um amigo que perdi na frente de batalha. Esses são seus pais.

Virei-me para ele boquiaberta.

— Às vezes me mandam umas coisas. Bilhetes e presentinhos. Uma vez mandaram um apito. Acho que me tratar como filho é uma forma de compensarem a perda que sofreram. — O maxilar de Etan ficou tenso. — Deveria ter sido eu.

— Se você disser uma coisa dessas na minha presença de

novo, eu vou... obrigá-lo a ouvir a minha voz por uma hora. Consigo falar de qualquer coisa e sou muito persistente, então é melhor ter cuidado.

Um sorriso hesitante dançou em seus lábios.

— Tenho certeza de que torturar civis é ilegal — ele falou antes de me olhar com tristeza.

— Bom, você disse que eu não era isoltana, então não preciso me preocupar muito em obedecer às leis. Pare de falar assim. Você está vivo. Então viva.

Ele assentiu e respirou fundo antes de voltar a concentrar-se no salão. Avistei Valentina. Ela me viu e mal levantou os dedos da mesa para acenar para mim. Retribuí com um aceno discreto.

— Gostaria de falar com ela — murmurei.

— Preciso lembrar que ela é inimiga?

Soltei um suspiro.

— Logo agora que eu achava que você estava se tornando suportável. Não, ela não é inimiga.

Ele estreitou os olhos para vê-la melhor.

— Ela parece um pouco pálida. Talvez esteja grávida.

— Pelo bem dela, espero que sim — desejei, tentando pensar num jeito de me aproximar o bastante para perguntar pessoalmente. Eu não podia simplesmente ir até lá... Os olhos de Etan cravados em mim tiravam-me o foco. — O que foi?

— O que você quer dizer com isso?

Engoli em seco e cheguei mais perto para ninguém ouvir.

— Ela já perdeu três. Parecia muito preocupada com sua situação quando visitou Coroa. Tenho medo de que o rei se divorcie se ela não conseguir... O que foi? Por que está me olhando desse jeito?

—Você tem certeza disso? — ele sussurrou. —Três abortos espontâneos? É isso mesmo?

— É. Ela mesma me contou, mas não era para eu contar para ninguém. Confio na sua discrição, Etan. É sério.

— Contou a mais alguém?

— Silas. E ele quis contar ao pai dele, mas implorei para que não o fizesse.

Etan balançou a cabeça.

— Ele devia ter um amor tremendo por você. Essa informação é *muito* importante. E explica muita coisa. Quinten contava em passar a coroa para um herdeiro próprio, e nunca soube ao certo quanto tempo Hadrian viveria. Claramente, já abandonou a esperança em Valentina, e a esperança que lhe resta é que Phillipa engravide rápido. *Por isso* o casamento é agora.

Se fosse verdade, eu só conseguia pensar na infelicidade de Valentina, presa a um casamento sem amor com o rei mais cruel de que se tinha lembrança. Se ele perdera as esperanças nela, o que faria? O divórcio parecia uma opção misericordiosa ultimamente. Se o homem fora capaz de matar Silas por ficar em seu caminho, o que o impediria de fazer o mesmo com Valentina?

Observei com atenção a noiva de Hadrian. Embora ela conversasse calorosamente com qualquer um que fosse até lá, quando se voltava para Hadrian não transparecia nada além de indiferença. Não era desdém, nem dor. Parecia mais uma resignação ao que lhe cabia e à pessoa que por acaso estava atrelada ao dever que ela foi criada a vida inteira para cumprir.

Eu não sabia bem se admirava sua determinação ou se ficava com pena. Acima de tudo isso, senti um calafrio de preocupação. O que seria dela, se também fracassasse?

O som de passos fortes chamou minha atenção. Seis homens vestindo uniformes sujos de Isolte entravam correndo pelo salão do banquete.

— Deixem-nos passar! — um deles gritou. — Temos notícias para sua majestade, o rei!

A multidão se abriu para os homens que caíram de joelhos diante da mesa principal, um deles quase desmaiando de exaustão.

— Majestade, devemos informar que mais um batalhão foi atacado na fronteira com Coroa. Somos os únicos sobreviventes.

Cobri a boca, chocada. Eram todos tão jovens.

— Não — Etan murmurou. — Não.

—Viemos contar-lhe essa atrocidade e pedir que mais homens venham defender nossa terra — o soldado disse.

— Jameson — Etan falou consigo mesmo, como se o nome fosse uma maldição.

Engoli em seco. Era difícil explicar a lealdade que eu ainda tinha a Jameson. Talvez porque Coroa, para o bem ou para o mal, sempre seria meu lar. Permaneci em silêncio, com medo até de tentar confortar Etan. Qualquer trégua entre nós poderia desaparecer com uma única palavra.

— Eu vou lutar! — um homem anunciou em meio à multidão.

— Eu também! — outro gritou.

O rei balançou a cabeça e ergueu a mão para calar o salão.

— Não vou gastar nosso sangue precioso com aquele príncipe vil! — ele berrou, engolindo o murmúrio dos convidados.

Em seguida, enfiou-se no trono por um instante, murmurando sozinho. Phillipa olhou para o noivo, como se para perguntar se aquele mau humor era normal, e Valentina encolheu-se no canto da cadeira, afastando-se ao máximo do rei. Quando a raiva finalmente cedeu, ele gritou para o salão:

— Onde está a *garota*?

Catorze

Havia muitas pessoas no salão, mas no fundo eu sabia que ele procurava por mim. O rei Quinten confirmou minha suspeita quando gritou de novo:

— Onde está a garota que a viúva Eastoffe trouxe?

Foi fácil para ele me encontrar, já que a maioria dos presentes voltou-se para a nossa mesa e para a estrangeira que acompanhava os Northcott.

— Suba num banco para que eu possa ver você! — o rei Quinten ordenou.

— Isso vai ser interessante — Etan comentou, oferecendo a mão para me ajudar.

— Como você é capaz de fazer piada com isso? — sibilei.

— Minha vida inteira foi assim, querida. Bem-vinda à família.

Tremendo, tomei sua mão e subi com as pernas bambas.

— Sim, aí está você. Lady Hollis, ex-noiva de Jameson.

A essas palavras, um burburinho tomou conta do salão. Assim como os Dinnsmor, nem todos tinham ouvido falar de mim ainda.

— Disseram-me que, apesar dos seus muitos pecados, seu precioso rei Jameson deseja sua volta ao palácio. Ouvi que ele incendiou metade da corte quando você partiu, de tanto que sofria.

Etan levantou os olhos para mim, à espera de uma explicação, já que era a segunda vez que ouvíamos esse boato.

Mas não havia o que explicar. Não era verdade. *Acontecera* um incêndio, mas…

O rei Quinten passou os dedos pela rala barba branca e encarou-me como um falcão observando um rato.

— Talvez devêssemos enviá-la de volta a Coroa numa mortalha — comentou de súbito. — Talvez a perda da sua preciosa Hollis finalmente ensine esse homem a ter um pouco de respeito.

O salão inteiro murmurou, concordando, e de repente tive a sensação de que não havia mais minoria. Ali, perante a morte de seus compatriotas pelas mãos dos meus, eu era a face do inimigo… Não conseguia imaginar qualquer espaço para misericórdia.

— O que disse, majestade? — gaguejei.

— Se Jameson mata meu povo com tanta facilidade, por que não devo fazer o mesmo com o dele? Talvez eu finalmente obtenha sua atenção se lhe tirar alguém de estima em vez de seus soldados patéticos e inúteis.

Ele estava tentando me assustar? Ou era apenas uma piada?

Jameson divertia-se com coisas tão absurdas que eu não podia descartar a possibilidade. Não perante o homem que tinha me tirado meus pais, que tinha me tirado Silas.

—Você tem uma solução melhor? — o rei me desafiou.

Permaneci ali, com dificuldade até de respirar. Eu ia morrer, e não tinha feito nada para deter aquele homem. Decepcionara Silas, minha família e tantos outros. Além disso, se ele mandasse meu cadáver para Jameson, provavelmente traria a guerra para dentro do seu reino, e não acabaria com a da fronteira.

— Diga alguma coisa — Etan sussurrou.

— Hm... Majestade? Não é verdade que o reino de Isolte tem mais que o dobro do tamanho de Coroa? — perguntei.

— É, de fato. Com terras muito melhores e generoso acesso ao mar.

Por todo o salão, muitos comemoraram e gritaram, reafirmando que Isolte era superior a qualquer outro país do continente.

— Então, majestade, não valeria a pena pensar em... doar esses pedaços de terra na fronteira para o rei Jameson?

A simples sugestão arrancou gritos de raiva do salão... Mas não tão altos quanto eu esperava, nem tão densos. Alcei minha voz sobre a algazarra:

— Talvez o rei aja por inveja. E considerando os muitos recursos de Isolte, é compreensível — continuei, sem saber se minha bajulação daria certo. — Se... Se o senhor abrir mão dessas parcas terras, o tamanho do seu reino praticamente não mudará, e o rei Jameson seria seu devedor. E! E o senhor seria lembrado como um pacificador tanto nos livros de história de Coroa quanto nos seus. — Engoli em seco. — O que seria uma mudança bem-vinda — murmurei.

Etan pigarreou para disfarçar a risada.

Um silêncio recaiu sobre o salão.

Permaneci ali, à espera de que alguns dos presentes se manifestassem. Qualquer coisa. Caíssem na gargalhada, puxassem a espada. Eram inúmeras possibilidades.

— É uma ideia interessante — o rei enfim comentou. — Seria bom ver Jameson de joelhos.

Alguém no salão celebrou ruidosamente.

— Providenciem roupas limpas e comida para esses homens — o rei ordenou para seus mordomos. E para os soldados, disse: —Vocês passarão a noite aqui como meus convidados, e eu tratarei dessa disputa amanhã. Por ora, retomemos os festejos. Meu único filho vai se casar, e *ninguém* deveria perturbar uma comemoração tão perfeita.

Ele então me olhou como se eu tivesse subido no banco por vontade própria.

A música recomeçou, e eu quase arranhei a orelha de Etan enquanto tentava descer.

— Posso voltar para o quarto agora?

— Com certeza — Etan disse, claramente achando muita graça.

—Vamos rápido — implorei.

Saímos do salão massacrados pela atenção do público, o que piorou tudo. Assim que viramos em um corredor e o ruído sumiu, corri para uma cisterna grande e vomitei.

— Não conseguiu bancar o papel de dama a noite inteira, hein?! — Etan provocou, ainda se divertindo com a situação.

— Pare de falar.

— Devo dizer que estou impressionado por você ter saído viva de lá, portanto talvez tenha conquistado o direito de vomitar a excelente comida do rei nos pertences dele.

— É sério. Pare. — Desabei, encostada na parede, tentando pensar em como explicaria as manchas nas mangas de Scarlet.

— Isso é tão incômodo — lamentei, levantando os braços. — Não sei se consigo continuar vestida com essas coisas ridículas.

Etan se aproximou e passou o braço ao meu redor para me levantar.

— Mas vai continuar. Por enquanto. — O tom de sua voz era quase doce. Pelo menos para os padrões dele. — Venha. Vamos botar você na cama.

Quanto mais distância tomava do banquete, menos ansiosa eu ficava, mas não sabia como me manteria contente e encantadora por mais dois dias.

— Amanhã vai ser diferente — Etan disse, como se lesse a minha mente. — Todos vão estar com a atenção voltada para o torneio.

— Talvez então ninguém se importe se eu não comparecer.

Ele riu.

— Eu não diria isso, mas talvez lhe dê pelo menos um dia longe de problemas... Isto é, você *consegue* ficar pelo menos um dia longe de problemas, não consegue?

—Você primeiro — respondi, meio zonza.

— Ah, então já era.

Não tive forças para apreciar o recém-descoberto senso de humor dele. Só queria ir para a cama.

— Foi muita coragem — Etan admitiu por fim. — Sugerir abrir mão do território. Não é uma ideia popular, mas salvaria tantas vidas se ele levasse a cabo... Você deveria se orgulhar, Hollis.

— Se eu sobreviver à viagem, vou tentar me lembrar disso — respondi, engolindo em seco. — Sinto muito. Tenho certeza de que você perdeu gente conhecida hoje.

— Só saberei em alguns dias. Mesmo se não os conhecesse, é difícil digerir — ele disse, em seguida olhando em volta do corredor sem deixar de me amparar enquanto caminhávamos. — Sei que você acha que eu odeio todo mundo, mas não odeio. O sangue do meu coração é azul como a bandeira de Isolte, e as pessoas aqui são apenas uma minúscula fração do país. Há mais gente lá fora, que mal consegue sobreviver, que vive com medo da ira do rei, que vai proteger a fronteira para ganhar dinheiro e sustentar a família, mas acaba morta. Não posso perdoar Jameson por matar o nosso povo, e não posso perdoar Quinten por matar o próprio povo. Os... os isoltanos não merecem isso.

Avançamos em silêncio por um tempo.

— Faz sentido você me odiar.

Ele bufou.

— Eu não *odeio* você. Só não gosto muito.

— Mas me odiava. Você mesmo disse.

— E você também.

— É. Eu acho que aquela Hollis, a do solar, cansada e triste e tentando acertar... Acho que ela odiava mesmo. Mas, embora fosse verdade naquela hora, eu provavelmente não conseguiria dizer o mesmo agora.

— Por causa do meu charme? — ele brincou.

Balancei a cabeça, e me arrependi imediatamente de ter feito isso.

— Porque você foi atrás de mim mesmo a contragosto. E cumpriu sua palavra desde então.

Paramos bem no corredor para os nossos aposentos.

— E você a sua — disse ele. — Além disso, por algum motivo inexplicável, você me faz rir numa época em que pouca coisa tem esse efeito.

Olhei para a frente, grata por estar perto do meu refúgio.

—Você só ri porque gosta de fazer piada à minha custa.

— É verdade. É bem verdade — ele disse, acompanhando-me para dentro dos aposentos. — Ainda assim, funciona.

Agindo como o cavalheiro que seu título lhe implorava para ser, ele abriu a porta para mim, esperando um instante para confirmar que eu conseguia me manter firme sozinha.

—Vá descansar — ele me orientou, antes de sair. — Tenho certeza de que meu pai vai querer nos reunir depois do banquete, mas Scarlet ou eu lhe contaremos tudo se você ainda estiver se sentindo mal.

— Obrigada.

— O que essa sua expressão quer dizer? — ele perguntou, apontando para o meu rosto.

— Scarlet e eu outro dia brincamos sobre virar nômades, e estou pensando se ainda dá tempo.

Ele riu e fechou a porta, voltando para o banquete, ao passo que eu parti direto para a cama.

Quinze

— Está acordada? — Scarlet sussurrou do outro lado do quarto.

— Não muito — confessei, forçando-me a abrir os olhos. Vi pela janela que havia uma abundância de estrelas lá fora. — Como foi o resto do banquete?

— O tio Reid quer uma reunião para falarmos exatamente sobre isso. Quer que eu a deixe dormir?

— Não, não — falei, levantando-me. Meu estômago tinha se acalmado, e senti vontade de comer alguma coisa. Com certeza, ajudaria. — Quero saber tudo o que está acontecendo.

Scarlet se aproximou e tomou-me pela mão para me ajudar a andar.

— Coitada. Aquilo deve ter sido aterrorizante.

Dei-lhe uma cotovelada.

— Pessoas melhores já passaram por coisa pior.

Ela abriu um sorrisinho, o que me pareceu um presente único naqueles dias, e nos juntamos ao resto da família.

— Hollis Eastoffe, menina esperta! — tio Reid me cumprimentou. — Você permaneceu incrivelmente calma sob pressão naquele momento. Conheço soldados que teriam se desfeito em lágrimas se sua majestade lhes ameaçasse daquele jeito. Muito bem!

Minha mãe assentia e sorria, mas com um ar convencido, como se já conhecesse minha capacidade.

— Bom, imagino que a criada que encontrar a cisterna cheia dos restos do meu jantar não me apreciará tanto assim, mas me contento com o que tenho.

Etan riu, mas foi breve.

— Estamos todos orgulhosos de você mesmo assim — tio Reid insistiu, unindo as mãos e olhando para cada um de nós. — Parece que as suspeitas de Etan foram mais do que confirmadas. Inúmeras pessoas me procuraram esta noite para perguntar se era verdade que Dashiell e os garotos estavam mortos. Ninguém sabia até hoje, e simplesmente não conseguiam acreditar.

— Aqueles que apoiavam Silas como futuro rei ficaram especialmente desolados — tia Jovana acrescentou. — Eu ainda não entendo todo esse segredo.

— Talvez ele saiba que foi longe demais dessa vez — Scarlet sugeriu. — Uma coisa é ameaçar um ramo da família real. Outra, completamente diferente, é tentar eliminá-lo.

Tio Reid balançou a cabeça.

— É possível, mas falta algo. Não consigo dizer bem o quê.

— Tudo que sei é que temos mais amigos do que eu pensava — minha mãe disse. — E o nome dos Northcott tem mais apoio do que nunca.

Tio Reid suspirou.

— Isso é animador. De verdade. Mas não significa nada se não descobrirmos provas. Ninguém vai agir correndo o risco de acabar preso ou coisa pior, se estivermos errados. Precisamos encontrar uma prova. Alguém teve essa sorte hoje à noite?

Todos na sala fizeram que não, frustrados demais até para pronunciar seu fracasso em voz alta.

Scarlet suspirou.

— O máximo que consegui foi fazer Lady Halton tomar um pouco mais de vinho do que deveria. E tudo que ela fez foi reclamar de Valentina. Não param de falar que ela não lhes dá um herdeiro — Scarlet disse com cara de tédio, sem ter consciência de como aquele ponto de discórdia era importante.

Etan olhou para mim, seus olhos suplicando-me para contar o segredo de Valentina. De repente, eu soube por que deveria fazê-lo.

— Isso não pode sair desta sala — comecei.

A atenção de todos veio direto para mim.

— Valentina já perdeu três bebês.

Minha mãe ficou de queixo caído, e Scarlet arregalou os olhos.

— Tem certeza? — tio Reid perguntou.

— Tenho. Ela própria me contou. Sei que vocês não a consideram uma aliada, mas eu considero. Desde o torneio em Coroa, nós nos entendemos, e ela... Ela é importante para mim. — Engoli em seco, notando os olhares questionadores. — Mas começo a pensar que ela poderia ser importante para nós todos.

— De que maneira? — tia Jovana perguntou.

— Em Coroa, nós conversamos sobre Jameson e Quinten, comparando a personalidade dos dois. Em algum momento da conversa, ela começou a se abrir. Não mantém distância das pessoas por escolha, é Quinten quem insiste nisso. Ele a mantém isolada. E ela estava... preocupada com a própria segurança. Tentou negar depois, mas sabe que seu lugar aqui depende totalmente de dar outro filho a Quinten, e agora já perdeu três. Se *ela* está em perigo, assim como *nós*, talvez estivesse disposta a nos ajudar.

Uma luz se acendeu por trás dos olhos de tio Reid.

— Hollis... Hollis, é claro! Ela tem mais chance do que qualquer outra pessoa do palácio de entrar nos aposentos do rei. Saberia o caminho mais seguro para entrar e sair do gabinete dele, onde ficam guardados seus documentos. Se pudéssemos garantir sua segurança, aposto que ela pelo menos iria procurar para nós.

Etan balançou a cabeça, mas não por discordância ou desânimo: parecia desejar ter pensado nessa ideia primeiro.

— Eu só precisaria conversar com ela. A sós — falei, com as mãos na barriga; a urgência daquilo me fez enjoar de novo. Mais uma vez, desejei ter algo para comer.

— O torneio é amanhã — tia Jovana disse. — Ela certamente vai estar lá. Tem que haver um meio de lhe entregar um bilhete com a multidão distraída.

— Então esse é o nosso plano — tio Reid disse, decidido. — Hollis, escreva um bilhete para marcar um encontro com a rainha. Amanhã, vamos providenciar que você chegue perto o bastante para entregar. Não importa a hora em que você marque o encontro; nós tentaremos arranjar uma distração. — Ele soltou um suspiro. — Pensamos no resto depois.

— Bravo, Hollis — Scarlet sussurrou, tomando minha mão.

— Guarde os elogios para quando acabar. Aí vou esperar ser coberta pelo seu carinho interminável.

Ela riu.

— Combinado.

Todos se levantaram para ir para a cama, e minha mãe veio dar um beijo na bochecha de Scarlet e na minha.

— Minhas valentes. Boa noite, meus amores.

Seguimos para o quarto, ainda de mãos dadas, e Scarlet apoiou a cabeça no meu ombro.

— Duas ideias decentes no mesmo dia — Etan disse. — Você deve estar exausta.

— Exausta demais para discutir.

— Ainda bem. Ah! Aqui. — Ele enfiou a mão no bolso e tirou um pedaço de pão envolto num guardanapo. — Achei que faria bem ao seu estômago.

Parei por um instante, encarando o embrulho.

— Não se preocupe. Não botei veneno. Meu estoque acabou.

Abri um sorriso malicioso e peguei o pão.

— Bom, sendo assim… Boa noite.

— Boa noite. Boa noite, Scarlet.

Ela assentiu para ele, sorrindo sozinha enquanto caminhávamos para o quarto. Mordisquei o pão sentada na pequena escrivaninha onde escrevia um bilhete breve para Valentina. Estava feliz por ajudar minha família, mas, no fundo do coração, só queria abraçar de novo a minha amiga. Com sorte, seria exatamente o que eu faria no dia seguinte.

Dezesseis

— Todos os outros já foram — Scarlet me disse ao voltar para o nosso quarto.

Minha determinação tinha desaparecido com o novo dia, e eu estava uma pilha de nervos. Ainda não tinha me acostumado àqueles vestidos de Isolte e levava mais tempo do que o esperado para ajustar o caimento das mangas. O resto da família tinha saído mais cedo para encontrar um bom lugar com acesso a Valentina, ao passo que Scarlet ficou para me ajudar a me vestir apropriadamente.

— Não se preocupe — ela disse, num tom supostamente tranquilizador. — Temos tempo de sobra.

— Eu sei. É que estou tão atrapalhada. E se eu não conseguir entregar o bilhete a Valentina? E se conseguir e ela não puder falar comigo? E se falar mas não quiser nos ajudar?

— Aí pensaremos em outro plano — Scarlet disse com

severidade olhando para mim pelo espelho. — Este é o último nó. Fique quieta.

Meu vestido ficou bem preso, pesado como sempre, e aquilo era tudo que eu teria para encarar a multidão.

— Não se esqueça disto — Scarlet disse, entregando-me meu lencinho.

Às vezes, eu olhava para os meus pertences de Coroa e tinha a sensação de olhar para algo que pertencera a outra pessoa em outra época. Eu amara tanto meus lencinhos. Bordados por mim mesma, com minhas iniciais e a bainha dourada.

Engolindo em seco, eu o enfiei na manga, na esperança de mantê-lo escondido quase o tempo todo. Eu sabia que distribuir lembranças também era um costume de Isolte, mas já não tinha vontade de fazer isso. Quando Jameson recebia meus favores, minha sensação era a de humilhar as damas mais maldosas da corte, e foi pura emoção quando Silas pegou meu lenço do chão e o usou. Mas agora? Ali? Parecia um desperdício, uma bobagem. Se eu não tivesse algo importante para fazer, teria me escondido de tudo aquilo. Além disso, quem em sã consciência aceitaria meus favores?

Scarlet saiu, e eu fui atrás, sabendo que ela seria minha guia naquele dia. No lado oeste do castelo, havia uma arena grande para torneios. Era maior do que a de Keresken, e estava coberta pelo azul de Isolte.

Avistei a tribuna ilustre montada para o rei, com tapeçarias tremulando à brisa. Os convidados especiais já estavam sentados em seus camarotes, e muitos outros lotavam as áreas adjacentes. Localizei Valentina ali, e sua única dama de companhia logo atrás. Tio Reid também estava em posição, na diagonal do camarote do rei, guardando aquele lugar perfeito para que passássemos o bilhete quando tivéssemos a oportunidade.

— Lady Scarlet?

Ela estremeceu um pouco antes de atender ao chamado.

— Desculpe! — o cavaleiro disse do alto do cavalo, levantando a viseira para mostrar a vergonha que tingia seu rosto sardento. — Não tinha a intenção de assustá-la.

— Julien? — Scarlet arriscou.

— Isso. Estava querendo cumprimentá-la, mas não consegui encontrá-la sozinha. A senhorita parecia ser o centro de uma dúzia de conversas na noite passada, e não quis me intrometer.

Seus olhos estavam encabulados, e reparei que sua postura era própria de alguém desesperado por acertar, mas receoso de estar errando.

— Que delicadeza a sua, Julien. Foi um pouco exaustivo. Espero que hoje eu possa simplesmente me sentar e aproveitar o espetáculo.

— Claro — ele disse, sem jeito. — Não quero segurá-la aqui. Só queria lhe desejar meus pêsames por seu pai e seus irmãos. E dizer que estou feliz por vê-la de volta a Isolte. Imagino que ainda não tenha voltado a dançar, mas a corte perdeu a graça em sua ausência.

Ele corou tanto que as sardas desapareceram.

— Eu acredito que sim — comentei para desviar a atenção. — Até as damas de Coroa tinham inveja do talento de Scarlet para a dança.

Julien rapidamente enfiou a cabeça no elmo.

— É um belo elogio, de fato. Tive a oportunidade de ir a Coroa no ano passado para a reunião do rei. Foi uma das viagens mais agradáveis da minha vida.

Eu retribuí o sorriso dele.

— Fico feliz.

Aparentando não saber bem o que mais dizer, ele voltou suas atenções para Scarlet mais uma vez.

— Se sua família precisar de alguma coisa, por favor, me diga. Parece que vocês voltaram às pressas, então, se... Quer dizer, se houver algo que não trouxeram ou...

— Obrigada, Julien — ela disse, salvando-o da gagueira.

— E... Detesto incomodar, mas poderia me fazer uma coisa?

—Vou tentar — Scarlet respondeu hesitante.

— Já pedi os favores de duas garotas e elas negaram. Acredito que a senhorita não tenha ninguém especial na corte...

— Ah! Não, não me importo nem um pouco. — Scarlet sacou o lenço e o colocou na palma da mão de Julien. — Aqui está.

Não deixei de notar que ele fechou a mão em volta da dela, segurando-a por um instante mais do que o necessário. Embora eu soubesse que Scarlet não estava em condições de ser cortejada, ela não se soltou.

— Obrigado, Scarlet. Sinto-me bem melhor com uma lembrança sua comigo. Deseje-me sorte!

Ele saiu trotando para se juntar a um grupo de outros rapazes em trajes de metal, e eu conduzi Scarlet até os North-cott.

— Amigo da família? — arrisquei.

— É. Conhecemos os Kahtri desde sempre. Mas fazia muito tempo que eu não via Julien.

— Ele parece simpático.

— Ele é — ela disse, inclinando a cabeça para o observar.
— Fico feliz por ele estar com o meu lenço. Alguns cavaleiros ficam desanimados quando são os únicos sem uma lembrança.

Enfiei o meu mais fundo na manga e suspirei.

— Vamos ter de aplaudir com mais força quando ele for disputar.

Ela assentiu, mas não disse mais nada. Eu não queria criar esperanças, e com certeza não ia comentar nada disso com nossa mãe, mas Scarlet mal falava e mal sorria fazia tempo. Qualquer coisa que me desse um vislumbre daquela garota que entrara nos meus aposentos com tanta vontade de dançar era bem-vinda. Por isso, me tornei a maior torcedora de Julien Kahtri.

Nós demos a volta na arena, acenando para a minha mãe, que parecia contente de nos encontrar em meio à multidão.

— Veja todos esses cavaleiros — comentei com Scarlet, apontando para os rapazes debaixo das árvores. Conversavam e riam enquanto esperavam o começo dos festejos. — Pode ser que o torneio dure até quase o fim do dia.

— Não se preocupe — ela retrucou. — Meu plano é fingir um desmaio depois de uma hora mais ou menos para escapar daqui. Você pode vir cuidar de mim.

—Você ia me abandonar? Estou magoada!

— Eu disse que você podia vir junto! — ela resmungou de brincadeira, os olhos brilhando de malícia.

Tomamos nossos assentos ao lado da nossa mãe, de tia Jovana e de tio Reid. Virei-me para trás e troquei um breve olhar com Valentina. Ela estava tão perto que eu poderia chamá-la, mas não podia dizer nem uma palavra. Tinha de descobrir um jeito de me aproximar.

— Com licença?

Não me virei na hora porque não conhecia ninguém ali, mas logo Scarlet me cutucou para chamar minha atenção para um trio de garotas me encarando.

—Ah, hã. Sim?

—Você é Hollis, certo? — a garota da frente perguntou.

— Lady Hollis — Scarlet a corrigiu.

— Sim, claro — a garota disse num tom quase excessivamente doce. — Estávamos curiosas... Ouvimos falar que, antes de se casar com Silas, a senhorita era noiva do rei Jameson. É verdade?

Olhei para cada uma delas na tentativa de compreender sua curiosidade. Maioria ou minoria? Amigas ou inimigas?

— Não exatamente. Nunca ganhei uma aliança, mas foi por pouco. — Dei de ombros. — Era difícil dizer quando eu passaria de sua parceira de dança favorita a sua prometida...

Mesmo esse pouquinho de informação me dava a sensação de estar falando demais. Dei-me conta de que, mesmo depois de todo esse tempo, eu ainda tentava compreender como Jameson me via.

Suponho que era sua noiva de certa forma, ainda que nunca tivéssemos posto isso no papel — e ainda bem que não pusemos. Um tremor percorreu meu corpo quando pensei em promessas no papel.

— Em todo caso, casei-me com Silas e encontrei uma irmã — acrescentei, com um olhar para a Scarlet, que estava hesitante, mas pareceu ter gostado. — E a minha amiga mais querida logo será rainha de Coroa. Espero. Estou muito contente por ela e pelo rei Jameson.

Uma das três balançou a cabeça.

— Quer dizer que a senhorita abriu mão de ser rainha?

— Sim.

— De propósito?

— Sim. Para me casar com Silas.

A garota da frente cruzou os braços.

— Rei Quinten tinha razão. Todos os coroanos devem ser atirados ao mar.

As palavras eram pesadas como uma bofetada e me deixaram sem fôlego.

— O quê? — Scarlet replicou, cortante.

— Silas era bonito e tudo, mas isso é uma estupidez sem tamanho. Quem abre mão de uma coroa?

Lancei um olhar fulminante para a garota.

— E você era a primeira da fila quando o rei Quinten começou a procurar uma nova esposa? — disparei em tom baixo.

Ela engoliu em seco e ergueu a cabeça, olhando-me do alto do seu nariz empinado.

—Você deveria se envergonhar, Leona Marshe! — minha mãe censurou. — Sinto vontade de contar essas suas palavras infelizes aos seus pais.

Leona enfim desviou os olhos de mim, dando de ombros.

— Pode tentar, mas tenho certeza de que eles concordariam comigo.

Dito isto, todas as três se retiraram, e eu fiquei atônita.

Não olhei em volta, sem vontade de saber quem teria ouvido a conversa. Era verdade que, nesse curto período no palácio de Chetwin, a maioria das minhas interações com os outros vinha sendo educada, às vezes até positiva. Mas essa última fora tão fria que congelou todas as outras na minha memória.

— Podemos ir embora — Scarlet propôs, para confortar-me.

— Não vou embora — respondi, observando os primeiros cavaleiros se preparem e negando-me a demonstrar para qualquer um como aquilo tinha me abalado. — Ainda temos uma tarefa a fazer. E não saio daqui enquanto não estiver concluída.

Dezessete

Eu conhecia as regras do torneio de lanças muito bem, já que era o evento favorito de Jameson. A meta era acertar um golpe no escudo do outro cavaleiro que vinha na direção oposta, e derrubá-lo no chão valia ainda mais pontos. Havia outras regras também, envolvendo a velocidade do cavalo ou golpes no elmo, que tiravam pontos com a mesma rapidez, mas o público só se importava com a pancadaria.

Eu não gostava muito do som das lanças acertando as armaduras, e os três homens que vi morrer nesse esporte, um deles pelas mãos do próprio Jameson, ainda me assombravam. Mas, independentemente do que acontecesse, eu me recusaria a deixar a arena.

Ficava o tempo todo olhando para trás. Precisava chegar até Valentina.

— Você está bem? — tio Reid me perguntou depois de algumas rodadas.

Fiz que sim.

— Ótimo. Aqui. — Ele me entregou seu lenço. — A rainha parece estar com calor.

Eu imaginava que em Isolte aquela temperatura poderia ser considerada quente. Respirei fundo e peguei o lenço, enfiando cuidadosamente meu bilhete por entre as dobras da roupa. Observei Valentina atentamente enquanto me aproximava com a esperança de deixar claro que aquilo seria mais do que um gesto. Mas, primeiro, fui até seu marido.

— Majestade — cumprimentei-o.

O rei Quinten ergueu os olhos, percebendo minha presença ali. Para mim, já era difícil simplesmente olhar para ele, vê-lo desfrutar daquele torneio tendo feito tantas vítimas. Isso não o perturbava? Não tirava seu sono à noite?

Respirei fundo e parti para minhas frases ensaiadas:

— Gostaria de aproveitar esta oportunidade para pedir desculpas pela noite de ontem. Eu estava nervosa e talvez tenha falado fora de hora. Sinto muitíssimo e gostaria de agradecê-lo por receber a mim e minha família na sua casa.

Ele me olhou com curiosidade.

— Não foi tão ruim a ideia das terras — ele disse, embora claramente as palavras tinham gosto de vinagre na sua boca. —Você gosta muito de bancar a espertinha, não é?

— Ultimamente, tenho chegado à conclusão de que não é sábio gostar de qualquer coisa, majestade.

Ele soltou uma risada única.

— No seu caso, não tenho como não concordar.

Meu sangue começou a ferver com aquela atitude casual

dele. Eu imaginava que meu coração despedaçado fosse coisa de pouca monta para qualquer outra pessoa no mundo, mas como ele era a causa da minha situação, poderia ao menos ter a educação de não abrir a boca sebosa e nojenta para falar sobre isso.

— Em todo caso, estou conversando com meus homens. Faz muito tempo que eu já deveria ter entrado na história de Coroa. Já sou mencionado na história de Grã-Perine e de Catal. Ainda há tempo para mais — ele disse, dispensando-me com um gesto.

Fiz uma reverência, pensando e sentindo muitas coisas, e então me voltei para Valentina.

— Para a sua fronte, majestade. A senhora parece estar com calor.

Ela tomou o lenço graciosamente e eu me retirei sem mais nenhuma palavra, com medo de olhar para trás para conferir se ela encontrara o bilhete.

— Muito bem executado — minha mãe disse quando voltei para os nossos assentos.

— Estou tremendo.

— Vai passar.

— Não é só isso... é Quinten. — Engoli em seco, tentando diminuir o ritmo do meu coração. — Não quero desperdiçar a vida odiando alguém, mas é quase como se ele gostasse de ser odiado. Prefere ser conhecido como um homem perverso do que não ser conhecido.

Ela me envolveu num abraço.

— No que depender de mim, chegará um dia em que você não vai precisar lembrar do nome dele, ponto. Nenhum de nós vai.

Coloquei a mão no ombro dela por um instante, deixando-me abraçar. Eu precisava acreditar que, se Quinten era capaz de falar de maneira tão abjeta das vítimas dos seus crimes, seria descuidado a ponto de deixar uma prova em algum lugar. De alguma maneira, nós a encontraríamos. E quando encontrássemos, o povo seguiria tio Reid para corrigir as coisas em Isolte.

O torneio continuava, e eu mal era capaz de acompanhar o que acontecia diante de mim. Quando a multidão aplaudia, eu me juntava a ela. Quando soltava alguma exclamação, seguia seu exemplo. Tudo era explosivo e rápido, e minha mente já estava zonza só de tentar ficar quieta e prestar atenção.

Estava distraída demais para notar o cavaleiro que tinha acabado de parar na nossa frente e agradeci ter sido capaz de não gritar quando me deparei com uma lança diante do meu rosto. Como ela não se mexeu, percebi que ele estava à espera dos meus favores.

— Não tem graça — murmurei com Scarlet.

— Hollis... é Etan.

Voltei-me para ele, tentando enxergar através das aberturas da viseira. Mal consegui distinguir seus olhos — o mesmo tom azul-cinzento que tingia cada pedra por que eu passava. Sim, com certeza era ele. E então me dei conta da enorme bondade que ele estava tendo comigo, a afirmação que fazia a todos naquela multidão. Eu era bem-vinda na família dele; eu era bem-vinda em Isolte. Os Northcott não desconfiavam dos coroanos. Por que alguém desconfiaria?

Levantei-me, puxei o lenço do punho e o atei na sua lança.

— Obrigada — falei em voz baixa.

Ele apenas curvou a cabeça antes de voltar à beira da arena.

—Você já assistiu a Etan num torneio antes? — perguntei para Scarlet enquanto me sentava.

— Muitas vezes.

— Ele é bom?

Ela inclinou a cabeça.

—Tem melhorado.

— Que reconfortante — respondi com cara de tédio. — Se ele se ferir, vai ser bem ruim.

Ela se acomodou e observou a arena.

— Mas imagine que espetacular vai ser se ele ganhar.

Levou mais quatro disputas até Etan manobrar seu cavalo do outro lado, meu lenço agora enfiado na armadura, com bordados e a bainha dourada despontando do pescoço dele. Eu tinha a esperança de que, no mínimo, não lhe arrancariam o elmo nem quebrariam seu braço. A vitória não era tão importante quanto ele simplesmente sair ileso.

Apertei as mãos no peito quando Etan e seu oponente voaram um de encontro ao outro ao agitar da bandeira. Para algo normalmente tão abrupto, a corrida de Etan me pareceu até lenta. Eu sentia as batidas dos cascos do cavalo no chão, e cada grito da torcida entrava em meus ouvidos como mel gelado. Quando a lança de Etan enfim entrou em contato com o escudo do outro cavaleiro, soou como se um trovão partisse os céus ao meio. E então, como se não demandasse qualquer esforço, Etan derrubou o oponente do lombo do cavalo.

Ele tirou o elmo e correu para conferir se o cavaleiro estava bem. Assim que ficou claro que seu oponente não tinha se ferido, houve uma erupção de gritos na arquibancada, e eu acho que ele ouviu o meu em meio a todos os outros. Nossos olhares se cruzaram, e seu rosto assumiu uma expressão de completo choque. Eu não conseguia parar de comemorar.

Várias pessoas à nossa volta davam tapinhas nas costas de tio Reid ou comentavam da força de Etan. Mesmo os olhares de quem estava do outro lado da arena recaíram sobre os Northcott. Não ousei espiar a reação de Quinten ao nosso momento de glória. Mesmo que estivesse furioso, eu não me importaria.

Foi o começo de um dia muito empolgante para Etan. Os cavaleiros eram eliminados ao longo de diversas rodadas e, cada vez que ele voltava a combater, eu me pegava quase cedendo ao desejo de roer as unhas. Prendia a respiração sempre que ele avançava pela arena, com lança em riste, postura determinada. Rodada após rodada, ele foi se saindo vitorioso até chegar à fase final.

— O outro cavaleiro é feroz — comentei com Scarlet. — Ele se move de um jeito tão intenso… Para piorar tem essa armadura preta.

— É, ela deixa mesmo Sir Scanlan com uma aparência

meio assustadora. E ele sempre foi um oponente formidável. Acho que meu pai perdeu para ele algumas vezes faz alguns anos. Mas Etan... nunca o vi se sair tão bem.

— Hm. Acho que ele finalmente encontrou um escape para toda a raiva reprimida.

Ainda bem, porque eu já tinha aguentado tudo que podia.

— Hmm... — foi tudo que Scarlet respondeu.

Algo na curva contida de seu sorriso me dizia que ela estava concentrada no seu passatempo predileto: observar tudo sem revelar nada.

Segurei as mãos dela com força quando Etan e Sir Scanlan assumiram suas marcas, e prendi a respiração quando veio a bandeirada. Eles dispararam um contra o outro, com as lanças empunhadas com firmeza, ambas quebrando-se com um estalo agudo ao atingirem os escudos. Como um tinha quebrado a lança do outro, foi empate.

No duelo seguinte, senti um nó no estômago quando mais uma vez as lanças se quebraram, deixando a decisão do torneio inteiro para a última disputa.

— Acho que já passou uma hora. Quer sair agora? — Scarlet perguntou.

— Muito engraçado.

Nossos olhares cravaram-se nos dois cavaleiros, cientes de que era a hora. Sinceramente, no começo do dia minha única expectativa era que Etan não quebrasse uma perna, mas agora, sabendo que com aquilo as pessoas viam que ele não tinha medo de Coroa, sabendo que havia gente pronta para dar seu apoio aos Northcott... e sabendo que aquelas três garotas de antes estavam se contorcendo no assento ao vê-lo competir com meu favor, eu queria que ele ganhasse.

Fiquei de pé quando ele partiu, incapaz de me sentar, os punhos cerrados de esperança e a voz rouca pelas horas de berros nada apropriados para uma dama. A lança de Etan fez contato com o escudo de Sir Scanlan… e a lança de Sir Scanlan resvalou na lateral da armadura de Etan, sem tirar nem uma lasca.

A arena explodiu em comemoração, e abracei Scarlet chorando de alegria.

Já estava sem voz por causa dos gritos, e meu corpo doía de tanta tensão a cada vez que ele cavalgava. E tudo valeu a pena. Etan tinha vencido!

Dezoito

Já no fim da tarde, minha mãe, Scarlet, tio Reid, tia Jovana e eu estávamos sentados alegremente sob a sombra de uma árvore à margem da arena. Havia cerveja e frutas silvestres e alguém passava de um lado para o outro servindo coxinhas de uma ave de que eu nunca tinha ouvido falar e nem experimentado.

A atmosfera era bem diferente de Coroa. O ar, por algum motivo, não era tão leve, e de vez em quando o vento bagunçava meu cabelo. Eu ainda tinha a sensação de ser diferente de todos, e coisas simples como o formato das árvores me lembravam de que aquele não era só mais um torneio. Mas a companhia compensava tudo, e eu me vi incapaz de parar de sorrir.

— Essa foi a primeira vez na vida em que me importei com o resultado de um torneio — Scarlet disse, inclinando o rosto para o sol. Era muito agradável fazer isso quando o vento diminuía. — Etan foi *muito* bem hoje.

— Falando assim parece até que ele não era tão talentoso — comentei, mordiscando a comida.

Ela me deu um tapa brincalhão no braço enquanto tia Jovana fingia estar ofendida.

— Eu só não sabia que ele tinha melhorado tanto — Scarlet disse, na defensiva.

— Ainda não consigo acreditar que ele venceu — falei.

Apesar de ter perfeita consciência de que o mérito era todo de Etan, o público inteiro o vira pegar meu lenço e, por mais fútil que fosse, o gesto significava muito para mim.

— É a primeira vez, pelo que sei — tio Reid reconheceu. — Suponho que, se era para os Eastoffe e os Northcott voltarem ao centro do palco, não havia melhor maneira do que essa. O rei Quinten provavelmente ficou irritado com a vitória, mas soou muito bem aos… outros.

— O que você sabe? — Scarlet perguntou.

Ele deu um suspiro profundo.

— Não fomos esquecidos. À luz dos acontecimentos recentes, alguns chegaram a dizer que agiriam sem provas, que isso basta para merecer no mínimo uma prisão. Se o rei passou a assassinar membros da família, o que vai proteger as outras pessoas? Temem que nem o melhor dos comportamentos nem a maior das lealdades possam salvá-las. Não salvou vocês e mal nos salvou. Mas, ainda que conseguíssemos tirar Quinten do trono sem provas, abriríamos um precedente muito questionável. Se não seguimos as leis que determinam como remover um rei dentro dos conformes, o próximo a ocupar o trono poderia ser arrancado de lá com a mesma facilidade. Digamos que fosse Scarlet.

— Não digamos — ela disparou.

— Se não obedecermos às leis, ninguém obedecerá depois. Obedecendo, demonstraremos de todas as maneiras que somos aptos a governar. Direito.

As palavras de tio Reid me lembraram daqueles versos bobos que recitávamos em Coroa quando nos ensinavam todas as leis que, como cidadãos, deveríamos conhecer. *Pois se abalardes uma, a todas abalareis.*

Eu pensava que havia alguma verdade naquilo, que roubar era tão ruim quanto mentir que por sua vez era tão ruim quanto matar. O que quer que fizéssemos para destronar Quinten, seria uma rebelião. Tio Reid provava que havia como desfazer o mal sem se tornar mau. Isso, no mínimo, merecia a minha admiração.

— Ah! Aí está ele! — minha mãe disse, apontando para a figura de armadura que se aproximava.

Todos demos mais uma salva de palmas para Etan, que acenava fingindo arrogância, assentia de maneira exagerada, brincando conosco ao receber nossos elogios.

— Parabéns, filho! — tio Reid disse quando Etan se ajoelhou ao nosso lado.

— Obrigado, senhor. Um belo dia para os Northcott.

Ele estendeu a mão com o prêmio. Era uma pena de ouro, com espaço entre as penugens para que a luz pudesse passar. Era um bom troféu para uma tarefa bem executada, e de longe a obra artesanal mais linda que eu tinha visto em Isolte.

— Mesmo que você não tivesse vencido o torneio inteiro, a primeira rodada bastaria para me orgulhar — comentei.

Etan assobiou baixinho.

— Eu já havia lutado bons duelos, mas nunca derrubado ninguém. É verdade — ele disse, levantando os braços e gesticulando para o nada —, eu *sou* mesmo incrivelmente talentoso. Mas acho que devo um pouco da minha boa sorte a você, Hollis.

Inclinei a cabeça.

— Graças a você, meus favores agora estão muito valorizados.

— Sério? Então acho que isso deve ser seu. — Etan me ofereceu o prêmio.

— É lindo, mas não posso aceitar. É a sua primeira conquista. Deve guardar.

— Só que eu não teria vencido sem você. Então...

Ele continuou com a mão estendida, os olhos insistentes. Tudo corria tão bem que a última coisa que eu queria era discutir com Etan por causa de uma pena.

— Você é um idiota teimoso, mas eu aceito. — Suspirei. — Obrigada.

— Vamos fazer um brinde — tio Reid disse. — Ao nosso campeão e ao nosso amuleto de sorte. A Etan e Hollis!

— A Etan e Hollis — todos disseram em uníssono.

Ergui minha taça rapidamente, na esperança de esconder a expressão que tomava meu rosto.

— Tomara que a nossa sorte se estenda aos nossos planos — falei, mudando de assunto. — Entreguei minha carta à rainha.

Etan engoliu a bebida às pressas e arregalou os olhos para mim.

— Ela recebeu?

Fiz que sim.

— Conferi o chão perto do assento dela. Pelo menos ela a levou da arena. Conversamos sobre a necessidade de discrição em Coroa, então estou confiante de que ela entendeu a importância do lenço.

— Quando você pediu para se encontrar com ela? — tia Jovana perguntou.

— Hoje à noite. No Salão Principal, durante o banquete de comemoração.

Todos me olharam como se eu fosse louca.

— Às vezes, a melhor maneira de guardar segredo é na frente de todos — expliquei.

Etan balançou a cabeça, e seu rosto mostrava que mais uma vez estava impressionado, a contragosto.

— Como podemos ajudar? — tio Reid perguntou.

— Espero não precisar de muita ajuda. Com todos de bom humor por causa do torneio e empolgados com o casamento, imagino que a noite vá ser agitada e que ninguém vá reparar em Valentina escapando para falar comigo.

— Excelente — tio Reid comentou. — E o restante de nós deve estar preparado para colher mais informações. Hollis não pode carregar essa responsabilidade sozinha.

Scarlet concordou fervorosa, assim como Etan. Eu não achava que estava carregando tudo sozinha. Estava apenas grata por ser útil.

Terminamos a refeição e nos encaminhamos preguiçosamente rumo ao palácio. Etan caminhava altivo, o cabelo ainda grudado na testa por causa dos esforços do dia. Exibia um sorriso grande e satisfeito no rosto sujo, carregando feliz o elmo debaixo do braço.

— Por favor, diga-me que pretende tomar banho antes de jantarmos — provoquei.

— Por favor, diga-me que também pretende.

Soltei uma risadinha.

— Ouça — ele disse. — Pensei em algo com relação a esta noite, mas não podia dizer na frente do meu pai. Sei que ele não aprovaria.

— O quê? — Franzi a testa, tentando imaginar o que Etan estaria disposto a fazer que não agradasse o pai.

— Se você se vir incapaz de chegar perto de Valentina durante o banquete, se Quinten ou qualquer outra pessoa estiver de marcação cerrada, posso criar uma distração.

— Obrigada. Essa era a minha maior... Calma lá, *criar uma distração* como?

Ele deu de ombros, como se nada fosse.

— Há um bocado de competidores um pouco azedos demais por terem perdido para mim. Precisaria de apenas dois ou três comentários bem encaixados para fazer alguém me dar um soco.

— Etan!

— Como eu disse, só se você ficar sem opções. Não quero causar escândalo, mas é muito mais importante trazer Valentina para o nosso lado do que eu preservar a minha reputação, ainda que eu saiba que essa é uma grande preocupação do meu pai agora. Se eu não estiver do seu lado, estarei de olho. Apenas acene com a cabeça ou coisa assim, certo?

Concordei.

Eu conhecia Etan. Ele era orgulhoso. Não gostava que não levassem seu trabalho, suas convicções ou seus sacrifícios a sério. De certa maneira, sua reputação era o prêmio da sua vida. Ver que ele estava disposto a sacrificá-la por um tempo para me ajudar... Parecia enfim um vislumbre da pessoa de quem Silas me falara.

Por um lado, sentia-me obrigada a fazê-lo mudar de ideia, por outro, sentia orgulho de conhecê-lo.

Dezenove

Escovei o cabelo e fiz tranças nas mechas da frente para evitar que caíssem sobre o rosto, como Delia Grace costumava fazer. No instante que o nome da minha amiga me cruzou a mente, perguntei-me o que ela estaria fazendo. Já teria se mudado para os aposentos da rainha? Já tinha um monte de damas de companhia para servi-la? Estava feliz com seu lugar ao lado de Jameson?

Eu esperava que sim. Ela já tinha passado por muita coisa; era hora de ter uma vida mais fácil. Perguntei-me se deveria lhe escrever, ou talvez responder a Nora. Eu me sentiria tão melhor se descobrisse de alguma maneira que Delia Grace tinha um acordo oficial com Jameson.

— No que você está pensando? — Scarlet perguntou. — Às vezes você faz uma cara como se tivesse voltado para Coroa na sua cabeça.

Se meus olhos não me entregaram, meu sorriso culpado certamente o fez. Scarlet era observadora demais.

— Estava pensando naquelas garotas de hoje, que perguntaram se eu tinha sido noiva de Jameson. Lembrei como os clérigos tiveram de obrigar Jameson a não colocar meu nome no tratado com Quinten. Se eles não tivessem feito isso... acho que eu não teria conseguido partir.

— O quê? Por que não?

— Acho que seria o mesmo que estar casada no papel, ou no mínimo praticamente noiva. Essas coisas são quase invioláveis em Coroa. — Virei-me do espelho para Scarlet. — Conheci uma garota cujos pais assinaram um contrato de casamento com outra família quando ela e o seu prometido tinham dois anos de idade. Esses contratos têm data, e quando a data chega, a pessoa está legalmente casada.

— Minha nossa! — Scarlet arquejou.

— Pois é. Esse contrato que comentei estava datado para logo depois do aniversário de dezoito anos da garota. Só que, quando atingiram a maioridade, nenhum dos dois quis saber daquilo. Mas quando o acordo fica registrado por escrito, é o próprio rei que precisa anular o contrato. Como a pessoa está essencialmente casada, na prática é como pedir o divórcio, o que não é nada simples.

— Sério?

— Infelizmente sim. Um contrato é como um juramento em Coroa.

— Mesmo quando os envolvidos são crianças? Mesmo que os pais tenham feito o contrato sem o conhecimento deles?

Eu nunca tinha questionado isso quando mais nova. A esperança de que alguém, *qualquer um*, estivesse disposto a comprometer-se por uma vida inteira comigo me absorvia de tal maneira que nunca pensei como seria caso eu não quisesse acordo nenhum.

— Sim. Eu estava presente no dia da audiência. Os pais dos dois ainda queriam muito o casamento, e por isso o rei Marcellus se negou a anular o contrato, apesar de tanto a garota quanto o rapaz estarem ali se desfazendo em lágrimas. O tempo que passei ao lado de Jameson me força a acreditar que o rei via alguma vantagem naquilo, mas não sei qual. É o único motivo para eles fazerem qualquer coisa.

Scarlet cruzou os braços, aparentando raiva e tristeza ao mesmo tempo.

— O que aconteceu com o casal?

Abri um sorriso malicioso.

— Estão dando um jeito de se vingar. Casaram-se numa cerimônia oficial, porque não tinham como evitar. Mas ela é a última na linhagem e vai herdar toda a terra da família. E a situação dele é a mesma. Os pais claramente queriam netos que no final ficassem com tudo. Só que os dois estão se negando a ter filhos.

— Ah... Ah!

Assenti.

— Pois é. E já faz muitos anos.

— Isso que é determinação.

— É mesmo — falei, voltando-me para o espelho mais uma vez. — Em todo caso, eu estava pensando nisso e em Delia Grace. Ela nem sempre era fácil, mas passou por *tanta* coisa. Fico feliz por ela, depois de tudo, ter chances de se tornar rainha. Mas se o meu *nome* estivesse naquele papel, ia ser muito mais complicado do que a minha simples saída do palácio.

—Você acha mesmo que Jameson vai se casar com ela?

Fiz que sim.

— Se existe alguém capaz de tramar um plano para chegar ao trono, esse alguém é ela.

— Se acontecer, eu gostaria de ir à festa. Ficou bonito — Scarlet comentou sobre o meu cabelo. — Lembra o seu visual no dia em que nos conhecemos.

— Acho que vou deixar o resto do cabelo solto. E acho que vou usar um dos meus próprios vestidos. Só quero me sentir eu mesma esta noite.

Ela sorriu.

— Entendo como é. Aqui — ela disse, enfiando a mão no seu baú —, vamos fazer todos lembrarem que você quase chegou ao trono.

Scarlet pegou um enfeite de cabelo que eu já tinha visto nela antes — em formato de leque e ornado com ouro e safiras — e prendeu firme na minha cabeça. Olhamos para o espelho.

—Vai ficar lindo com o meu vestido dourado, mas eu estaria mentindo se dissesse que não me faz sentir saudades de quando usei esse vestido com rubis.

Ela foi para trás de mim e abraçou minha cintura.

— Ninguém nunca quis forçar você a escolher, Hollis.

— Etan me forçou.

— Bom, Etan levou vários golpes na cabeça ao longo dos anos de torneio, então pode ignorá-lo. Você pode ser as duas coisas, Hollis. Pode abraçar as duas coisas.

Respirei fundo.

— Seria ótimo.

— Tem tempo de sobra para trabalhar nisso. Por ora, o banquete nos aguarda.

Eu me vesti rapidamente, e Scarlet amarrou o corpete para mim. Olhar para a garota que tinha tirado Jameson dos eixos foi como reaprender a respirar.

De braços dados com Scarlet, adentrei confiante a sala dos nossos aposentos para me juntar ao restante da família.

— Mas como vocês estão lindas! — disse tia Jovana, levando a mão ao peito. — Me faz tão bem voltar a ter garotas por perto.

Etan, como sempre, observava a conversa. Tinha raspado a penugem que cobria seu rosto à tarde, e o cabelo estava um pouco mais domesticado que o normal, já que ele tinha tomado banho depois do torneio. Ainda emanava aquele ar confiante que a grande vitória lhe dava, e estava sorrindo quando me aproximei.

Nossa família conversava alegre enquanto um ajustava a bainha ou endireitava a gola do outro. Todos precisávamos estar com uma aparência impecável. Balancei a cabeça diante deles, amando todos, mesmo com os nervos à flor da pele. E então voltei-me para Etan.

Ele não tinha uma aparência tão terrível quando sorria. Algumas talvez até o considerassem bonito. E me deixava um pouco mais calma saber que entraria no Salão Principal ao lado de uma pessoa em quem podia confiar.

—Você está mesmo bonita — ele comentou, baixinho.

— E você até que dá para o gasto — respondi com um suspiro.

Ele riu, e eu levei meus dedos a sua mão, que já esperava.

Vinte

Todos os olhos se voltaram para mim quando adentramos o Salão Principal. Ou melhor, todos os olhos se voltaram para o meu acompanhante.

— Boa noite, Etan.

— Bom vê-lo novamente, Etan.

— Nossa, Etan! Como você está bonito hoje.

Um coro de elogios derramava-se sobre ele a cada doloroso passo rumo à mesa principal.

Ele agradeceu todos enquanto aguentou, mas depois recolheu-se, baixando a cabeça e rindo sozinho.

— Nunca vai se casar... uma ova — disparei.

— Seria uma pena partir tantos corações — ele gracejou.

— Seria uma pena você gerar descendência.

Ele riu tão alto que fiquei com a impressão de que metade do salão tinha se virado à procura do que era tão engraçado, deparando-se com o herói do dia gargalhando por causa de uma coroana.

Como previsto, o clima no salão era leve. O ambiente também estava muito mais barulhento do que na noite anterior e cada vez mais abafado, para o meu desconforto. Mas os músicos tocavam e a comida era farta, de modo que tentei aproveitar a noite enquanto podia.

Havia só um pequeno problema.

Eu estava preparada para esperar um bom tempo até poder me encontrar com Valentina, ou para me deparar com mais olhares do que o previsto nos vigiando. Só não tinha me preparado para uma coisa: Valentina não estava presente.

Examinei a mesa principal várias vezes, pensando que talvez ela estivesse num assento diferente que eu não tivesse notado. Em seguida, procurei pelo salão na esperança de que ela estivesse circulando. Nada.

— Onde ela está? — Etan cochichou. — Acha que Quinten descobriu o bilhete?

O rei conversava com o filho e a futura nora sentados à sua frente na mesa.

— Acho que não. Ainda que tivesse, a mensagem era vaga e não tinha assinatura, para nossa segurança. Mas não sei onde Valentina poderia estar…

— Peço desculpas — Etan disse baixinho. — Por tê-la julgado mal. Não fazia ideia da situação absurda em que ela se encontrava.

— Como você poderia saber? Ele a mantém isolada, e ela

finge bem. Acho que tem medo de morrer caso alguém descubra como os dois são infelizes.

Etan soltou um suspiro.

— Então ela não gosta dele? Nem um pouco?

Balancei a cabeça.

— Acho que Valentina se tornou o tipo de garota que enxerga mais a coroa do que o homem. Não a culpo.

Mantive olhos concentrados no salão, mas sentia que Etan me inspecionava, como se quisesse saber se eu também era esse tipo de garota. Pensei ter enxergado as duas coisas com clareza à época, mas agora já não estava tão certa disso. Por mais saudades que sentisse, me perguntei se não seria melhor esquecer Keresken de uma vez.

— Etan! Aí está você! — Uma garota de nariz arrebitado e maçãs do rosto altas aproximou-se com outra garota a reboque. — Já conhece minha prima, Valayah? É a primeira visita dela à corte, e ficou encantadíssima com o seu desempenho hoje.

— Quem não ficou? — Etan fez graça, parando para falar com ambas.

Fiz cara de tédio, mas ninguém reparou. Continuei minha inspeção: ainda nada de Valentina.

— Esperamos muito que você passe mais tempo na corte —Valayah derreteu-se. — Raisa e eu contamos com isso.

Quase como se aproveitando a deixa, outra jovem surgiu por trás de Raisa, batendo os cílios para Etan.

— Será que dessa vez garantimos a permanência de Etan na corte? Devo dizer que as coisas não eram as mesmas sem você.

Onde essas damas estavam na noite anterior? Onde estavam antes dos comentários começarem a circular e das lanças caírem? Provavelmente não importava.

Apesar dos protestos, se Etan amava sua linhagem ao menos um pouco, acabaria se casando para preservar o nome. Se jamais conseguíssemos provar nada contra Quinten, assegurar a sobrevivência de ao menos uma ramificação da família já seria uma pequena vitória. E, se Etan fosse escolher alguém para se casar, teria que ser uma isoltana, cujo sangue carregasse tanta história quanto o dele. E precisaria ser determinada. E linda. E inteligente. E capaz de o manter na linha, porque só os céus sabem o que nos aconteceria se ela não conseguisse.

Duas outras damas apareceram, e nenhuma delas era Valentina. De repente, o calor no Salão Principal se tornou demasiado. Levantei-me sem palavras e fui até o corredor.

O saguão de entrada do castelo se abria em quatro caminhos. O primeiro levava ao Salão Principal. O segundo, à escadaria enorme para os aposentos onde o rei e os membros permanentes da corte residiam. O terceiro, aos aposentos dos hóspedes, como nós. E o quarto, à entrada do castelo.

A mesma via de brita com os postes grandes e circulares que a ladeavam esperava-me com o ar fresco da noite. O rei Quinten deveria estar se sentindo muito seguro naquela noite. Os únicos guardas que vi estavam bem ao lado dos portões principais. Ninguém patrulhava a propriedade, ninguém vigiava a entrada. Em meio a tanto caos, tudo estava bastante sereno.

Permaneci ali com os braços cruzados, pensando em coisas para as quais não estava preparada, fazendo perguntas para as quais não tinha resposta, até uma voz familiar me trazer de volta à realidade.

— Hollis?

Etan saía do castelo com um ar consternado. Tratei logo de aliviar suas preocupações.

— Ora, ora, se não é o Lorde Supremo do Torneio, Vencedor de Idosos, Mestre das Varas Compridas. A que devo tamanha honra?

Etan revirou os olhos e relaxou.

— Há-há. Percebi que você tinha saído e imaginei que talvez precisasse de alguém para guiá-la até um lugar apropriado para vomitar. Vim apenas ajudar.

Abri um sorriso.

— Sorte sua, pois estou muito bem. O salão estava um pouco quente demais, só isso. Pode retornar para a sua multidão de admiradoras se desejar.

Ele assumiu uma expressão exausta.

— Aquela deve ter sido a maior sequência de risadinhas enfadonhas que ouvi na vida. Ainda ressoam em meus ouvidos.

— Ah, vamos lá. Nunca conheci um homem que não gostasse de ser o centro das atenções. Apesar de toda a humildade, Silas florescia quando se via no meio de tudo.

Etan inclinou a cabeça, como se fizesse uma concessão ao que eu disse.

— Silas e eu somos homens diferentes.

Assenti.

— Reparei.

Ele me encarou, os olhos focados como se tentasse perguntar-me algo sem uma única palavra. A intensidade daquele olhar foi demais para mim, e desviei o rosto, sorrindo.

— Da próxima vez terá que fazer algo ridículo, como derrubar a lança ou cavalgar em círculos. Aí, sim, vão deixar você em paz.

Ele permaneceu ali em silêncio por um momento antes de juntar as mãos às costas e sorrir também.

— Receio que isso seja impossível. Sou talentoso demais, como pode ver. Não conseguiria ser patético nem se tentasse.

Revirei os olhos.

— Por falar em ser patético, não cheguei a agradecer. Não queria admitir, mas estava me sentindo um pouco constrangida antes de você receber meu favor. Sei que seu objetivo não era bem me consolar, mas você me fez ser parte do dia, e agradeço o seu gesto.

Ele deu de ombros, com ar brincalhão.

— É o mínimo que eu poderia fazer pela garota que vomitou em um dos vasos do rei. Algumas pessoas podem ter ouvido falar disso, mas sou *incapaz* de imaginar quem teria iniciado esse boato.

Eu ri, puxando o braço dele de brincadeira.

—Você não precisa guardar o lenço, aliás. Posso pegar de volta.

— Ah. — Ele olhou para o chão e depois para mim de novo. — Receio que o tenha perdido em algum lugar da arena. Desculpe.

Balancei a cabeça.

— Tudo bem. Ainda tenho dois ou três que trouxe de Coroa, com os mesmos detalhes dourados.

Eu me virei para o corredor ao ouvir gargalhadas vindas de lá. Observei três casais saírem do Salão Principal para irem festejar longe da multidão.

— Você vai voltar? — perguntei. — Aposto que metade das solteiras do salão está à sua espera.

Ele balançou a cabeça e virou o rosto.

— Já disse como me sinto com relação a isso.

— Não é tão ruim. A única hora que passei casada foi inteiramente maravilhosa — falei com um sorriso saudoso.

— Como você consegue? Como pode relembrar uma coisa tão dolorosa com um sorriso?

— Porque... — Dei de ombros. — Apesar de todo o mal, Silas me salvou. Nunca me esquecerei disso.

— Mas salvou para quê? Você está presa num país estrangeiro com uma família remendada — ele baixou a voz — que pode estar a ponto de perder a vida numa batalha que talvez seja impossível vencer.

— A questão não é *para que* ele me salvou... É *do que* ele me salvou.

Etan observava as dezenas de emoções que dançavam pelo meu rosto, emoções que me lembravam de como tudo tinha sido tão perigoso.

— Etan, estive *muito* perto de ser rainha. Jameson me ensinava o protocolo a todo momento, e vinha gente me pedir favores. Eu ia ser a mãe do próximo herdeiro de Coroa. Ele faria de mim uma Valentina — falei, com o dedo apontado para o castelo e os olhos pinicando com a possibilidade de aquela ser a minha vida. — Não sei quanto tempo levaria, mas eu me tornaria uma casca vazia — continuei, aos soluços. — Eu nem sabia que não amava Jameson até Silas aparecer e me aceitar exatamente como eu era.

— Uma malvestida sem tato que chora demais?

Ri por entre as lágrimas.

— Isso! — Esfreguei os olhos e o nariz. — Com ele, nunca precisei fingir ser nada além de mim mesma. Com Jameson, a sensação era de que cada segundo da minha vida precisava ser silencioso e perfeito, como se alguém estivesse pintando um retrato nosso. Com Silas, era tudo bagunçado… Mas era bom. Sinto muita saudade dele.

— Eu também sinto. De Sullivan e Saul também. Das minhas irmãs. Dos amigos que perdi em batalha. Sinto saudade deles todos os dias. Podemos sentir saudade e continuar vivendo. Às vezes, é a nossa única escolha.

Concordei, levando a mão ao peito por um segundo para tocar os anéis pendurados em meu pescoço.

— Eu disse a ele que faria isso. Mas às vezes é estranho, fazer qualquer coisa sem ele. Tenho a esperança de que ele continuaria a se orgulhar de mim. E a esperança de que vamos vencer, porque não sei o que vai me acontecer se perdermos.

— Quer dizer, além da óbvia possibilidade da morte?

Dei risada.

— Claro! Porque, se eu voltar para Coroa, vou ter um destino pior do que a morte.

— O que você quer dizer?

Suspirei. Imaginava que ele soubesse de tudo àquela altura.

— Terei de voltar para o castelo. Jameson me convocou, e eu o ignorei para vir até aqui. É difícil explicar, porque eu *amo* Coroa e *amo* Keresken, mas se eu voltar... Receio que ele largue Delia Grace imediatamente. Depois dos rumores que ouvimos na fronteira, não posso ignorar essa possibilidade. Se ele estiver mesmo fazendo aquilo com ela, e espero de coração que não esteja, morro de medo de que a abandone por mim. E não quero ser uma súdita desleal, mas também não quero ser a prometida dele. Não de novo. Receio que estar no castelo signifique ser *dele*, e eu não posso... Não posso...

As lágrimas voltaram. Parecia uma corrida. Se ele apenas se casasse logo com Delia Grace, talvez eu ficasse bem. Mas não queria nem a atenção dele, nem sua coroa, nem nada.

— Hollis, tudo vai dar certo.

— Não vai. Sei que você não acredita em mim, mas não quero Jameson. De jeito nenhum!

Ele fechou a cara para mim.

— Por que você pode falar mal dele ou de Coroa, mas fica tão irritada quando eu falo?

Bati as mãos no quadril.

— Porque Coroa é *minha*! É minha, e eu tenho direito de falar como as leis ou o meu rei são péssimos. Quando você fala, machuca, porque aquele era o meu lar, faz parte de mim, e é como se você estivesse dizendo que sou péssima também, o que, aliás, você nunca precisou verbalizar.

—Você não é... —Ele bufou enquanto eu secava as lágrimas. —Você não é péssima.

—Você acabou de caçoar da minha roupa.

— É... Desculpe.

— Como se você se vestisse muito bem.

— Ei!

— E por que você gosta tanto daqui? É verão, e mesmo assim está frio!

— Hollis.

—Você tem que parar de pegar tão pesado comigo. Eu não...

Não consegui dizer mais nada porque os lábios de Etan estavam nos meus.

Cada milímetro do meu corpo se aqueceu, formigando com o beijo inesperado.

Toda a minha tensão se desmanchou de repente sob os doces beijos de Etan Northcott. Eu nunca tinha chegado tão perto a ponto de sentir, mas ele tinha um cheiro único... Lembrava ar livre. Etan me segurou pelos braços, mantendo-me no lugar, mas com mãos delicadas, o que era um milagre, pois eu já tinha visto o que aquelas mãos eram capazes de fazer. Tudo aquilo era um milagre, na verdade.

Quando Etan enfim se afastou, continuou me segurando firme. Um sorriso torto brincou por um instante em seus lábios e logo desapareceu, dando lugar a uma faísca, como se ele não conseguisse acreditar no que tinha acabado de fazer.

— Desculpe. Não sabia mais como fazer você parar de discutir. — Ele me soltou, ainda confuso.

Eu só pensava que Etan tinha conseguido o que buscava: fiquei sem palavras.

Mas ele não esboçou qualquer intenção de ir embora. Parecia esperar que eu dissesse alguma coisa, qualquer coisa. Então forcei minha mente a parar de procurar com exatidão do que era o cheiro dele para voltar a funcionar normalmente.

— Eu... Eu tenho que voltar para o salão. Tenho que ver se Valentina chegou.

Ele arregalou um pouco os olhos, como se tivesse esquecido completamente qual era o grande objetivo da noite.

— Sim, sim. Claro — disse, dando uns puxões na camisa para endireitá-la. — Vá na frente. Eu vou num instante.

Como ele parecia todo desnorteado, não lhe contei o que eu tinha achado do beijo. Não contei que ainda podia sentir seus lábios, nem que tinham me deixado deliciosamente atônita. Não disse que não me incomodava nem um pouco com a sensação estonteante de ser o centro das atenções de Etan Northcott.

Engoli todas essas palavras e as tranquei dentro de mim. Não podia pensar no que sentia ou no que queria dizer nem no que aquilo podia significar, se é que significava alguma coisa. Porque, quando voltasse ao Salão Principal, seria hora de trabalhar.

— Por favor, por favor, por favor, esteja aqui — murmurei. — Não posso voltar lá fora agora, então, por favor, esteja aqui.

Corri os olhos pelo salão, por tantas pessoas festejando e, enfim, felizmente, vi Valentina à espera na mesa principal.

Vinte e um

A NOITE AVANÇAVA DEVAGAR, E VALENTINA E EU TROCAMOS olhares várias vezes. Ela balançava a cabeça o tempo todo, tão de leve que ninguém mais notaria. Enquanto esperava, um pouco ansiosa por estar sozinha, localizei minha família no salão. Embora suas posições mudassem vez ou outra, duas coisas permaneciam as mesmas.

A primeira era que Julien seguia Scarlet como uma sombra enquanto ela conversava com os outros convidados; o cavaleiro parecia estar tomando coragem para cumprimentá-la mais uma vez, mas não se saía muito bem nisso. A segunda era que Etan estava constantemente rodeado por uma nuvem de moças, como se vivesse seu momento de glória, recebendo a admiração delas sem prometer nada em troca.

Pelo visto, o beijo tinha sido mesmo só para me fazer parar de falar.

Devagar, cruzei as mãos diante do corpo, surpresa por descobrir um dolorido vazio de frustração formigando dentro de mim.

Por fim, quando um grupo de dançarinos apareceu para se apresentar, Valentina se levantou e foi até a janela.

Ela se posicionou de um lado, olhando para o espetáculo que eu teria criticado com tanta rapidez um mês antes, e eu me posicionei do outro, olhando para fora, como se estivesse contemplando a lua.

— Senti tanta saudade — ela começou, mantendo o cálice diante da boca, o mesmo truque que usara da outra vez.

— Também senti. Fiquei muito preocupada quando não vi você aqui mais cedo. Alguém descobriu sobre o nosso encontro?

— Não. Talvez eu tenha precisado botar algo na bebida da minha dama de companhia. Ela não larga de mim, e eu não teria conseguido sem despistá-la. Só que ela demorou mais para dormir do que eu esperava.

Ri baixo da loucura daquilo tudo e fiquei contente de ver um minúsculo sorriso no rosto da minha amiga.

— Sinto muito por seu bebê — falei.

O sorriso desapareceu.

— Foi horrível. Sempre é. Desejei muitas e muitas vezes que você estivesse aqui. Eu precisava de uma amiga, Hollis.

— Deixaram você completamente sozinha?

Ela assentiu, de maneira quase imperceptível.

— Pelo menos eu tive a companhia da minha família — falei. — Fico com ódio de pensar em você desamparada.

— Ai, eu não quis parecer tão egoísta. Sinto muito por

Silas — ela disse com um suspiro. — É o efeito triste de passar o tempo todo solitária. Só penso em mim mesma.

— Não seja tola. Você já passou por muita coisa. Ainda que não tivesse passado, eu compreenderia. Se ajuda em algo, penso em você também. Toda hora.

Os olhos de Valentina encheram-se de lágrimas.

— Preciso da sua ajuda, Hollis. Como você fugiu de Keresken?

Não ousei olhar para ela.

— Não foi bem uma fuga. Falei para Jameson que ia embora. Mas se você estiver perguntando o que acho que está... Imagino que as circunstâncias sejam bem mais difíceis.

Vi pelo canto dos olhos que ela levou a mão à cabeça.

—Você corre perigo? — perguntei.

— Não sei. Mas este casamento significa que ele perdeu a esperança em mim. E, sinceramente, acho que não consigo tentar de novo. Mas não sei o que vai acontecer... Se você souber que... Silas pode ter...

— Sei dos Cavaleiros Sombrios e, sim, acredito que eles o mataram. E penso que estão a mando do rei. Por isso, preciso da sua ajuda, amiga. Seria arriscado, mas poderíamos lhe dar proteção se você conseguisse o que precisamos.

Ela tomou um gole da bebida.

— O quê?

— Uma prova. Precisamos ter certeza de que ele assassinou o próprio povo. Algum tipo de documento, *qualquer coisa* que pudesse dar aos Eastoffe e aos Northcott o direito de tomar o trono.

Ela riu.

—Vocês nunca vão arrancar o trono daquele homem.

— Aquele homem é velho, e seu filho está mais morto do que vivo. Se não conseguirem gerar um herdeiro legítimo…

— E se eu pudesse provar algo nesse sentido? — ela perguntou.

— O que quer dizer?

Ela ficou em silêncio por um minuto.

— Posso entrar no gabinete de Quinten. Sei onde ficam seus papéis mais importantes, apesar de não saber bem o que dizem. Talvez não exista qualquer pista… Se eu tiver oportunidade, pego para você o que conseguir durante a recepção de amanhã. Mas você vai ter de dar um jeito de me tirar daqui, Hollis. Não posso ficar.

— Combinado.

— Ótimo. Use mangas de Isolte amanhã.

Com isso, ela saiu caminhando pelo salão como se nada tivesse acontecido.

Conseguimos. Conseguimos a única aliada capaz de salvar nossa causa. Pelo menos essa parte do nosso plano estava concluída.

Encontrei os olhos de minha mãe e assenti; ela e tio Reid trocaram um olhar de alívio. Scarlet, que claramente tinha observado a conversa inteira, viu minha expressão triunfante e inclinou a cabeça em reconhecimento. Tia Jovana seria informada mais tarde.

E Etan… Etan ainda estava no meio de um mar de moças, cada uma delas possivelmente deslumbrada com suas palavras.

Entre as piscadelas e os beijos na mão que lhes dava, ele olhou para mim. Sorri e assenti discretamente. Ele fez o mesmo, compreendendo.

O que tinha acontecido no pátio provavelmente ficaria lá fora. Dentro do castelo, tínhamos um rei para derrotar.

Vinte e dois

Passei um longo tempo deitada na cama, apenas passando os dedos pelos lábios. Minha boca estava diferente. *Eu* estava diferente.

Tentei localizar o instante, porque estava certa de que havia um instante. Em que momento deixei de desejar que Etan desaparecesse da face do planeta... para desejar que ele estivesse no mesmo lugar que eu, me provocando? Queria isso naquele exato segundo. Queria que ele viesse discutir comigo ou me desafiar ou balançar a cabeça daquele jeito que fazia quando eu acertava. E me beijar. Queria tão desesperadamente que me beijasse.

Não consegui identificar quando. Nem como. Mas estava lá, rompendo qualquer preocupação, culpa e esperança: meu coração batia por Etan Northcott.

Não saberia dizer a profundidade, mas só de sentir aquilo eu já ficava desconfortável. Estávamos falando do meu falecido marido antes do beijo. Parecia um desrespeito com tudo o que Silas significava para mim deixar outro despertar meu coração, especialmente tão cedo. É verdade que tudo entre nós acontecera depressa. Fugimos juntos apenas dias depois de nos conhecer e em mais duas semanas nos casamos. Passei mais tempo como viúva de Silas do que como sua amada. Mas não queria agir como se ele não tivesse feito parte da minha vida.

Porque ele fez. Silas fez parte da minha vida e me salvou de verdade, e se eu estava ali naquele momento, era para, entre outras coisas, garantir que ele não tinha morrido em vão.

Não podia abandonar tudo isso por causa de um beijo impensado que eu nem sequer estimulei.

Eu me revirei na cama e chorei. Chorei de saudade de Silas e por sentir que o estava traindo, chorei porque sentia vontade de ver Etan. Chorei porque a quantidade de coisas que fui obrigada a sentir em questão de meses era demais para qualquer coração suportar.

— Que houve? — Scarlet sussurrou.

Sequei o rosto e me mantive de costas para ela. Tinha tanto medo de ela ver algo em meus olhos.

— Nada. Só estou pensando. Sobre tudo, acho.

— Eu sei. É muita coisa.

— Eu te amo de verdade, Scarlet. Não sei o que faria sem você.

Estiquei o braço para trás, caçando a mão dela na escuridão. Scarlet encontrou a minha e a segurou. Minha irmã. Eu tinha a sensação de que precisava pedir-lhe perdão, mas fazer isso implicaria confessar, e eu não era capaz de confessar. Ainda não.

— Também te amo. E a nossa mãe também, e a tia Jovana, e o tio Reid. E até Etan. Ele te ama também.

— Eu sei — respondi, fungando e esfregando o nariz.

Ela ficou em silêncio por um segundo.

— Acho que não — respondeu.

Meu coração bateu algumas vezes antes de eu compreender o significado total daquelas palavras. Arregalei os olhos. Sentei-me na cama e me virei para ela.

— Scarlet Eastoffe... o que você sabe?

Ela suspirou e se levantou também.

— Sei que Etan não sorria de verdade há anos, mas você o faz rir. Sei que ele não costuma aceitar os favores de nenhuma garota, porque nunca quer compartilhar suas vitórias, mas pediu os seus. Sei que não gosta de admitir seus erros, mas cede a você. E sei que nunca, *jamais*, olhou alguém como olha você. Hollis, um tempo atrás ele parecia andar por aí como se estivesse dormindo... Ele está diferente agora que você está aqui.

— Sério? — Suspirei.

Ela assentiu.

— Ele se acende para você.

Engoli em seco. Não sabia se tinha direito de ganhar os méritos por qualquer mudança positiva nele, mas queria. Queria que tudo isso me pertencesse.

— Talvez você esteja certa, Scarlet, mas não importa. Ele não tem interesse em sossegar. Quer paquerar. Como fez com a revoada de garotas em cima dele no banquete de hoje.

— Será que estou detectando uma pontinha de ciúme aí?

— Não! — respondi rápido demais. — Mas vamos ser sinceras. Ele mesmo disse que não quer se casar. *E* se um dia se casasse, com certeza seria com uma garota de Isolte, não comigo. *E* mesmo se não fosse tudo isso, eu jamais poderia ficar com ele.

Ela fechou a cara para mim.

— Por que não?

Desviei o olhar.

— Silas.

Ela agarrou meu braço, me forçando a encará-la, e falou com um tom de voz quase zangado:

— Acha mesmo que a mãe a segurou no jardim só para você viver como se tivesse morrido com ele? Acha que tentamos deixá-la em Coroa só para você chafurdar na morte dele? Você não aprendeu nada com o que lhe contamos da nossa vida?

Fiquei imóvel, atônita. Ela continuou:

—Você já viu como trabalhamos. Quando um plano deu errado, fizemos outro. Quando não conseguimos fazer uma coisa, descobrimos novas esperanças. Quando não pudemos continuar em Isolte, arranjamos um novo lar. Tudo o que fazemos é viver. O objetivo sempre foi viver. Já lhe disse que meu plano é chegar no fim de tudo isso viva e livre, estava falando sério. E se algo acontecer com você, com a mãe e com todos os outros, e só restar eu? Vou continuar fazendo isso. Você é uma Eastoffe agora, Hollis. Quer saber sua função na família? Seu papel? Seu papel é viver.

Meus olhos marejaram quando me lembrei de minha mãe me segurando na terra do jardim, negando-se a me deixar voltar para casa.

— A mãe disse algo parecido. Disse que Silas tinha planos para mim, acordos. Eu deveria viver.

Scarlet assentiu.

— Claro que sim. Ela sabia, eu sabia, todos sabíamos. Então, se você estiver apaixonada, Hollis, vá viver essa vida. Essa é a única coisa que ele sempre quis para você.

Lágrimas escorreram pelas minhas bochechas de novo.

— Eu sei. Ele não me resgatou do castelo para que eu fosse infeliz. Mas ainda que você se sinta confortável comigo seguindo em frente, quem pode dizer que os outros também se sentirão? E... sinceramente, Scarlet, não tenho nem certeza de que o Etan me quer.

Ela deu de ombros.

— Eu acho que quer. E acho que a família inteira iria se alegrar com a sua felicidade. Faz tanto tempo que não temos motivo para comemorações. Perdemos nossa casa; eu perdi o pai e os irmãos. Tia Jovana e tio Reid perderam as filhas. As duas por doença, não por causa da coroa — Scarlet acrescentou, depressa. — Ainda assim, ninguém quer que nenhum de nós se conforme com a própria infelicidade. Se essa é a única coisa que a impede...

Sequei as lágrimas.

— Não, não é. Eu tenho planos maiores do que esse, lembra? Nômades. Não vou abrir mão disso.

Ela deu uma risadinha.

—Você é ridícula, Hollis. — Scarlet me abraçou forte. — É melhor dormirmos um pouco. Amanhã é o dia.

Soltei um suspiro.

— É. Não importa o que aconteça, Scarlet, estou com você.

— Eu sei.

Ela voltou a deitar, com um ar de frustração por eu simplesmente me negar a dizer que queria Etan, mas ele tinha sido claro, e eu sabia que não valia a pena tentar. Além disso, tínhamos outras coisas, outras possibilidades à nossa frente. Elas viriam com o amanhecer.

Vinte e três

NA MANHÃ SEGUINTE, ME DETIVE NO QUARTO O MÁXIMO QUE pude, receosa de ver Etan. Será que ele ia se explicar? Pedir desculpa? Ignorar tudo?

Ignorar era certamente o meu plano até que ele escolhesse tocar no assunto. Scarlet podia ter suas suspeitas, mas não sabia do beijo. Ninguém sabia. E continuaria assim.

— Pronta? — Scarlet perguntou.

Balancei a cabeça.

— Não se preocupe. Valentina não vai nos deixar na mão, eu sei.

Eu tinha quase me esquecido de Valentina. Fiquei de pé, tentando não aparentar todo o nervosismo que sentia.

—Vamos lá.

Na sala dos aposentos, só minha mãe já tinha saído do quarto e nos aguardava.

— Aí estão vocês, garotas. As duas estão muito elegantes

hoje — elogiou, sem deixar de apalpar o penteado o tempo todo, como se algo estivesse fora do lugar. Mas não estava. — Eu acho que o casamento está começando um pouco cedo demais, mas imagino que seja para deixar o dia inteiro para a festa. O tempo está tão bom para isso, não acham?

Scarlet se aproximou e tomou a mão dela.

— Achamos, mãe. O dia está lindo. E só vai melhorar.

Minha mãe engoliu em seco, mas assentiu e logo sorriu.

— Também estou ansiosa — falei.

Tia Jovana saiu com tio Reid logo atrás.

— Alguém disse que está ansioso? Que bom! Estou andando de um lado para o outro desde que acordei.

— Também andou de um lado para o outro durante o sono, e eu tenho hematomas para provar — tio Reid brincou, e ela lhe cutucou o braço, rindo. — Quem falta? Etan?

Ao ouvir seu nome, ele saiu aos tropeços do quarto, passando a mão no cabelo e ajustando o cinto.

— Estou aqui. Desculpem. Não dormi bem.

Ah, que bom. Eu não tinha sido a única.

Não olhei para ele. Não estava preparada para isso.

— Ainda temos tempo, filho. Respire fundo — tio Reid disse. — Na verdade, todos respirem fundo. Ajeitem-se e vamos nos preparar para sair.

Pela primeira vez desde que começamos aquele arranjo, hesitei para me aproximar de Etan. Mas não importou; ele veio até mim.

Meu coração disparou com a proximidade dele. Quando consegui erguer o rosto, eu vi… Como descrever o que vi? A tensão que parecia sempre alojada no maxilar dele tinha sumido, e o ar de preocupação e desconfiança que constantemente carregava seu olhar... também tinha sumido. Ele ainda era Etan, mas também não era.

Geralmente, ele se virava para a porta e estendia o braço de um jeito muito formal. Mas dessa vez ofereceu-me a mão com gentileza.

— Vamos, sua feiosa. Vamos nos atrasar — ele provocou com carinho.

Sorri aliviada. Eu ia conseguir.

— Onde você dormiu esta noite? Está com um cheiro de estábulo.

Botei minha mão sobre a dele, lembrando a mim mesma que qualquer lampejo de calor que sentisse estaria na minha cabeça, não na dele. E assim partimos.

Como parentes do rei, era esperado que ocupássemos as primeiras fileiras do templo. Etan e eu avançamos pela multidão que lotava o espaço, e ele acenou gentilmente com a cabeça para as muitas pessoas que o cumprimentavam.

O som do órgão ao fundo era mais agourento do que romântico, mas imaginei que fosse adequado. Havia alguns arranjos de flores na frente, mas de resto o ambiente estava bem simples. Até as janelas careciam de cor. Tudo aquilo combinava bem com o meu humor para o evento. O espaço era como eu sempre tinha imaginado Isolte: úmido, escuro e definitivamente menos convidativo do que Coroa. Mas também encontrei calor ali.

Em resposta a algum sinal que não vi, o rei e a rainha fizeram sua entrada. Quinten tinha o aspecto venenoso de sempre, marchando com sua bengala sofisticada, e os olhos de Valentina dançavam pelo ambiente, procurando por algo que eu não sabia identificar. Ela estava com uma das mãos no braço de Quinten e a outra espalmada sobre a barriga, como se tentasse convencer as pessoas de que estava grávida. Eles continuaram a caminhar, com um perfeito ar de realeza, até instalarem-se nos dois tronos do lado direito da nave.

Logo depois, o príncipe Hadrian e a princesa Phillipa entraram, caminhando de mãos dadas. Levantamo-nos à chegada de ambos, e foi difícil enxergar a procissão até eles estarem quase no fim do corredor.

O pobre príncipe Hadrian já estava com uma camada de suor na testa, exausto por ter atravessado o templo. Sua palidez ficava ainda mais intensa quando comparada à imagem da princesa Phillipa, com suas bochechas rosadas e pele lisa.

— Esta é outra preocupação — Etan cochichou comigo. — O pai dela morreu, e portanto o irmão mais velho é o rei. Mesmo assim, ele não se sentiu na obrigação de vir e entregá-la ao noivo pessoalmente. Nem mesmo enviou um nobre para fazer as suas vezes. O que isso quer dizer? Pode significar que esse evento não tem qualquer importância para eles. Mas não consigo imaginar o porquê. O casamento vai ligar a família dele ao maior país do continente, e isso lhe dá uma segurança sem paralelos. Nada nesse casamento faz sentido. A velocidade, os eventos em torno dele... nada.

Ele respirou fundo, como se calculasse e tentasse tirar algum sentido da informação a seu dispor. Sua expressão não revelava se tinha chegado a alguma conclusão.

— Por favor, sentem-se — o sacerdote disse com rosto sereno. — Hoje, unimos não apenas duas almas, mas dois reinos. Da perspectiva da eternidade, é difícil dizer qual união é mais preciosa. Isto dá a todos nós um momento para refletir sobre a própria vida, sobre o próprio reino pequenino, que construímos ao nosso redor.

Minhas mãos estavam no peito desde o momento em que nos sentamos, e eu mexia com nervosismo nos meus anéis. Mas essas palavras atravessaram minha preocupação e eu os soltei para segurar a beirada do banco.

— É sábio e valioso construir o próprio reino, erguer muralhas e deixar um legado que permanecerá depois de nós. Vale a pena criar, expandir e fundar. É a razão de muitos almejarem a grandeza, a razão de muitos aspirarem à glória. Todos queremos que nosso reino pequenino tenha um nome; queremos que seja lembrado.

Ele passou o olhar pelo templo até voltar-se para Hadrian. Não sei o que viu no rosto dele, mas franziu a testa e falou muito mais rápido quando prosseguiu:

— Mas talvez mais importante do que isso sejam os outros pequenos reinos ao seu redor, os reinos aos quais você tem a oportunidade de se juntar. Também há valor nisso, na parceria, no casal. Porque qual a serventia de um reino, grande ou pequeno, quando se desfruta dele sozinho? Que valor tem um castelo em que apenas caminha um homem?

Etan tinha tirado as mãos do colo, levando uma delas também à beirada do banco, sobre a minha. Pude sentir seu calor — talvez, pensei, até sua pulsação firme. O toque dele era intencional?

— Assim, ofereçamos nossas orações e bênçãos à união entre o príncipe Hadrian e a princesa Phillipa, a união entre duas almas e dois reinos.

Talvez por causa dos ombros cada vez mais curvados de Hadrian, o clérigo lhes deu votos notavelmente curtos para pronunciar, e cantou suas orações em tal velocidade que mal pudemos acompanhar. Até que, de repente, os dois eram marido e mulher, príncipe e princesa, a próxima peça na segura linha de sucessão do rei Quinten.

Todos aplaudíamos, como mandava o figurino, mas senti parte de mim afundar. Depois de saber tudo o que Quinten tinha me tomado, doía vê-lo conquistar alguma coisa que queria.

Enquanto o rei, a rainha, seu filho e sua novíssima nora saíam em fila pelo corredor, nós nos levantamos para aguardar. Assim que saíram do templo, marchamos atrás deles. À porta, a família real esperava para nos receber, para ser parabenizada por todos os convidados no templo antes das celebrações.

Tio Reid e tia Jovana foram os primeiros da fila, e fizeram reverências, guardando tudo — a raiva, a frustração, a mágoa — trancado no peito. Quando eu cheguei até a família real, o rei Quinten era o primeiro da fila, seguido pelo novo casal, com Valentina por último. O fato de o rei não ficar ao lado da esposa me deixou confusa, mas um breve momento de reflexão me mostrou que aquilo fazia perfeito sentido: eles estavam em ordem de importância, pelo menos aos olhos do monarca.

— Parabéns, majestade. É um privilégio — falei.

— Com certeza.

Ele nem me olhou, apenas me dirigiu ao príncipe Hadrian.

— Alteza real. Que o senhor e sua nova esposa tenham muitos anos felizes juntos.

Sabia que Hadrian era capaz de falar, mas ele simplesmente nunca tinha falado em minha presença. Aquela não era uma exceção. Ele assentiu, pressionando os lábios no que parecia um sorriso, enquanto Phillipa fazia as honras:

— Quanta gentileza. Ouvi dizer que a senhora é próxima da família real. Espero muito que possamos vê-la mais na corte.

— Talvez, alteza. Isso depende inteiramente da minha mãe — esquivei-me, sem saber ao certo se podia confiar na princesa, e passei para Valentina.

Ela estendeu a mão como se esperasse um beijo. Quando fui tomá-la, Valentina agarrou meus dedos com força e me puxou.

— Leve estas coisas para o seu quarto imediatamente e esconda. Passe pelo meio da festa. Não se esqueça de mim.

Ela puxou vários papéis da manga do braço que mantinha apoiado na cintura e os enfiou na manga larga do meu vestido. Coloquei a outra mão por cima para segurá-los antes de baixar-me na reverência necessária.

Na minha frente, Etan aguardava com a mão estendida.

— Agora não. Preciso ir até o quarto. Encontro você na festa.

Dirigi-me para o castelo com a multidão crescente e encontrei Scarlet.

— Preciso da chave do seu baú — murmurei.

Sem uma pergunta sequer, ela a sacou do bolso e guardou no meu. Apartei-me de todos assim que entramos e tomei o corredor para os nossos aposentos. Assim que fechei a porta, tirei o maço de cartas da manga. Detive-me por um instante, maravilhada com Valentina. Ela não apenas tinha conseguido obter a informação de que precisávamos, como a escondeu enquanto estava de braços dados com o dono dos documentos.

Morri de vontade de dar uma olhada em tudo, descobrir exatamente o que tínhamos ali, mas ela me disse para ir para a festa. Portanto, eu iria. Valentina tinha razão, claro; precisávamos estar visíveis.

O baú de Scarlet era velho, e precisei de várias tentativas para encaixar a chave direito. Quando finalmente consegui, enterrei as cartas, enroladas num par de meias três quartos, bem lá no fundo antes de trancá-lo de novo. E, então, como se isso fosse deixar tudo ainda mais seguro, o empurrei para baixo da cama.

Respirei fundo e endireitei o vestido. Era hora de comemorar um casamento.

Vinte e quatro

O Salão Principal tinha sido redecorado para a festa. Tudo estava revestido de branco. Tapetes, flores, fitas, o lugar inteiro estava limpo, claro e puro. A disposição das mesas voltava a abrir espaço para danças, e os recém-casados, já sentados à mesa principal, assentiam para quem olhasse para eles.

— Está se sentindo melhor, Hollis? — minha mãe perguntou de maneira incisiva.

Eu não sabia quem nos observava, mas entrei no jogo.

— Estou. Senti muito calor no templo, mas estou bem melhor agora.

— Beba alguma coisa — Etan insistiu, levantando-se para que eu ficasse com seu assento.

— Obrigada.

—Vou comer doces até enjoar — Scarlet declarou.

— Belo plano — concordei, antes de me virar para examinar os festejos.

Pela primeira vez, prestando atenção aos detalhes, vi que era muito fácil dividir o público em dois grupos: pessoas sorrindo e pessoas sérias.

Havia algumas que por educação forçavam uma expressão feliz quando alguém se aproximava, mas o mais comum era ver pessoas que não aparentavam estar tão contentes quanto deveriam com o arranjo.

Será que elas vinham andando na corda bamba desde que Quinten encomendou o assassinato de Silas? Se houvesse provas, será que a maioria dos presentes passaria a apoiar o tio Reid?

Pensei no baú debaixo da minha cama, morta de vontade de saber o que aquelas cartas diziam, esperando mais do que nunca que eu pudesse dizer que alguma coisa finalmente pendia a nosso favor.

Etan abaixou-se, aproximando-se do meu ouvido.

—Valentina cumpriu sua parte? — perguntou, e sua respiração me fez cócegas.

Ele não falou nada sobre a noite passada, não falou que queria me beijar de novo, não falou que se arrependia do episódio. Já eu, só conseguia pensar que estar perto dele despertava a minha pele com a expectativa de seu toque. Que aquele cheiro estava guardado na minha memória, cheiro que, conforme concluí durante a noite, Etan só podia ter roubado do vento. Que, se ele me levasse para um canto e me beijasse naquele instante, eu aceitaria com entusiasmo.

Simplesmente fiz que sim, e, com um sorriso, ele voltou a se empertigar.

A música mudou e vi o espaço no meio do salão esvaziar-se.

— Ah, Hollis — tio Reid chamou. — Você, por favor, acompanharia Etan na primeira dança?

— O quê?

— É uma tradição — tia Jovana acrescentou. — As famílias mais nobres dançam em honra do novo casal.

— Mas eu não conheço a dança — gemi de medo. — Por que não Scar...

Onde Scarlet tinha ido parar? Inspecionei o salão e a avistei com uma coisa que parecia deliciosa nas mãos e, bem na sua frente, o muito alto e encabulado Julien, sorrindo enquanto falava de boca cheia de sabe-se lá o quê. Eram uma imagem tão preciosa. Mesmo se eu pudesse atravessar o salão correndo para roubá-la, não faria isso.

Voltei-me para Etan.

—Você está duvidando da minha capacidade de conduzir a dança? — ele perguntou, com aquele perpétuo tom de piada nos lábios.

Os lábios dele.

— Os únicos parceiros com quem vi você foram aqueles sujeitos no torneio, e prefiro sair desse salão caminhando com minhas próprias pernas, se você não se importa.

Minha mãe riu, mas Etan manteve a mão estendida, inabalado. Quando a tomei, ele me conduziu para a pista de dança.

— É uma simples *volta*. Se você conhece esse tipo de dança, vai se sair bem.

— Ah, eu adoro uma *volta*!

— Perfeito. Então não precisa de mim para nada.

Eu o olhei de canto de olho.

—Você fala como se algum dia eu tivesse precisado.

Ele sorriu.

Outros casais inundavam a pista, e eu fiquei perto do centro ao lado das outras mulheres, com os homens ao redor por trás, dispostos em formato de flor. Quando a música começou, Etan e eu costuramos um pelo outro, dando uma volta e passando para o casal seguinte. A dança, tão cheia de movimento, era um pretexto para fugirmos da conversa. Assim, em vez de falar, apenas dançamos, de mãos dadas.

Etan fazia o que dissera, esperava exatamente onde disse que estaria, no momento exato. Seu cabelo não parava de cair sobre o rosto, e ele não parava de jogá-lo para trás, mantendo seus olhos em mim. Eu sorri o tempo todo. Um sorriso tão profundo que o sentia até nos dedos dos pés. Chegamos a uma parte em que podíamos dançar lado a lado, e Etan me segurou com força.

Baixou o rosto e cravou os olhos nos meus. Algo ali me dizia que ele queria falar, dizer algo agora que não tínhamos a família inteira ao redor. Ele estudava meu rosto intensamente, talvez na tentativa de descobrir como eu receberia suas palavras se falasse. Tentei demonstrar que estava aberta às suas desculpas ou explicações, ou a qualquer coisa que ele sentisse necessidade de dizer. Estava preparada para tudo.

E tudo o que ele fez foi sorrir.

O fim da dança se aproximava, o que era bom, já que eu já estava sem fôlego. Ele me levantaria três vezes e fim. Girei pelo círculo pela última vez e parti para os braços preparados de Etan, que sorriu, pronto para provar que era capaz. Ele me ergueu quando saltei, e joguei a cabeça para trás em puro deleite. O público suspirou ao ver os casais movendo-se em sincronia, e muita gente aplaudiu. Etan me levantou uma segunda vez, e ri do seu gemido brincalhão, como se eu fosse pesada demais para ele me carregar duas vezes seguidas. Na terceira, peguei-me olhando para baixo, para ele. Etan me pareceu... feliz.

Pensei no dia em que nos conhecemos. Ele devia estar infeliz demais por ter sido obrigado a levar a família até o covil do inimigo, no lar do povo que tinha matado os seus amigos. Pensei em como ele odiara a maneira com que cavei meu espaço em sua casa, infiltrando-me no único lugar do mundo que ele julgava seu. Pensei em quanta raiva fluiu entre nós. Para onde ela teria ido? Agora, Etan segurava-me no alto com tanto cuidado que tive certeza de que, ainda que o solo chacoalhasse as fundações do palácio, ele me manteria firme.

As pessoas não eram apenas as primeiras impressões que causavam. Não eram apenas sua linhagem nem seu país. Não eram nada além de si mesmas. E precisávamos passar por tudo isso para as encontrar.

Encerramos a dança com um floreio, com aplausos de todo o salão, inclusive dos recém-casados. Etan ainda segurava minha mão quando me conduziu para fora da pista de dança.

— Fazia séculos que eu não dançava assim — falei, sem ar.

— Não tinha ideia de como me fazia falta.

— Está me dizendo que Scarlet ainda não tentou levantá-la? — ele perguntou com falsa incredulidade.

— Não houve oportunidade.

— Bom, paciência.

Ele me conduziu até uma janela e assistimos a mais casais tomarem conta da pista, dançando uma música um pouco mais lenta.

— Obrigada — falei.

— Pelo quê?

— Não sei direito. Talvez por tudo.

Ele riu.

— Bom, então de nada.

Em seguida, depois de um longo suspiro ainda tingido por seu sorriso, ele acrescentou:

— E peço desculpas. Pela noite de ontem. Não sei o que me deu.

Eu já estava me habituando a beijar garotos quando não deveria.

— Bom, terminou a discussão, então parabéns. E não precisa se desculpar. A viagem tem sido bem... movimentada.

— E ainda nem acabou.

Balancei a cabeça, os olhos arregalados.

— Não está nem perto.

— Estou morrendo de curiosidade para saber o que Valentina conseguiu pegar. Suspeito que meu pai lerá primeiro.

— Precisamos dar um jeito de tirá-la do castelo. Prometi isso a ela.

Ele fez que sim.

— Se for preciso, eu mesmo a tiro do país. Se fracassarmos, o rei jamais lhe dará descanso. Se conseguir encontrá-la, vai fazê-la pagar por ter partido.

— Então temos de garantir que ele não consiga.

Etan olhou para mim. Todos os vestígios de sorriso tinham desaparecido.

— Você tem minha palavra.

Isso era mais do que suficiente.

— Obrigada.

— Então, tenho uma proposta, Hollis.

— Ah, estou morta de vontade de ouvir.

Apoiei os cotovelos no peitoril da janela e o encarei atenta. Seus olhos sempre tiveram aqueles pontos prateados?

— Depois de tudo, de todas as coisas que falamos e fizemos, acha que podemos terminar isto não como parceiros involuntários no crime, mas como amigos? — ele perguntou, esperançoso.

Se ele tivesse me feito a proposta em Coroa, ou mesmo em Pearfield, eu teria pulado de alegria. Agora? Agora a sensação era de que uma lança me derrubava do cavalo. Mas Etan e eu tínhamos caminhos muito diferentes, metas muito diferentes.

Com o coração dolorido que me lembrava a cada batida de que aquilo era tudo que eu poderia ser, sorri.

— Sempre quis ser sua amiga, Etan.

— Ótimo. Agora, mais uma dança, que tal? — ele disse rápido, já me puxando para a pista. — Vamos deixá-los escandalizados, Hollis. Esses pobres coitados precisam de assunto para fofoca.

Eu ri, acompanhando-o ansiosa, lembrando-me do toque dele na minha mão.

Vinte e cinco

Aguardei com incomparável angústia tio Reid examinar as cartas. Pela primeira vez, vi Scarlet rezar. Conhecia um pouco de sua fé por meio de Silas, por meio dos votos que ele insistiu que pronunciássemos, pelas tradições que pareciam concentrar-se mais nas pessoas do que no papel. Eu nunca tinha sido uma pessoa que pudesse ser chamada de devota, nem tinha certeza de que sabia rezar. Se tivesse, já teria tentado muito tempo antes.

Ainda assim, juntei as mãos e falei a única coisa em que pude pensar:

— Por favor. — Não era muito, mas não poderia ser mais sincero. Sentei-me, a cabeça baixa de desespero. — Por favor.

No instante seguinte, tio Reid saiu do quarto, com um monte de cartas abertas na mão. Todos pulamos dos assentos, cheios de ansiedade.

— Hollis, você sabe se Valentina leu alguma coisa antes de entregar a você?

— Não, senhor, não sei.

Ele suspirou e as pôs na mesa diante de nós.

— Esperemos que não. Ninguém deveria ter que ler o quanto seu marido paga para matar a própria família.

Meu queixo caiu.

— Está dizendo aí?

Ele confirmou. Sei que queria provas; todos queríamos. Outra coisa completamente diferente era ter de encarar os detalhes.

— Algumas cartas são banais, mas várias põem a mão do rei em muitas das mortes mais proeminentes causadas pelos chamados Cavaleiros Sombrios nos últimos tempos, inclusive a morte dos pais de Valentina. Temos os nomes das vítimas, e acho que a identidade de ao menos dois dos assassinos. Se isso foi o que Valentina conseguiu pegar e esconder em poucos instantes, deve haver muito mais.

O coração do meu tio tinha um peso inegável. E o meu também. Havia uma pergunta que eu precisava fazer, urgentemente. Contudo, não encontrei meios de organizar as palavras. Então minha mãe fez isso por mim:

— Dashiell está aí? Meus meninos?

Tio Reid balançou a cabeça.

— Há muitas mortes sem registros. Isso não quer dizer que ele seja inocente com relação a elas. No entanto, as mortes não são a evidência mais chocante aqui — ele disse em tom cansado.

— O que poderia ser pior? — Etan perguntou.

Tio Reid levou a mão lentamente até a pilha de cartas e puxou uma.

— Queríamos saber o porquê desse casamento tão público. Era para marcar o tempo. Para levar o reino a crer que Phillipa engravidou hoje. Na verdade, o rei lhe ofereceu um pagamento generoso para se juntar à família real. E também deu uma fortuna para uma camponesa em troca do seu filho, um bebê que parece ter sido concebido faz um mês.

— Não — Scarlet balbuciou.

Tio Reid fez que sim.

— Ele está tão desesperado para manter a coroa que pressionou a rainha Vera por mais filhos a vida inteira. E pressionou Hadrian ano após ano, mesmo quando era claro que o rapaz não tinha saúde para cumprir a tarefa. O único motivo para esse coitado sobreviver tanto tempo é a nossa medicina avançada. Se ele tivesse nascido em Mooreland ou Catal, já estaria morto.

Vi que ele engoliu em seco, talvez por enxergar Hadrian pela primeira vez como eu enxergava Valentina: uma peça no tabuleiro de outra pessoa.

— Quando temeu que nossa família fosse mais forte do que ele, investiu contra nós. Tomou nossas terras, riu quando perdemos nossos filhos, expulsou-nos do país. Ele se casou com Valentina por causa da juventude dela. Quando os pais da menina questionaram os motivos do rei, foram assassinados. Quando ela se mostrou incapaz de gerar um herdeiro melhor, ele a substituiu por Phillipa, que pelo menos foi esperta a ponto de entender quem são seus sogros. Exigiu dinheiro e a promessa de que, assim que passar o tempo de luto conveniente depois da inevitável morte de Hadrian, poderá se casar novamente com quem quiser. Ela escreveu tudo isso — meu tio disse, apontando para a carta e balançando a cabeça. — Se Hadrian morrer, não importa. O povo ainda acreditaria que Phillipa esperava um filho dele.

Não pude evitar que um calafrio me percorresse o corpo. Quinten tinha sido tão perverso, tão calculista. Tinha posicionado cada peça do jogo de modo a garantir que jamais perderia a coroa, que controlaria quem a assumiria depois.

— Temos uma prova inquestionável agora, pai. O que fazemos? — Etan perguntou.

Tio Reid fez uma longa pausa. Em seguida, levantou-se e voltou para o quarto. Quando saiu, trazia nas mãos uma espada embainhada.

— É a...? — minha mãe começou, deixando a pergunta no ar.

— A espada de Jedreck — tio Reid confirmou. — Já viu guerras e já criou inúmeros cavaleiros. É a espada de um rei, e agora a usaremos para liderar uma batalha.

Esperei tio Reid partir para a porta, tomar alguma atitude, mas ele foi até o filho e entregou-lhe a espada. O olhar de Etan saltou para mim e voltou para o pai. Ele hesitava, e eu estava atônita.

Quando pensava nas pessoas que assumiriam o trono, as escolhas óbvias eram Scarlet e tio Reid. Minha mãe não era descendente direta dos reis, e Etan vinha depois do pai. Mas, pensando bem, por que as pessoas apoiavam Silas em vez de seu pai? Imaginei que quisessem, depois de um velho como Quinten, um governante que ainda tivesse a vida inteira para dedicar a corrigir as coisas. E isso Etan com certeza tinha.

— Você não perguntou à minha prima se ela quer — Etan reagiu. — Eu dobraria os joelhos à rainha Scarlet — acrescentou antes de voltar-se para ela com olhos quase suplicantes.

Eu me virei para vê-la, com a consciência de que estava testemunhando a história com meus próprios olhos. Scarlet abriu um sorriso doce e deu passos cuidadosos na direção de Etan.

— Não — Scarlet insistiu em voz baixa. — Não quero espada, batalha, nem coroa. Tudo que sempre quis foi a chance de ter vida própria, e sei que nunca terei se for rainha.

— Tem certeza? — minha mãe perguntou.

— Tenho. Tive tempo de sobra para pensar nisso. Não quero poder nem obrigações. E *nunca* o desafiarei por sua coroa, Etan. Você tem minha fidelidade absoluta, eu juro.

Etan olhou para mim de novo e depois para o pai.

— Não... Não posso...

— Etan, chegamos até aqui — o pai recordou-lhe.

— Por que não você?

O rosto de tio Reid manteve-se perfeitamente calmo.

— Se eu fosse mais jovem, talvez. Mas não posso liderar ninguém. Não como você.

— Você é tão corajoso, filho — tia Jovana disse.

— E inteligente — Scarlet acrescentou.

—Você tem uma experiência militar impressionante e... uma *presença* que poucos poderiam alcançar — minha mãe concordou.

—Você é um líder natural, Etan — falei, temendo talvez falar demais. Mesmo assim, prossegui, certa de que agora, mais do que nunca, ele precisava ouvir. —Você é apaixonado, forte e mais gentil do que deixa transparecer.

Ele olhou para todos, até mais uma vez parar em mim.

— Não importa o que você pense — concluí —, parte do meu coração é isoltano, e pelo menos eu me alegraria de tê-lo por rei.

Observei quanto medo, esperança e desespero lampejaram em seu rosto. E então, como se o ato lhe causasse uma dor quase física, ele estendeu a mão e tomou a espada do pai.

— O que eu faço? — perguntou.

— Volte para as nossas terras — tio Reid ordenou. — Convoque o exército. Leve algumas dessas cartas consigo, e nosso povo vai se unir a você. Nós vamos passar discretamente as notícias a outros nobres não muito satisfeitos e explicar o que está acontecendo, oferecer-lhes postos seguros no governo em troca de apoio. Quando você voltar, tudo estará pronto. Embora eu esteja confiante de que o nosso lado é numeroso, você deve ter cuidado. Se falar com a pessoa errada...

Etan assentiu.

— Eu sei.

—Você deve partir agora — tio Reid insistiu. — Ficaremos aguardando o seu retorno.

— Espere — Etan disse, erguendo a mão. — Precisamos trazer Valentina aqui primeiro. — Ele então olhou para mim. — Se queremos dar a ela uma chance de escapar, preciso levá-la comigo agora. Posso levá-la, mas preciso da sua ajuda.

Não hesitei.

— O que precisar.

Vinte e seis

Levou tempo para encontrar uma criada disposta a levar uma mensagem até os aposentos da rainha. Pobre Valentina. Até a criadagem tinha medo de chegar perto dela. Por fim, conseguimos mandar um aviso de que a garota coroana tinha encontrado algo que lhe pertencia e gostaria de devolver.

Valentina apareceu nos nossos aposentos de camisola e um roupão com bordados prateados.

— Majestade — tio Reid a cumprimentou, curvando a cabeça. — Pedimos desculpa por não avisar, mas, se a senhora estiver pronta para fugir, esta é a única oportunidade.

Ela olhou para mim.

— Hollis?

Eu me aproximei e segurei suas mãos.

— Valentina, você entregou o país. Salvou muitíssimas pessoas hoje. E não somos capazes de lhe agradecer o suficiente.

Seus olhos marejaram.

— Eu não tinha certeza... Foi suficiente?

Confirmei.

Ela fechou os olhos, deixando as lágrimas caírem em silêncio.

— Quem assumirá o lugar dele?

Olhei para Etan.

Ela voltou-se para ele, e ambos se entreolharam por longos minutos. Ela estava prestes a jogar a coroa fora; ele estava prestes a assumi-la. As circunstâncias de ambos seriam para sempre opostas, e mesmo assim tiveram um momento estranho e quase belo de conexão.

— Terá meu apoio interminável, senhor.

Ele assentiu, em uma quase reverência respeitosa.

— Troque de roupas comigo — insisti, pegando as minhas e colocando em suas mãos. — Em alguns minutos, você partirá a cavalo com Etan, sob o pretexto de que ele acompanhará a prima de volta. Ele a levará para Pearfield e, dali, cuidará para que você chegue a Coroa. Estes papéis — falei, mostrando-lhe um punhado de pergaminhos — servirão para atravessar a fronteira, e há também instruções para a criadagem da minha casa. Hester a protegerá. E nós temos ouro.

Botei tudo numa escrivaninha ao lado dela, que fixou os olhos nos papéis, como que para processar tudo aquilo.

— Se ele descobrir, você estará morta, Hollis. Eu só... Você precisa saber disso antes de eu partir.

Apesar do aviso, Valentina tirou o roupão e vestiu o meu com o rosto tingido de medo.

— Eu já sei. Escolho fazer isso mesmo assim. Sobraram

pouquíssimas pessoas neste mundo com quem me importo de verdade. Você é uma delas. Vou cuidar de você.

Os olhos de Valentina marejaram, voltando-se para cada rosto terno na sala. Me perguntei quanto tempo fazia que ela não era tratada com carinho.

— Como poderei agradecer vocês algum dia?

— Nós é que estamos em dívida com a senhora — tio Reid insistiu. — Na verdade, esperamos que nos perdoe. Deveríamos ter notado que precisava de ajuda, e não notamos. Ainda pensaríamos que estava alinhada com Quinten se não fosse por Hollis.

Seus olhos lacrimosos voltaram-se para os meus. Talvez devêssemos ter dito alguma coisa, palavras de gratidão ou amor, mas, no fim, não fui capaz de falar nada disso. Não queria me despedir dela de forma alguma; soava definitivo demais. E se eu pudesse trazer Valentina para meu lado quando tudo terminasse, eu o faria.

— Por favor, avise assim que chegar ao solar Varinger. Preciso saber quando você estiver segura.

Ela me olhou bem.

—Você não vai para lá logo?

Etan olhava para o chão no momento, ainda bem. Se eu tivesse visto aqueles olhos azuis de ardósia com seus veios secretos de prata, teria perdido qualquer determinação e várias partes do coração, que ele vinha roubando, pouco a pouco, com sorrisos contidos e olhares silenciosos. E o que aconteceria quando ele ficasse com meu coração por inteiro e eu não tivesse nada do dele?

— Sim, claro. Irei. Só não sei quando. Cuide-se — falei, indo beijar sua bochecha.

—Temos que ir — Etan disse.

Um calafrio percorria minhas costas e não tinha nada a ver com os ventos constantes de Isolte.

— Boa sorte, filho — tio Reid disse, com a mão no ombro de Etan, enquanto lhe passava algumas das cartas incriminadoras. — Estaremos à sua espera.

Etan fez que sim e apertou a mão do pai. Tínhamos a esperança de que o povo o seguiria, mas se Etan fracassasse...

Só saberíamos quando fosse tarde demais.

Etan abraçou a mãe e sussurrou algo em seu ouvido. Ela franziu a testa ao ponderar a gravidade do pedido. Ele recuou e a olhou nos olhos. Algo mais profundo do que um adeus acontecia ali, quase como se eles estivessem fazendo promessas. Etan respirou fundo, e ela assentiu lentamente com a cabeça.

Ele então passou para minha mãe, beijando-lhe a bochecha.

— Mantenha o pessoal unido — instruiu, em tom de brincadeira.

Ela sorriu e ele se dirigiu a Scarlet.

— Última chance de ser rainha. Entrego o cargo num piscar de olhos. Sem questionamento nem remorso.

Scarlet sorriu, a postura perfeita, e curvou-se na mais funda reverência.

— Está certo — Etan disse quando ela se levantou e a beijou na testa, passando para mim.

Frente a frente, cientes do perigo diante de nós, havia muitas coisas que eu queria dizer. Mesmo se não tivéssemos público, não seria capaz de pôr tudo para fora.

— Eu *voltarei* — ele sussurrou. — Por favor, *por favor*... cuide-se.

—Você também — falei com um suspiro.

Ele me segurou firme pela nuca e deu um beijo na minha testa, um beijo que talvez tenha durado um instante a mais, e se virou para Valentina.

—Venha, majestade. Não temos muito tempo.

Valentina olhou para todos nós uma última vez e desapareceu em silêncio pelo corredor. Etan não olhou para trás, e fiquei com a esperança de que o brilho da sua capa de montaria no canto da porta não fosse minha última visão dele.

Vinte e sete

Nenhum de nós dormiu à noite. E passamos o dia seguinte acordados. Eu não fazia ideia do quanto demorava reunir um exército, mas não conseguiria ficar em paz até ver um par de olhos azul-cinzentos cavalgar de volta para o castelo.

Duvidava que algum de nós ficaria em paz antes disso. Tio Reid era discreto, mas agia depressa. Não querendo deixar nada por escrito, para o caso de algo dar errado, entrava e saía dos aposentos, passando informações para outros nobres e conferindo vez ou outra a força dos nossos números.

Até minha mãe e tia Jovana recebiam convidadas, esposas e filhas de famílias nobres, para confirmar que se aliariam a nós e inventando desculpas convincentes para os que já deveriam ter partido convencerem os criados de que precisavam dos aposentos por mais tempo.

Eu não conhecia aquelas pessoas e, embora não fosse destratada, não me sentia à vontade para contribuir com a conversa. Não me sentiria confortável enquanto Etan não voltasse, enquanto tudo não estivesse feito e sacramentado. Tudo ainda podia acontecer.

Empoleirada na janela, contemplando o pôr do sol no horizonte, sussurrei minhas preocupações para Scarlet, que veio ficar ao meu lado.

— Ele não está ferido, está? — perguntei.

— Não, não está ferido — Scarlet assegurou-me.

Engoli em seco, correndo os olhos pelo campo mais uma vez. Ouvi alguém roncar. O tio Reid estava mergulhado em oração, mas supus que minha mãe tinha caído no sono numa cadeira. Não olhei para trás para ver como tia Jovana estava.

— Ninguém o acusou de traição e o assassinou em algum lugar do interior e deixou seu corpo numa cova sem nome, certo?

Scarlet apertou os olhos e virou-se para mim.

— Isso foi muito específico, Hollis.

— É a imagem que não para de me vir à mente. Ele tentando a todo custo explicar a verdade e não convencendo ninguém. E ele é um contra muitos. Morro de medo de que esteja morto em algum lugar que nós não temos como descobrir.

— Tenha um pouco de fé, Hollis.

Eu arranquei minha atenção do horizonte para me voltar para minha irmã, que pôs a mão no meu ombro antes de prosseguir:

— Etan… é *forte*. Talvez forte demais. E luta por uma boa causa. Não vão acabar com ele. Além do mais…

Ela apertou os lábios com força, como se talvez estivesse falando demais. Mas olhou em volta, vendo os membros da nossa família ocupados em outras coisas, e baixou a voz ao nível de um sussurro:

— Além do mais, ele com certeza voltará por você.

— Shhhh! — insisti, conferindo se alguém nos escutava. — Já conversamos sobre isso.

— Já, e você obviamente não me deu ouvidos.

— Eu já falei. Ele não gosta de mim do jeito que você pensa. — Eu me empertiguei. — Ele me perguntou se poderíamos enfim nos considerar amigos. *Amigos*, Scarlet. Nada de declaração de amor eterno, nada de pedidos para que eu o esperasse vingar sua família, nada do tipo. Amigos.

Ela apoiou o queixo nas mãos sobre o peitoril de pedra da janela.

— E por que você acha que ele fez esse pedido, irmã querida?

Porque era a única forma de manter as aparências depois do erro gigantesco que foi me beijar, pensei.

— Porque, no mínimo, não me odeia mais, e porque queria que eu soubesse disso antes de nossos caminhos se separarem inevitavelmente — respondi.

Ela sorriu para mim como se eu fosse a criatura mais burra que já encontrara na vida.

— Porque acha que você o rejeitaria se ele ousasse pedir mais.

Soltei um suspiro.

— E passei todo esse tempo achando que você era observadora — falei, voltando a olhar para o portão.

— Mas e então?

— Então o quê?

—Você o rejeitaria?

— O que você está falando?

Ela bufou.

— Se Etan declarasse seu amor eterno, se lhe pedisse para esperar por ele...

—Ah. É que... Ele não pediu isso.

— Céus, Hollis, mas e se *tivesse* pedido?

— Não, está bem? — Voltei a baixar a voz rapidamente, assim que reparei as cabeças se levantando ao redor. Depois de tomar fôlego para me acalmar, cochichei minha resposta. — Eu com certeza não contaria isso a ninguém, porque não quero vocês pensando que eu não gostava de Silas, mas não... Não rejeitaria. Eu mesma faria um convite de braços abertos se pudesse.

Engoli em seco, sentindo uma ânsia estranha no peito depois de admitir em voz alta. Scarlet segurou minha mão.

— Eu sei, no fundo do coração, que, se Silas estivesse aqui, você dedicaria a vida a fazê-lo feliz. Sei que é fiel e cuidadosa até demais. Não se culpe por nunca ter tido a chance de provar. Nós certamente não vamos julgá-la. Você é livre, Hollis.

— Não sou. Eu magoaria mamãe, tenho certeza. — Eu brincava com o anel no meu dedo, o anel que ela me dera, o anel deixado pelo próprio Jedreck. Eu tinha ganhado o direito de usá-lo por casar com o filho dela. Não podia simplesmente abrir mão disso. — Além do mais, se Etan vencer, será rei. Terá que buscar um casamento vantajoso. Precisará estabelecer uma linhagem o mais rápido que puder, e com certeza cada um dos lordes que lhe prometem apoio vai esperar que ele se case com uma isoltana com uma linhagem incrível para reforçar a dele.

— *Você* é isoltana agora, Hollis. E *você* tem uma linhagem incrível.

Suspirei.

— Isso não é… Por que você está tão inflexível com essa história?

Ela deu de ombros e sorriu de orelha a orelha.

— Já falei. Precisamos de algum motivo para comemorar. Além disso — continuou, correndo os olhos pela sala e mantendo a voz baixa —, todo mundo já soltou um ou outro comentário sobre como vocês ficaram próximos ao longo desta viagem. Não sei como aconteceu, mas a mudança foi suficiente para todos notarem. Talvez não a tenham notado em toda a sua profundidade, mas mesmo assim… E sempre falam disso com um sorriso no rosto.

Refleti sobre aquelas palavras. Havia uma chance de ninguém me odiar por me apaixonar por Etan. Mas eu não podia ceder à atração ainda. O apoio deles era um consolo, mas estava convicta de que Etan não tinha interesse. Ele me chamou de amiga, não queria se casar de forma alguma e, se um dia se casasse, teria de atender a certas expectativas.

Era melhor recolher o meu coração em migalhas; algum coitado viria a querê-las um dia.

— Preciso ficar de olho no portão, Scarlet. Por enquanto, só quero que ele viva.

Ela balançou a cabeça.

—Você só está provando meu ponto.

Suspirei. Ela tinha razão, claro.

— Mas isso não muda os fatos.

— Não seja ridícula, Hollis. O amor é um fato.

Vinte e oito

Eu estava incrivelmente cansada. Mas, durante minha vigília, só sentia ansiedade e entusiasmo, um misto de medo e esperança, revirando meu coração, minhas entranhas, minhas mãos. Mesmo tomada por isso tudo, não vacilei. Quando a parte mais escura da noite chegou, forcei a vista, à procura de uma tocha. E quando o azul-escuro do céu se tornou lilás e o lilás se tornou rosa, só consegui pensar numa coisa: *ele chegará a qualquer momento.* Tinha que chegar, certo? Tinha que conseguir.

E então, talvez no momento em que eu estava prestes a morrer de ansiedade, uma linha cinzenta despontou no horizonte.

Eu me empertiguei, e Scarlet, notando a mudança, passou para o meu lado e estreitou os olhos.

— O que é... — comecei a perguntar.

— É um exército, Hollis — ela respondeu, quase sem voz de tão admirada.

Observamos por um instante mais, só para garantir, para ver o contorno do rosto dele. Levou apenas um segundo. Quando já estavam praticamente nos portões, uma trombeta soou. Etan chegou com a fanfarra adequada.

— Ele veio! — gritei, como se a corneta não tivesse atraído todos para a janela. — Ah, ele veio, e trouxe tanta gente!

Eu esperava que seria capaz de contar o número de pessoas atrás dele, mas fiquei completamente chocada ao avistar os homens — e algumas mulheres — cavalgando e marchando para o castelo sob uma bandeira prateada.

— Ele está bem! — tia Jovana disse, as palavras desmanchando-se sob as lágrimas, lágrimas de uma mãe com uma preocupação silenciosa por seu último filho vivo.

— Que ar de rei — minha mãe suspirou, maravilhada por aquela visão, e Scarlet e eu só conseguimos assentir.

Todos ficaram boquiabertos com a imensidão do exército de Etan, mas eu só tinha olhos para ele.

Sua postura era altiva, seu rosto não demonstrava arrependimento nem medo. Ele ainda não usava coroa, mas eu tinha certeza de que, ainda que tivesse uma coroa à disposição, não a usaria antes de tudo estar consumado. Mas ele vestia uma armadura e ostentava um ar nobre que Quinten jamais teve.

— Chegou a hora — tio Reid disse. — Aprontem-se. Vamos descer para saudar Etan, e precisamos avisar os outros.

Àquela altura, fazia mais de um dia que eu estava com o mesmo vestido. Talvez vermelho não fosse a melhor cor para a ocasião, mas era tarde demais para corrigir isso. Penteei o cabelo com os dedos e o joguei para trás.

—Você está linda — Scarlet disse. — Dá para ver a preocupação no seu olhar.

Engoli em seco.

— Há preocupações maiores. Vamos.

Seguimos tio Reid pelo corredor, passando pelos quartos, ele dando três batidas rápidas em cada porta. Lorde e Lady Dinnsmor saltaram de uma delas, e a família de Julien — os Kahtri — saíram de outra. Quando já nos aproximávamos da escada, Lorde Odvar, que tinha me cumprimentado de maneira tão doce ao descobrir que eu era a viúva de Silas, apareceu com muitas pessoas atrás de si. Parecia que várias famílias passaram a noite juntas e, em questão de um minuto, tínhamos nosso próprio exército.

Chegamos na entrada no exato momento em que Etan chegou até os guardas. Ah, como estava lindo.

— Baixem as armas — Etan ordenou.

Um guarda audacioso replicou:

— Não, senhor! É traição!

Etan balançou a cabeça.

— Meu bom homem, eu quase desejaria que fosse. Infelizmente, foi o rei Quinten quem cometeu alta traição. Ele matou a família de sua majestade e a minha, levando a cabo um crime atrás do outro contra seus súditos, desde as classes mais altas até as mais baixas. Tenho cartas de seu próprio punho e com seu selo para fundamentar minhas afirmações e, como herdeiro de sangue à coroa, vim cuidar para que a justiça seja feita. Vocês podem largar suas armas e juntar-se a nós, ou morrerão em vão na tentativa de impedir.

Suas palavras foram tão precisas, tão seguras.

Esperei que algum dos guardas atacasse, que eclodisse um conflito. Mas, em vez disso, um deles soltou a lança e, calado, passou para o lado de Etan. Em seguida, outros três fizeram o mesmo. Por fim, devagar, todos abandonaram seus postos. Os homens atrás de Etan comemoraram e deram as boas-vindas aos guardas que engrossavam suas fileiras. Com isso, parecia que as últimas pessoas capazes de defender o rei Quinten tinham desistido.

Soltei um suspiro trêmulo, grata e impressionada ao mesmo tempo.

Dando meia-volta com o cavalo, Etan dirigiu-se àqueles que vinham atrás de si:

— Meus isoltanos fiéis. Entrarei sozinho e trarei o rei Quinten para responder às acusações perante vocês, seu povo, a quem ele deve a vida. Espero que ele venha em paz, que possamos tratar desses assuntos às claras, pois vocês têm o direito de saber a verdade sobre tudo. Se ele se negar, eu lhes peço, por Isolte, que lutem!

Um rugido ergueu-se da multidão. Soava como se o país inteiro estivesse ali, atrás de Etan. Ele desceu do cavalo e vi seus olhos iluminarem-se quando encontraram os meus.

No meio de sua ascensão, ele desperdiçou um belo momento comigo. Deteve-se por uns instantes, olhando-me, pedindo o meu apoio com os olhos. Eu o apoiei. Apoiava de todo o coração.

— Filho! — tio Reid chamou, desfazendo o encanto.

— Pai. Eles me apoiaram — ele disse, chocado, com as

mãos nos ombros do pai. —Vieram. Muitos. Parece até demais. Não acredito que vieram.

Tio Reid encostou a testa na do filho.

— Eu acredito. Está pronto?

—Acho que sim... Receio que ele não vá querer abdicar pacificamente. Não quero violência desnecessária hoje.

— Não se preocupe, meu filho. Ele também não quer. Não agora.

Etan fez que sim.

— Quero que esteja ao meu lado. E Hollis também. Quero que ele saiba exatamente quem provocou sua queda.

— Claro — tio Reid disse.

Etan voltou-se para mim.

— Estou com você — jurei. — Sempre.

Ele sorriu e subiu, decidido, a escadaria principal, sabendo exatamente aonde ia. Eu estava enganada sobre os guardas: nem todos tinham desistido ainda. À medida que avançávamos pela escada em espiral, cruzamos com mais alguns, mas, ao verem Etan, uns largaram as armas enquanto outros simplesmente saíram correndo. A multidão já tinha se feito notar.

Não havia ninguém para nos impedir de adentrar os aposentos do rei. Etan abriu a porta com rapidez e destreza. Sua espada — a espada de Jedreck —, estava pronta.

No quarto, o rei Quinten sentava-se curvado sobre a escrivaninha; a princesa Phillipa estava de pé ao seu lado, o rosto tingido de inconfundível preocupação. Quinten ergueu os olhos, aparentemente nem um pouco surpreso com a nossa chegada.

— Rei Quinten, o senhor está a partir de agora preso por seus flagrantes atos de traição contra seu povo. Estou aqui para levá-lo para fora, onde seus cidadãos o responsabilizarão por seus crimes. Após a condenação por parte deles, eu tomarei a coroa, como é meu direito de nascença enquanto descendente de Jedreck, o Grande.

— Esse direito pertence ao príncipe Hadrian e à sua prole — Phillipa disse, a voz vacilante.

Verdade. Não era apenas Quinten que deveria sair, mas Hadrian e Phillipa também. Embora Quinten fosse claramente perverso, eu não podia dizer o mesmo de Hadrian. Em vários sentidos, tinha pena dele. Mas o que poderíamos fazer quanto a ele?

Por acaso, o próprio Quinten tinha a solução para esse problema.

Ele soltou um suspiro pesado, esfregando a testa.

— Felizmente para a sua pretensão, senhor... meu filho morreu esta manhã.

Vinte e nove

Tio Reid, Etan e eu detivemo-nos no ato. Era um golpe duro que vinha no meio do nosso triunfo. O único pecado de Hadrian foi ser filho de Quinten. Sobretudo era isso que parecia deixar Quinten prostrado naquele momento. Talvez ele lamentasse perder o último elo da sua linha de sucessão ao trono, mas a forma como engoliu em seco e não quis olhar nos nossos olhos sugeria que também lamentava a perda do filho.

— Mas, *mas...* — Phillipa disse, incisiva, para Quinten. — Eu poderia estar grávida de um filho dele neste momento!

— Não está — Etan respondeu secamente. — Conhecemos a sua tramoia também.

Ela apertou os lábios com força, furiosa, e voltou-se para Quinten.

—Você me fez tantas promessas.

— Se você foi burra o bastante para acreditar nelas, o problema é seu, não é?

O rosto dela ficou vermelho, não de vergonha, mas de raiva. Arfando, ela permaneceu ali, imóvel, como que exigindo silenciosamente que aquela injustiça fosse desfeita. Para sua tristeza, porém, isso jamais aconteceria.

— Levante-se — Etan ordenou — e pegue sua coroa. O povo lá fora precisa ser capaz de reconhecê-lo.

Quinten franziu a testa.

—Você deve ter trazido uma multidão impressionante de testemunhas.

— Não testemunhas — Etan o corrigiu —, mas um exército. De homens e mulheres, pobres e ricos, todos prontos para enfim fazê-lo pagar pelos crimes que tem cometido há décadas.

Ele não fez qualquer tentativa de negar; incomodava-o apenas o fato de estar acuado. Cabeça pesada, postura cansada. Levantou-se e caminhou até o diadema que jazia sobre uma almofada azul-índigo. Correu os dedos recurvados pelas pontas afiadas de ouro, aparentando relembrar um reinado inteiro em segundos. Eu desejaria poder dizer que o homem parecia de luto, arrependido. Mas não.

Ele pôs o diadema na cabeça e voltou-se para Etan.

— Que rapidez para julgar. Espere para ver o que fará quando alguém vier desafiá-lo. Porque certamente vai acontecer. Você abriu um precedente hoje. E quando demonstrar o menor sinal de fraqueza, farão o possível para derrubá-lo. Espero ainda estar vivo para ver seus poderosos princípios ruírem.

— Bom, visto que não tenho a intenção de assassinar meus próprios súditos, acho que não me verei na mesma situação que o senhor — Etan respondeu em tom de desafio.

Quinten não se abalou.

— Como eu disse, veremos.

—Venha. Seu povo o aguarda — tio Reid disse, conduzindo o rei Quinten porta afora.

— E quanto a ela? — perguntei, indicando Phillipa.

Ela permanecia incrivelmente imóvel, como se desejando misturar-se às pedras para ser ignorada.

Etan balançou a cabeça.

— Que volte para casa e tente explicar o que aconteceu para sua família e seu reino. Isso por si só será um castigo.

Ela engoliu em seco, sem demonstrar alívio pela sentença. Dei-lhe as costas e alcancei Etan, caminhando ao lado dele, enquanto tio Reid conduzia o rei Quinten já vários passos à frente.

— Não posso dizer isso a eles, mas a você, sim: estou apavorado — Etan cochichou.

— Não precisa estar. Eles adoram você.

Ele assentiu, ausente, como se tentasse convencer a si mesmo.

— Você fica comigo? Apesar de odiar coroas, não fuja. Ainda não.

Ele estendeu a mão trêmula quando chegamos ao fim da escadaria. Na mesma hora a segurei com firmeza, para confortá-lo.

— Desculpe — brinquei. — Se você usar uma coroa, é o

fim da nossa amizade. Vou voltar a atirar comida podre em você.

Ele deu uma risadinha e, quando chegamos às portas principais, soltou minha mão. A multidão já fazia um barulho estarrecedor, mas me recusei a tapar os ouvidos. Com um salto, Etan subiu numa das pedras cilíndricas que ladeavam a entrada de carruagens e estendeu a mão para silenciar o exército diante de si. Encontrei minha mãe e minha irmã por perto e imediatamente me segurei a Scarlet para assistir à concretização de tudo que lutamos tanto para conseguir.

— Bom povo de Isolte, pelas nossas leis, venho diante de vocês hoje com provas dos atos traiçoeiros do nosso rei contra nossos compatriotas. — Etan ergueu um punhado de cartas. — Aqui, temos evidências inegáveis de que o rei ordenou o assassinato de incontáveis cidadãos. Temos provas dos métodos perversos que empregou para agarrar-se ao trono. Suas ações o excluem de voltar a usar a coroa. A rainha Valentina abdicou e deixou o país — Etan anunciou, e Quinten o encarou chocado. — E informaram-me de que o príncipe Hadrian faleceu esta manhã.

Houve um burburinho na multidão.

— Como descendente de Jedreck, o Grande, apresento-me diante de vocês para reivindicar meu direito ao trono de Isolte, para pedir suas bênçãos ao tirá-lo de um homem injusto.

Etan apontou para Quinten. Supus que ele já não era mais rei.

A multidão comemorou, pronta para encerrar os anos de

terror absoluto. Quando todos já tinham praticamente calado, uma alma corajosa gritou da multidão:

— Justiça para os Eastoffe!

E a gritaria recomeçou.

Ao ouvir isso, Quinten, até então abatido pelos golpes da perda da esposa, do filho e do trono numa tacada só, ergueu o rosto e a mão.

— Reconheço que ao longo dos anos fiz muitas coisas que alguns podem considerar cruéis. Estou certo de que, muito em breve, terei de detalhá-las a um comitê. Mas não há sangue dos Eastoffe em minhas mãos.

Senti a tensão no corpo de Scarlet mudar completamente ao meu lado, e minha mãe respirou fundo, trêmula, antes de gritar:

— Mentiroso!

— Não! — Quinten insistiu. — Mandei matar a família de Valentina? Sim. Foi preciso. Lorde Erstwhell, Lorde Swithins... uma família inteira do litoral... Mandei matar tanta gente para garantir minha paz que sou incapaz de contar. Mas Sir Eastoffe? O arrivista do Silas? — Ele balançou a cabeça. — Não posso levar o mérito por isso.

Ficamos em silêncio. Apertei os anéis no meu pescoço. Ele confessava seus crimes com tanta facilidade... Por que negaria esse... se fosse verdade?

— Se não foi você, quem mandou? — Scarlet exigiu saber.

— Demorou um pouco para eu mesmo perceber — Quinten disse. Apesar da multidão diante de nós, era possível ouvir uma agulha cair no chão, de tão silenciosos e atentos que estávamos todos para descobrir a verdade por trás da morte deles. — Mas tudo faz sentido agora. Se vocês querem saber, devem perguntar para ela.

Eu fiquei paralisada de horror quando Quinten apontou o queixo para mim.

Trinta

— Como ousa? — berrei, quase zonza de raiva. — Eu amava Silas! Não tenho *nada* a ver com a morte dele!

— Ah, tem, sim, minha cara. Tem tudo a ver com a morte dele — Quinten falou calmamente. — Não me julgue mal. Fiquei aliviado ao saber que a linhagem dos Eastoffe estava praticamente morta, mas não sabia o que tinha acontecido até você entrar no meu palácio e contar.

— Ainda não entendo — minha voz saiu rouca, e lágrimas histéricas ameaçavam transbordar em meio àquela acusação insana. — Eu não matei Silas.

Ele me abriu um sorriso cruel.

— Não consegue pensar em ninguém neste mundo que gostaria mais do que eu de ver aquele rapaz morto?

O contorno da minha visão turvou-se e meu corpo começou a tremer. Sim, sim, eu conseguia pensar em alguém que gostaria de ver Silas Eastoffe morto.

— Jameson — balbuciei.

Depois que pronunciei o nome dele em voz alta, o povo começou a cochichá-lo entre si, passando-o adiante até todos saberem.

Claro que foi Jameson. Isso explicava muita coisa. Para começar, por que ninguém em Isolte tinha ouvido falar da morte dos Eastoffe. E também como ele sabia que deveria enviar minha compensação tão rápido.

— Ah — Scarlet balbuciou, cobrindo a boca com a mão e balançando a cabeça. — Ah, Hollis. Ele usava anel. — Ela me olhou; outra parte da pintura se revelava com clareza perfeita. — O homem que me agarrou em Abicrest. Usava um daqueles anéis, como seu pai. Anéis de Coroa. Só me lembrei agora. E... E... Ele me deixou viva.

Ela agarrou o cabelo como se fosse arrancá-lo.

— E então?

— Ele achou que *eu* era você! — disse, por fim, dando-se conta naquele instante. — Era para você ter sido a única sobrevivente.

Então esse era o plano de Jameson. Ele descobriu a respeito de Silas e o eliminou — eliminou todos —, na esperança de que o meu desespero me fizesse voltar para o palácio. Quando, pelo contrário, me levou para Isolte.

— Agora você sabe — Quinten disse, aparentemente satisfeito consigo mesmo. Abriu um sorriso malicioso, arrogante mesmo na sua derrocada. — E, curiosamente, se os Eastoffe fossem cidadãos coroanos *de verdade*, Jameson seria tão culpado quanto eu. Pretende tirar a coroa dele também? Jogá-lo num calabouço?

Meu sangue gelou nas veias e entorpeceu meu corpo. Jameson. Foi ele o tempo todo.

— Silêncio! — Etan ordenou. — Se o rei Jameson tem crimes a pagar, responderá por eles no futuro. — Ele então olhou para mim, claramente condoído por ver o que aquilo me causava, por ver que eu tinha sido enganada por alguém que dizia me amar. — Hoje estamos aqui para falar dos seus crimes e da sua coroa. Você acaba de admitir espontaneamente ter matado a família da rainha e vários outros membros da corte, dando nomes. Ajoelhe-se e abdique da coroa. Agora!

Uma alma impaciente gritou:

— Corte a cabeça dele!

No segundo seguinte, a maior parte da multidão aderiu a esse clamor.

Quinten olhou Etan de esguelha e levou as mãos ao diadema. Entregou-o ao tio Reid em silêncio e permaneceu imóvel, aguardando seu destino.

O povo estava sedento de sangue, e eu não podia culpá-lo. Quinten tinha listado amigos e vizinhos pelo nome, admitido que havia muitos mais. Mas eu me perguntei o que tanta violência causaria.

O medo tinha voltado aos olhos de Etan. O que ele faria agora? A coroa pairava entre sua cabeça e a de Quinten, e seu novo povo fazia exigências. Observei-o desembainhar a espada de Jedreck e segurá-la com perfeito controle. Esperei que descesse do poste para matar Quinten com um só golpe. Eu não duvidava que ele fosse capaz.

Mas ele voltou-se para seu enorme exército, erguendo a espada para exigir silêncio.

— Pela lei, este homem deve ser julgado. Nenhum de nós está apto a participar do júri, de modo que reuniremos alguns nobres dos países vizinhos para dar-lhe o tratamento mais justo possível. Além disso, ele deu as ordens, mas esses assassinatos foram levados a cabo pelas mãos do grupo que tanto vocês como eu conhecemos por Cavaleiros Sombrios. Precisamos de nomes, e somente ele pode dá-los. Não agiremos movidos pela raiva agora; sabemos que podemos fazer melhor. Quando as pessoas falarem deste momento, falarão de como agimos com nada além de justiça. — Ele voltou-se para alguns guardas. — Levem-no para o calabouço; cuidaremos dele em seu devido tempo.

Etan falava com tamanha autoridade que eu tomaria qualquer coisa que ele me dissesse como uma exigência da lei. Ele emanava um ar de realeza, um ar tão principesco, segurando a espada no topo daquela pedra, que ninguém ousou questioná-lo.

— Filho? — tio Reid chamou baixinho. — Chegou a hora.

Etan assentiu, engoliu em seco e saltou da pedra. Olhou para mim, ainda nervoso. Dei-lhe um sorriso rápido e fiz que sim, para incentivá-lo. Ele se ajoelhou, fincando a ponta da espada no chão e apoiou-se como se ela fosse um cajado.

Etan levantou os olhos para o pai e em seguida curvou a cabeça.

— Etan Northcott, filho de Reid Northcott, descendente de Jedreck, o Grande, dá a sua palavra de que servirá e protegerá o povo de Isolte enquanto rei?

—Todo ele. Até a morte — Etan jurou.

Tio Reid pôs a coroa na cabeça de Etan.

— Levante-se, rei Etan.

E então ele se levantou, parecendo ainda mais alto, e a multidão explodiu em gritos de júbilo. Respirando fundo, Etan voltou a subir na pedra para contemplar seu povo, e os gritos ficaram ainda mais altos agora que mesmo quem estava no fundo conseguia vê-lo com a coroa.

— Meu p... — Etan começou, mas precisou buscar ar. Levou a mão ao peito e parecia à beira das lágrimas quando tornou a falar. — Meu povo. Agradeço o seu apoio. Não sou capaz de exprimir minha alegria por saber que hoje fizemos o bem, e que não precisamos derrubar nem uma única gota de sangue para isso. Temos muito o que comemorar! Convido todos os que assim desejarem a, por favor, ficar. Abriremos as despensas do palácio para celebrar este dia. Àqueles que não puderem, rogo que, ao voltarem para casa, espalhem pelo caminho a notícia do que aconteceu aqui, e estendam minhas bênçãos a cada súdito de Isolte.

Houve mais ovações à medida que o povo entrava no palácio e se esparramava pelo gramado. Etan estava cercado de gente e sorria incrédulo à medida que as pessoas, uma a uma, vinham felicitá-lo.

Rei Etan. Combinava com ele.

Com toda a agitação, foi fácil puxar seu cavalo e ir me

afastando silenciosamente pelo mar de pessoas, avançando contra a maré. Só já bem longe dos muros do palácio é que a multidão se dispersava, e eu pude montar no cavalo de Etan.

Quando pensava que Quinten tinha matado meu marido, queria apenas uma coisa: olhar em seus olhos enquanto ele confessava seus pecados. E agora, queria isso de Jameson.

Bati as esporas no cavalo e saí em disparada.

Trinta e um

Esperava estar na direção certa. Uma estrada principal levava para fora da cidade e, quando cheguei à encruzilhada, supus que a rota oeste faria uma curva para o norte e me levaria a Coroa. A dor no coração me deixava cega demais para pensar em qualquer outra coisa que não fosse chegar ao castelo de Keresken.

Quando saí, Jameson disse que eu voltaria para ele. Será que sabia sobre Silas? Será que no mínimo desconfiava? Eu tinha certeza de que Silas era um segredo bem guardado até depois de partirmos. Será que ele estava disposto a incendiar qualquer outro caminho da minha vida para deixar apenas a estrada de volta para ele livre?

Pensei em todas as outras pessoas que morreram na farsa de Jameson. Ele sabia a respeito dos Cavaleiros Sombrios e quis imitá-los para encobrir suas próprias monstruosidades. Por querer a morte de Silas, matou todos no nosso casamento.

Minha mãe foi poupada porque estávamos no jardim, e Scarlet só porque meu cabelo era um tom próximo demais do loiro das isoltanas.

Com a vista turvada de lágrimas, eu avancei. Não sabia o que me aguardava à frente. Não tinha planos. O que eu esperava que aconteceria se acusasse Jameson? Ele não reconheceria a culpa, mas eu não tinha dúvidas de que todas as peças se encaixavam. Ainda que ele confessasse, porém, nada lhe aconteceria. Ao contrário de Quinten, ele não tinha prejudicado a maior parte do seu povo. Jameson era jovem, charmoso, amado. Além do mais, não havia quem pudesse desafiá-lo pelo trono; se ele fosse deposto, as coisas só piorariam para Coroa...

O que eu estava fazendo? Estava impotente. Não tinha exército, não tinha provas. Tinha a palavra de um rei deposto e um cavalo roubado.

Mas, no íntimo do meu ser, sabia que jamais voltaria a ter paz enquanto não fosse até Jameson, olhasse em seus olhos e exigisse a verdade. Para o bem ou para o mal, precisava continuar.

Continuei a cavalgar, reparando em como o sol movia-se rápido e pensando na viagem de carruagem até o palácio uma semana antes. Tinha sido uma sensação parecida, de estar cada vez mais perto daquilo que poderia me matar. A diferença era que minha mãe e Scarlet iam à minha frente. E Etan ao meu lado.

Ah, Etan. Como eu queria chutar sua canela toda vez em que o via. A lembrança trouxe um sorriso a meus lábios. Só pensava em ser melhor do que ele em tudo. Poucas chances de isso acontecer agora. É difícil ser melhor do que um rei.

Ele ia se sair tão bem. Tinha bons pais para orientá-lo, um propósito no qual concentrar sua paixão. Era capaz de conter a raiva, e esperto o bastante para desarmar qualquer um que ousasse se aproximar.

Ele com certeza brilharia.

Pensei no fio no meu peito, o fio que me ligava a Silas, que me ligava a minha mãe e a Scarlet. Esse fio encontrava-se completamente desenrolado aos pés de Etan Northcott, e imaginei que nada nunca mais fosse capaz de puxar meu coração.

Por um lado, desejava o luto — certamente era o fim de muitíssimas coisas para mim. Mas também estava grata. Tinha finalmente chegado a algum lugar. Tinha construído uma família. Ainda que fracassasse em Coroa, tinha ajudado a fazer justiça pelo povo de Isolte. Tinha amado e sido amada. Era muito mais do que me julgara capaz. Assim, cavalguei rumo ao desconhecido com o coração cheio de dúvidas, mas a cabeça erguida.

O que foi aquilo?

Ouvi algo que soava como uma tempestade estrondosa. O céu ao meu redor continuava claro, e nos campos à minha frente não enxerguei nada. De onde vinha aquele barulho? O que *era* aquele som?

— Hollis!

Parei o cavalo com um solavanco e dei meia-volta, incrédula.

No horizonte, Etan vinha a toda velocidade, diadema na cabeça e exército atrás.

Meus olhos marejaram.

Ele viera atrás de mim.

— Hollis!

Acenei, dizendo-lhe que esperaria. Ele ergueu a mão e a massa de cavaleiros que o seguia se deteve enquanto ele continuou vindo ao meu encontro.

Parou quando ficamos frente a frente em nossos cavalos.

— Oi — falou, afinal.

Eu ri.

— Etan Northcott, seu idiota…

— Rei Idiota, por favor e obrigado.

— … o que está fazendo aqui?

Ele soltou um suspiro e me olhou como se fosse óbvio.

— Minha amiga mais querida, que costuma ser brilhante, veja só, decidiu partir a cavalo, sozinha, para confrontar um rei por algo que ele sem dúvida fez, embora ela não tenha provas. Sozinha. E suspeito que não tenha a menor ideia de como proceder quando chegar lá. Ah, e já mencionei que ela faria isso sozinha?

— Mencionou.

— Ora essa. Então você já sabe o que estou fazendo aqui.

Balancei a cabeça.

— Você não pode ir para Coroa comigo. É rei faz o quê? Poucas horas? Vá para casa.

— E você não pode fugir para enfrentar Jameson sozinha. Eu sabia que era um pouco ridícula, mas isso é demais, até para você.

Revirei os olhos.

— É isso então? Vai ficar aí me insultando?

— Parece que só assim você retoma o juízo. Então a resposta é sim, vou. Aliás, o seu cabelo está péssimo.

— Quê? — perguntei, levando a mão à cabeça.

Ele abriu um sorriso malicioso.

— É brincadeira. Você parece uma deusa cavalgando para a batalha. Está gloriosa.

Baixei a mão e balancei a cabeça, sorrindo contra minha vontade. Lancei um olhar para o exército atrás de Etan.

— Não posso pedir que você venha comigo. Não posso pedir *a eles* que venham comigo. Essa luta não é deles.

— Você não pediu. *Eu* não pedi. Anunciei aonde ia e...

Ele gesticulou para as multidões atrás de si.

— Verdade?

Ele assentiu e acrescentou:

— Além disso, como viúva de um cidadão de Isolte e, em certo sentido, membro da família real estendida...

— Por pouco. Não pelo meu sangue.

— Não, não pelo sangue. Pelo seu casamento de uma hora. Sim, compreendo os termos da sua entrada na família. Ainda assim, você está sob o meu governo. E está sob a minha proteção. Você é isoltana, Hollis. E não vou deixá-la encarar seu inimigo sozinha. Não vou deixá-la fazer nada sozinha.

Pisquei para segurar as lágrimas. Meu coração me levava a interpretar coisas demais naquelas palavras, e queria odiá-lo por aquilo. Mas fiz o que sempre fazia com Etan: discuti.

— Lembro que alguém tinha me dito que eu jamais seria isoltana.

Ele deu de ombros.

— Era mais fácil do que reconhecer que você já era isoltana.

Detivemo-nos por um instante, trocando olhares, os cavalos inquietos.

— Vou junto quer você queira, quer não. Assim como você, meu tio e meus primos também eram coroanos e isoltanos ao mesmo tempo. Matar um dos nossos súditos é perverso, e Jameson deve responder por isso.

Engoli em seco.

— Podemos não sair de lá com vida.

— Se assim for, cairei ao seu lado. E Scarlet será rainha. E morrerei mais feliz do que jamais imaginei.

Soltei um suspiro trêmulo.

— Boa sorte para acompanhar meu ritmo — falei. — Este cavalo é rápido.

Sacudi as rédeas e comecei a cavalgar.

— É porque é meu! — Ele ergueu a mão para chamar o exército.

Cavalgamos em silêncio, Etan bem ao meu lado e seu exército não muito atrás. Não me importava de não falarmos: havia um grande consolo naquilo. Estar em silêncio dava à minha mente espaço para viajar, para testar planos de ação. Não parava de pensar em como precisava me dirigir a Jameson. Se ele estava tão desesperado para me ver como Quinten alegava, com certeza me levaria a algum lugar onde ficássemos a sós, longe dos olhos da corte, para me saudar adequadamente. Podia perguntar-lhe do ataque naquele momento, talvez até mentir e dizer que considerava uma honra ele ter feito algo tão grandioso por mim. Se eu conseguisse sua confissão, seria o bastante para levá-lo a julgamento. Sendo monarca como ele, Etan poderia fazer aquilo.

Bastava uma confissão.

Mas a primeira rachadura no meu plano se mostrou na fronteira: uma patrulha coroana, com barricadas largas que se estendiam até as árvores, impossibilitando que passássemos sem ninguém ver.

— Tive uma ideia — disse para Etan.

Ele apenas assentiu e parou de cavalgar.

Um dos homens saltou para a frente da barricada e ergueu a mão para que eu parasse, apesar de eu já estar parada.

— O que significa isso? — ele inquiriu, gesticulando para a onda de pessoas atrás de nós.

— Senhor, meu nome é Hollis East…

— Lady Hollis? Como… Por que estava em Isolte?

— Precisei tratar de um assunto urgente, e retorno com outro de igual importância. O rei Quinten perdeu a coroa. Seu parente, rei Etan, assumiu seu lugar ainda esta manhã. Ciente de que a relação com Coroa é da mais alta relevância, vem encontrar-se com o rei Jameson imediatamente. Solicitamos sua passagem.

O guarda olhou para mim e depois para Etan, observando o círculo de ouro sobre a cabeça dele.

— O rei vai querer vê-lo — insisti.

O guarda resmungou consigo.

— Ele pode passar, mas aquela turma não — disse, apontando para o exército atrás de nós.

— Sua majestade precisa de autorização para manter alguns homens para a própria segurança. Você sabe tão bem quanto eu que os isoltanos não costumam ser tratados com gentileza. E ainda há uma jornada e tanto até o castelo de Keresken.

Ele suspirou.

— Dez — propôs.

— Cem — rebati.

Ele balançou a cabeça.

— Não preciso barganhar com a senhora, Lady Hollis.

Levantei a cabeça ao máximo, usando toda a arrogância que pude evocar.

— Mas barganha. Com certeza conhece o meu lugar na vida do rei Jameson. Se estou viajando com alguém de Isolte, também preciso de segurança — falei em tom calmo e firme, mantendo o nariz empinado.

O guarda bufou.

—Vinte.

— Cinquenta.

Ele fechou a cara.

— Certo, cinquenta. Adiante.

Etan trotou de volta aos homens e, enquanto ele falava em voz baixa, um grupo de cinquenta separou-se da tropa. Quando tudo estava certo, seguimos até a fronteira com Coroa. Antes de entrarmos no meu país natal, olhei para trás, para todos aqueles homens que não só apoiaram Etan pela manhã, mas que estavam dispostos a me apoiar também. Soprei-lhes um beijo e eles me saudaram com as espadas no ar sem dizer uma palavra.

Pareciam não ter intenção de partir enquanto não voltássemos com notícias.

—Você tem certeza de que também não tem um rei em algum lugar da árvore genealógica? — Etan perguntou.

— Quê? Não tenho. Por que pergunta?

— Porque se eu não soubesse, teria me ajoelhado ali para você.

Ele sorriu e passou a liderar seus homens enquanto avançávamos para desfazer a última injustiça.

Trinta e dois

Cavalgamos a toda velocidade pelo interior do país, desacelerando apenas quando avistamos as formas imponentes do castelo de Keresken ao longe. Observei-o com um olhar renovado. O rio onde tinha perdido os sapatos parecia um fosso ameaçador, as pessoas da cidade estavam mais para conhecidos enxeridos do que aliados hospitaleiros. E aquele castelo...

O lugar onde eu tinha vivido tanto, respirado tanto, o lugar onde Delia Grace se tornou minha melhor amiga e onde me apaixonei por Silas, o lugar onde dancei, dormi e tive esperança... Dali, parecia uma cela.

— Está tudo bem? — Etan perguntou, livrando-me desses pensamentos.

Engoli em seco e fiz que sim.

— Estou com medo de voltar lá.

— Ei. — Ele atraiu meu olhar. — Você não vai entrar sozinha. E, se fomos capazes de confrontar um rei e terminar tudo em paz, não há motivo para não confrontarmos dois.

Desejei acreditar que aquilo era verdade. Mas agora enxergava Jameson da mesma forma como sempre enxergara Quinten: se ele era capaz de fazer algo tão frio e tão cruel com uma pessoa, como eu poderia confiar que seria misericordioso comigo?

Atravessamos a ponte e tomamos a estrada sinuosa que subia até o castelo. À vista de tamanho grupo de homens, algumas mulheres que tinham comércios na rua principal puxaram seus filhos para dentro, enquanto outras olhavam para o meu rosto, mais de uma vez, sem saber se estavam mesmo diante da mulher que tinha dispensado o rei.

Etan parecia completamente à vontade, cavalgando para Keresken com uma das mãos nas rédeas e a outra na cintura, sem se dar ao trabalho de olhar para seus homens; simplesmente acreditava que eles o seguiam. Tão confiante, tão calmo. Inspirei-me nele e endireitei a postura quando costuramos pelas últimas quadras da cidade e pegamos o caminho de entrada do castelo. O espaço, repleto de carruagens na noite em que Silas e eu fugimos, agora estava vazio, com dois guardas à porta enquanto outros dois vigiavam os limites do gramado.

Ficaram surpresos, claro, e ergueram suas lanças quando nos aproximamos.

— Alto! — ordenaram.

— Garanto-lhes que seu rei quer se encontrar com o novo rei de Isolte — Etan disse, emproando o corpo no cavalo, o diadema reluzindo à luz do sol poente. — Abram caminho. Tenho uma mensagem urgente para sua majestade. E meus homens são mais numerosos, caso vocês cometam a tolice de desobedecer às minhas ordens.

Meus braços arrepiaram com essas palavras. Vi os guardas trocarem olhares, inseguros. Depois de cochichos apressados, um deles olhou para a frente.

— Os homens devem ficar aqui — falou.

Etan concordou, e os guardas nos deixaram passar. Assim que cruzamos o portão, Etan e eu apeamos e atamos os cavalos a um poste. Ele acariciou o nariz de ambos antes de voltar-se para mim e se empertigar. Estendeu o braço... e eu simplesmente o olhei.

— O que foi? Damas precisam de acompanhantes. Seria bom entrar de braços dados com um rei — ele disse, seu tom pretensioso de volta com força total.

Com um suspiro, dei-lhe a mão e fiz uma pergunta que odiava fazer, mas que minha vaidade exigia de mim:

— Não minta. Como estou?

A expressão no rosto de Etan se suavizou imediatamente.

— Absolutamente radiante. Como a lua — ele disse, baixinho. — Segura e determinada, refletindo a luz para todos ao redor, e de uma beleza desesperadora para aqueles que nem se dão conta de que estão no escuro.

Passei a mão no cabelo cheio de nós e bagunçado pelo vento.

— Sério?

— Com certeza.

Fechei os olhos e partimos rumo ao castelo. Respirei fundo algumas vezes, na tentativa de concentrar meus pensamentos. Eu sabia o que precisava dizer, mas temia que nada fosse sair direito. Ia dar a eles — a meus pais, a Silas, a todos os convidados inocentes — o meu melhor, ou morrer tentando.

— A propósito — Etan falou quando chegamos ao saguão, nossos passos ecoando pela grandiosidade do lugar. — Tenho consciência de ter dito que jamais chegaria perto de um altar, e continuo achando você uma mimada irritante… mas vou te amar até a última batida do meu coração.

Ele olhou no fundo dos meus olhos, sem vacilar. Perdi o fôlego por um segundo, mas minha resposta já estava tanto tempo à espera que foi fácil dizê-la.

— Sei que falei que jamais chegaria perto de uma coroa, e você é cheio de si demais para o meu gosto… mas vou te amar até o fim.

Entramos no Grande Salão e pegamos todos no meio do jantar. Havia gente na pista de dança, garotas de braços dados, girando umas às outras, como Delia Grace e eu fizemos tantas vezes na infância. Por falar na minha velha amiga, ela estava na mesa principal, bem à esquerda de Jameson. Usava uma quantidade de joias suficiente para esmagar um homem, e ria de coisas que Jameson dizia, como eu nunca tinha visto Delia Grace rir.

Etan e eu paramos calmamente às portas. Demorou apenas alguns segundos para as pessoas acharem meu rosto e a coroa dele. A comoção começou no fundo e expandiu-se até a frente. Os dançarinos abriram caminho e apontaram dedos chocados para nós. Logo, nossa presença era tão desconcertante que a música no mezanino parou e Jameson nos notou afinal.

Ele nos observou por um instante, como se tentasse compreender como duas pessoas eram capazes de tirar um salão inteiro dos eixos. Então seu olhar encontrou o meu, me inspecionando para ter certeza.

— Hollis? Hollis Brite, é você?

Assisti à alegria derreter nos olhos de Delia Grace ao lado dele e odiei ser o motivo.

— Eu sabia que você voltaria para mim. No fundo, eu sabia que você voltaria.

Claro que sabia, pensei. *Você orquestrou tudo para que isso acontecesse.*

Etan, ainda segurando minha mão, esfregou o polegar sobre os meus dedos para me encorajar. Respirei fundo e soltei-o.

— Majestade, gostaria de apresentar-lhe a sua majestade, o rei Etan Northcott de Isolte — saudei Jameson.

Os olhos de Jameson arregalaram-se de contentamento.

— Está me dizendo que o velho finalmente morreu? E Hadrian também?

— O príncipe Hadrian faleceu esta manhã — informei. — O antigo rei foi deposto pelo seu parente de maior posição na hierarquia e no momento está preso por traição.

Jameson estufou o peito e riu. Ele *riu*.

— Melhor ainda. Ah, majestade, o senhor é muito bem-vindo aqui. Por favor, junte-se ao nosso banquete! Providenciarei pratos e cadeiras e podemos comemorar o novo rei de Isolte e o retorno da minha querida Hollis.

Jameson acenou aos pajens, que puseram-se a trabalhar no mesmo instante. Levantei a mão e, para minha surpresa, Jameson calou-se, chocado.

— Antes de mais nada, preciso falar com o senhor — exigi. — Preciso obter certas respostas. Não haverá comemoração entre nós porque não há paz entre nós. E não jantarei com o senhor sem isso.

Ele riu, jogando a cabeça para o lado.

— Hollis Brite — disse com doçura. — Eu a vesti e alimentei. Ordenei que tanto compatriotas quanto estrangeiros a tratassem como rainha. Permiti que ostentasse joias da realeza em seu singular cabelo — o volume de sua voz aumentava conforme ele falava. — E quando você rejeitou essas gentilezas, quando pediu para ir embora, eu a deixei partir sem brigar. Que fundamento você poderia ter para afirmar que não lhe dei paz?!

— Devo dizer? — perguntei, dando um passo à frente de Etan, sentindo que ele ia atrás de mim. — Devo contar à sua corte quem você é de verdade?

— E quem eu sou?

— Um assassino! — Meu grito foi tão alto que pareceu chacoalhar as pedras da parede.

Houve, então, um silêncio carregado entre nós, dolorosamente alto. Pude sentir os olhares de todos os presentes, numa curiosidade desesperadora sobre como aquilo acabaria.

— Como? — ele perguntou, tranquilo.

Com a voz firme, repeti:

—Você é um assassino, Jameson Barclay. Com ou sem coroa, você é tão desgraçado quanto um criminoso comum. E deveria estar de joelhos sob o peso da vergonha.

Alguém próximo de mim engoliu em seco.

Depois de um instante, o gelo nos olhos de Jameson desmanchou-se um pouco, e ele sorriu para mim.

— Minha Lady Hollis, dada a sua aparência, imagino que seu dia tenha sido bastante traumático. Não sei o que acha...

— Não *acho* nada. Eu *sei* que você mandou matar Silas Eastoffe. *Sei* que mandou matar meus pais. Sei que foram seus homens que invadiram meu casamento, e o sangue do seu povo está em suas mãos.

Senti Etan bem ao meu lado, respirando devagar.

Jameson jogou a cabeça para o lado mais uma vez.

— Por causa do grande amor que tive por você, estou disposto a deixar essas falsas alegações a meu respeito morrerem aqui. Mas já aviso: se vier com mais mentiras, não serei tão generoso.

— Não. São. Mentiras — insisti calmamente.

— Onde está a prova? — ele perguntou, abrindo os braços. — Sou capaz de apostar que tenho evidências mais incriminadoras contra você do que você tem contra mim. — Gesticulou para um dos clérigos próximos da porta de seus aposentos. — Traga-me o pergaminho com selo dourado que está em minha escrivaninha. — Jameson olhou-me mais uma vez antes de voltar-se para Etan. — E minha espada também.

— Você foi a única pessoa em Coroa e Isolte que me escreveu por ocasião das mortes deles e da minha viuvez — continuei, ignorando o showzinho dele. — Porque era o único que sabia. A única pessoa que saiu com vida da sala foi minha cunhada, Scarlet. E isso apenas porque a cor do meu cabelo está mais próxima do loiro das isoltanas do que do castanho-escuro das coroanas. Os homens que eliminaram nossos convidados usavam anéis de prata, anéis da nobreza de Coroa. Os homens que mataram minha família provavelmente estão aqui neste salão — minha voz começou a falhar à medida que minha raiva e minha tristeza se mesclavam formando algo maior do que eu podia conter.

— Respire — Etan sussurrou.

Respirei.

— Tudo isso é circunstancial, Hollis. Não prova nada — ele pronunciou todas as palavras com tamanha compostura que era como se já estivesse preparado para isso, sabendo que esse dia poderia chegar. — Se há alguém aqui com motivo para fazer acusações, esse alguém sou eu. E se alguém aqui violou a lei, esse alguém é você. Porque, ao contrário de você, eu tenho registros escritos. Tenho uma prova, milady, de que você nunca deveria ter se casado. Visto que já era casada comigo.

Trinta e três

Houve arquejos por todo o salão, mas permaneci ali, inabalada, por saber que aquilo se tratava de uma magnífica mentira. Um segundo depois, o clérigo reapareceu. Suas mãos carregavam duas coisas. A primeira, um rolo de pergaminho com um selo dourado. A segunda, uma espada. Mas não era uma espada antiga qualquer tirada da vasta coleção de Jameson. Tinha lâmina dourada e o cabo incrustado de joias.

A intenção dele era me ameaçar com algo feito pelas mãos de Silas.

— Sabe o que é isso? — Jameson perguntou com um sorriso de malícia ao erguer o pergaminho.

Não tive resposta.

Depois de um breve silêncio, ele quebrou o selo dourado e revelou um documento comprido com várias assinaturas.

— Hollis, eu a quis por noiva logo no começo do meu cortejo. Sabia que você seria minha. Mas você era tão verde, tão crua, que entendi que precisaria de tempo para fazer as pessoas enxergarem-na como eu enxergava. — Ele riu. — Olhe para você agora! Mesmo nesse estado, parece pronta para o trono, emana realeza e brilha como o sol.

— Não sou o sol — murmurei, mas ele me ignorou.

— Eu precisava ter você. Mas, como a lei nos obrigava a esperar, dobrei a lei a meu favor. E seus pais tiveram a gentileza de cooperar.

Meu coração parou de bater. Não. Não, eles não podiam.

— Sei que não é possível enxergar a data disto daí, mas se olharmos bem… aqui — ele apontou para uma linha. — Como? O que é isso? Ah, é a data do Dia da Coroação.

— O que é isso, Hollis? — Etan perguntou.

— Um contrato. Meus pais o assinaram, me prometendo a ele. Esses contratos são formais, complicados e só o rei pode anular — expliquei, olhando para Etan com uma sensação absoluta de derrota. — Segundo aquele papel, estou casada com ele. Sou esposa dele desde a noite em que fugi.

— Aí está, Hollis — Jameson disse afinal. — Você é minha. Agora será obrigada a cumprir a lei e tomará seu lugar ao meu lado… como eu sempre disse que tomaria. — Ele voltou-se para Delia Grace, que permanecera ali calada o tempo todo. — Pode se retirar — acrescentou, quando a viu agarrar os braços da cadeira, chocada.

Depois de testemunhar os infinitos maus-tratos que ela sofreu ao longo dos anos, senti a mais profunda vergonha por sua humilhação mais pública ter sido sem querer causada por mim. Bem ou mal, Delia Grace havia sido minha única companheira pela maior parte da vida, e tinha uma porção do meu amor que ninguém roubaria.

Com as lágrimas caindo silenciosamente, ela se levantou do assento, fez uma reverência para Jameson e foi até a lateral do salão. Num gesto inesperado de bondade, Nora a esperava de braços abertos. Delia Grace permaneceu ali, voltada para a parede, enquanto Nora a abraçava e tentava esconder seu rosto da multidão.

— Quando quiser, Hollis — Jameson disse, gesticulando para o espaço ao seu lado.

Ali estava eu, recebendo ordens do rei para tomar meu lugar a seu lado, um lugar que meus pais, na melhor das esperanças, tinham garantido para a única filha. Ah, a raiva deles quando me recusei a acompanhá-los de volta ao palácio fazia muito mais sentido agora. O que lhes restava?

— Ande, mulher.

Ouvi Etan rosnar ao meu lado.

— Estou lhe dando uma ordem, Hollis Brite!

E foi isso, sua terceira recusa a me chamar pelo nome de casada, que me fez estourar. Encarei aquele homem perverso de cabeça erguida.

— Fique sabendo que meu nome agora é Hollis Eastoffe e que sou cidadã de Isolte. Não me dê ordens. Nunca pertenci nem pertencerei a você!

Jameson estava de pé, atrás da enorme mesa principal do salão, sozinho.

— Hollis, quero ser um bom marido para você. Generoso,

bondoso. Mas você não nos encaminha para um casamento muito feliz.

— Não quero ser sua esposa! — berrei.

— Mas já é! — ele gritou de volta, as veias no pescoço e nas têmporas inchando-se, grotescas, e bateu o rolo de pergaminho na mesa. — Então, sugiro que se comporte.

— E se ela simplesmente se recusar? — Etan perguntou com calma. — Como rei que sou, posso oferecer a esta dama um nível de proteção na minha corte que parece faltar na sua.

— Quem é você para falar comigo? — Jameson perguntou.

Etan, inabalado, respondeu:

— Acabei de dizer. Um soberano feito você. E se a forma descuidada com que dispensou aquela jovem dama — ele disse, indicando Delia Grace — for indício do tratamento que as mulheres recebem na sua corte, levarei Lady Hollis Eastoffe comigo para casa agora.

Jameson ergueu a espada — a espada de Silas — e a apontou para Etan.

— Você me trocaria por esse usurpador? — urrou.

— Trocaria você por um indigente — repliquei com desprezo. — É um covarde assassino e não serei sua esposa.

Ele subiu na cadeira.

— Está feito! Não pode lutar contra o casamento. Não pode lutar contra mim!

Então passou para a mesa, preparando-se para saltar sobre nós na sua fúria.

Etan puxou a espada, mas não fez diferença.

Apesar de tudo ter acontecido tão rápido, para mim o momento em si tinha se arrastado: pude ver o movimento exato de cada peça.

Jameson, na sua raiva e impulsividade, perdeu o equilíbrio antes de pular da mesa. Cambaleando, soltou a espada dourada. O sol poente reluziu na lâmina que revirava no ar, e só consegui pensar em como o trabalho de Silas era lindo, mesmo naquelas circunstâncias. O cabo da espada quicou no chão, jogando a lâmina para cima. No momento em que Jameson escorregou da plataforma de onde contemplava seus adoradores, o gume o atravessou.

Vendo o ângulo em que a espada foi ao encontro dele, tive certeza de que não haveria como salvá-lo do próprio erro, e escondi o rosto contra o peito de Etan. Apesar de toda a dor que Jameson tinha causado, eu não queria ver mais mortes. Permaneci assim por um instante, desejando também poder abafar os gritos do salão e os guinchos agonizantes de Jameson. Quando tudo finalmente se acalmou, virei-me.

Jameson jazia numa poça do próprio sangue com uma espada dourada atravessada no peito.

Um clérigo se aproximou e pôs a mão sob o nariz dele para sentir a respiração. Como não havia nada, ele se levantou.

— O rei está morto — anunciou. —Vida longa à rainha.

Eu permaneci em silêncio sob o olhar de um salão inteiro de nobres.

Trinta e quatro

Ao meu lado, Etan ajoelhou-se, beijou minha mão e depois a levou à têmpora, sussurrando:

— Majestade.

Um tremor subiu pelos meus dedos dos pés e percorreu meu corpo até os cabelos.

No instante seguinte, os clérigos estavam ao meu lado e os guardas conduziam com cuidado os membros da corte para fora do Grande Salão. Muitos viravam o rosto à visão do cadáver, e outros conversavam furtivamente, na tentativa de compreender como tanta coisa tinha acontecido em apenas alguns instantes.

— Majestade, a senhora precisa vir conosco. Há muito o que discutir — um clérigo disse.

Estavam falando de mim. A majestade era *eu*. Respirei fundo, trêmula. Eu era, em termos burocráticos, esposa de Jameson. E, como sua esposa no papel, era também a rainha. Como ele não tinha herdeiros, a coroa vinha para mim. Dentre todos os desfechos que imaginei para esse dia, nenhum era assim, e não entrava na minha cabeça que eu tinha acabado de tomar posse de um reino.

Entorpecida, fiz que sim. Voltei-me para Etan, na expectativa de que ele me seguisse.

Ele abriu um sorriso bondoso.

— Desculpe, Hollis, mas não acho que esses cavalheiros queiram a presença de um rei estrangeiro enquanto discutem questões de estado com sua novíssima rainha. Além disso... Meu próprio reino me espera.

— Mas...

Não. Não havia "mas". Ele estava certo.

Etan beijou minha mão de novo.

— Quando as coisas assentarem, conversamos. Mas saiba que sempre terá um aliado em Isolte.

Como seria capaz de me separar dele? Depois de tudo por que passamos, depois de tudo que enfim dissemos, como eu continuaria um minuto sem ele?

— Etan... Não posso...

— Pode, sim. Veja tudo o que já fez. Vá. Faça o que precisa ser feito. Ainda que eu me vá, você não está sozinha. Tem o meu apoio, o apoio de Isolte. Vou contar do seu novo reino para todos em casa, e escreverei assim que puder.

Minha mão ainda estava na dele, que aguardava.

Era eu quem deveria soltar.

Apertei com força uma última vez e baixei as mãos. Precisei juntar todas as minhas forças para não chorar na frente dele. Inclinei-me numa reverência, e ele fez o mesmo. E, então, saiu em disparada do salão, do castelo, do meu mundo.

— Majestade — o clérigo insistiu. — Por favor, venha comigo. Tenho muito a contar-lhe. Sozinha.

— Espero que um dia possa me perdoar por meu papel nisso — o clérigo Langston disse. — Todos lhe devemos as mais profundas desculpas.

Peguei o papel e li mais uma vez, incrédula. Na caligrafia de Jameson, a carta detalhava quando e onde meu casamento aconteceria e a missão dos homens que ele tinha contratado. Errei ao dizer que os assassinos da minha família talvez estivessem no Grande Salão. Ele buscou especificamente nobres que tinham perdido a fortuna mas não o nome; pessoas que seriam suas aliadas devido aos títulos, mas que se encontravam desesperadas por dinheiro. Os valores que Jameson pagara a cada um deles — também detalhados na carta — bastariam para reerguer uma família inteira.

— Jamais deveria ter entregado aqueles papéis. Mas me sentia obrigado a obedecer ao rei. *Suspeitava* do que havia neles, mas não tinha certeza. Guardei este, só para garantir. Assim que soube o que tinha acontecido ao seu marido, rompi o lacre e li. Então, tive certeza de que um dia esta carta seria indispensável para levar o rei a julgamento. Escondi-a, rezando para que jamais fosse encontrada a não ser que surgisse uma pessoa capaz de fazer justiça. Assim, por favor, permita-me agora ser parte dessa justiça, mesmo que me custe a própria vida.

Demorei um pouco para perceber que ele estava à espera de um pronunciamento meu. Limpei a garganta e tentei pensar.

— De acordo com o relato de minha irmã Scarlet, alguns desses homens morreram e foram consumidos pelo fogo. É castigo suficiente para suas famílias. Vamos precisar recolher os outros para interrogá-los. Exceto o último, aquele para quem você não entregou esta carta.

Ele assentiu.

— Quanto a você, sei por experiência própria como Jameson podia ser convincente. E você estava, como falou, tentando cumprir seu dever. Quero que os homens capazes de matar seus compatriotas sejam levados à justiça, mas, de resto, gostaria de esquecer logo o episódio.

Ele curvou a cabeça.

— É muita generosidade, majestade.

Balancei a cabeça.

— Você precisa me chamar assim? Não nasci na realeza; não me soa nem um pouco certo.

Ele sacou os livros de direito e, de novo, o belo contratinho que meus pais tinham assinado.

— Sua majestade era o último de sua dinastia. Não tem quaisquer parentes, ninguém tem legitimidade para reivindicar o trono. Exceto a senhora. Ainda que não tenha sido esposa dele na prática e de fato, pelo menos era no papel. Não posso obrigá-la a aceitar a coroa, ninguém pode. Mas devo suplicar que pense nas consequências da sua recusa. Correríamos o risco de uma guerra civil quando os usurpadores tentassem tomar o trono. E, sem um líder claro e único, os países vizinhos poderiam invadir, tentar conquistar nosso território e apropriar-se dele. Poderíamos perder *Coroa*.

Levantei-me e fui até a janela, pensando nessas coisas. Minha mãe costumava me dizer para esperar a luz do dia antes de tomar uma decisão. Não havia como isso me ajudar ali. A lua despontava no horizonte. Sua luz tinha que bastar.

Como Etan tinha descrito a lua? Refletindo a luz? Guiando aqueles que nem sabiam estar no escuro?

Fosse lá como tivesse dito, era lindo.

Será que eu poderia ser assim? Poderia ser guia? Poderia ser luz?

Poderia liderar Coroa?

Amava tantas coisas na vida. Amava minha liberdade. Amava minha família. Amava dançar e exibir meus vestidos. Amava ter ganhado uma irmã. Amava Silas. Amava Etan.

Alguns desses amores eram muito mais rasos que os outros, mas a ideia de deixar qualquer amor que eu pudesse vir a ter na vida em segundo plano por Coroa… era assustadora.

Dizer sim significaria fechar a porta para tantas coisas, para mil possibilidades do futuro. Significaria serviço, humildade e uma vida inteira desfazendo injustiças.

E dizer não significaria colocar Coroa em risco.

Tive medo de voltar, mas me dei conta de que boa parte desse medo estava atrelada a Jameson. E ele se fora. Sem ele, eu só conseguia pensar que alguém precisava proteger essa terra, a terra que a rainha Honovi delimitou com seus beijos, que a rainha Albrade protegeu a cavalo.

Eu não podia deixar Coroa à deriva, correndo o risco de cair nas mãos de alguém que despedaçasse ou eliminasse meu país. Não. Jamais permitiria que isso acontecesse.

Quando me virei, o clérigo estava de pé, com a coroa de Estus nas mãos.

E eu me ajoelhei.

TRÊS MESES DEPOIS

Trinta e cinco

Dei mais uma volta à mesa.

— Não, não — falei, apontando para as flores no centro. — Em Isolte, são usadas para demonstrar luto. Substitua. Acho que é só isso.

— Sim, majestade — o pajem disse, ansioso. — E o cardápio?

— Já foi todo aprovado. Se tiver mais dúvidas, dirija-se à chefe das minhas damas.

Os mordomos e pajens curvaram-se e puseram-se a trabalhar para finalizar os últimos detalhes. Restava apenas uma coisa, que *precisava* estar pronta até o fim do dia. Se todos fizessem sua parte, claro.

Saí do cômodo de planejamentos e tomei o corredor central do castelo. Ao contrário dos reis que vieram antes de mim, eu preferia trabalhar onde pudesse ver o povo. Pessoas faziam reverência quando eu passava. Como esperado, todas as jovens ensaiavam uma grande dança conjunta, com coreografia de Nora. Eu nunca tinha visto algo dessas proporções, e com certeza seria impressionante na hora.

Ao me ver ali, Nora perguntou, com o olhar, minha opinião. Abri-lhe um sorriso terno e assenti, satisfeita. Estava mesmo lindo.

Tinha sido ideia dela fazer as mais novas trabalharem em equipe, e eu gostei. Como meus primeiros anos na corte teriam sido muito mais felizes se tivéssemos tentado construir coisas juntas em vez de sentir a necessidade de competir o tempo todo...

Enquanto eu observava, hipnotizada pelos rodopios dos vestidos, um pajem aproximou-se.

— Correio da manhã, majestade.

— Obrigada... Andrews, não é?

Ele sorriu.

— Sim, majestade — e retirou-se rapidamente.

Passei os olhos pelos nomes nas cartas para ver o que tinha chegado. Várias eram de lordes, e precisava reunir-me com meu conselho antes de responder a qualquer uma delas. Por último havia três que não eram endereçadas à rainha, mas a Hollis... Bom, talvez uma delas fosse para a rainha. Escondi-me atrás do muro baixo do palácio para lê-las.

Majestade,

Ficará feliz em saber que a última vaga de professor foi preenchida esta manhã. Agora temos instrutores adequados para todas as matérias. Desde a semana passada, todos os cômodos do solar

Varinger estão destinados aos alunos, e portanto na semana que vem, aproximadamente, começaremos os cursos que a senhora estabeleceu. A criadagem tem se preparado intensamente, e embora nenhum de nós tenha sido contratado para esse trabalho, todos estão encantados por voltarem a ser úteis e por verem o solar cheio de vida.

A primeira garota chegou semana passada. Temos três órfãos chegando, e ela é a primeira. Tão tímida, mas as criadas a acolheram como uma gatinha, e tenho certeza de que vai desabrochar quando encontrar seus colegas de classe.

O solar está em boas mãos. Cuido da propriedade e da casa, e a diretora que a senhora escolheu é uma mulher agradável e muito organizada. Aposto que, se a senhora vier visitar-nos, e tenho muita esperança de que venha, ficará encantada com esta escola. Vamos mantê-la informada de quaisquer problemas que tivermos no começo, mas estou com altas expectativas para o futuro deste projeto.

É uma ideia brilhante, majestade. Um dia, Coroa estará repleta de escolas como esta, e os futuros cidadãos virão a agradecê-la.

Rezamos pela sua saúde e pelo reino. Visite-nos logo.

Sua humilde serva,

Hester

Enfim, a velha e gigantesca casa servia a algum propósito. Eu não sabia bem se um internato para crianças do campo funcionaria, mas só teria essa resposta se tentássemos. Não me iludia imaginando-me uma rainha que entraria em batalhas ou salvaria incontáveis doentes, mas eu podia fazer pequenas coisas boas, uma de cada vez, e esperava ser lembrada por isso ao fim do meu reinado.

Passei para a segunda carta.

Majestade,

Hollis,

Grã-Perine tem me agradado muito. O ar não é suave como o de Coroa, mas há um aroma de especiarias, e a beleza e o mistério de tudo enchem-me de curiosidade todos os dias. Foi bom ir embora, ser desconhecida num lugar novo. Conheci gente nova e contei a todos a grandiosa história de como você se tornou rainha. Ouso dizer que talvez seja a monarca mais famosa do nosso tempo.

Por falar de monarca famosa, como vão as coisas em casa? Lembro-me de você mencionar uma dezena de pequenas ideias antes da minha partida. Alguma já virou realidade? Lembro-me de lhe empurrarem Hagan como pretendente. Ele já está prometido a você? Ou você conseguiu encontrar alguém de quem goste mais?

Parece que o seu reinado começou muito bem, Hollis. Sei mais do que qualquer outra pessoa que você quer provar o seu valor. Acho que deixará uma marca no nosso país, é só uma questão de tempo. Acho que é isso que está fazendo. Espero que sim.

Tudo para dizer que gostei de estudar aqui em Grã-Perine, de aprender literatura, filosofia e arte. Tenho pensado muito em fazer daqui o meu lar. Não sei se seria capaz de suportar os olhares de pena ou julgamento da corte do castelo de Keresken de novo.

Contudo, a perspectiva de ficar longe para sempre deixa meu peito apertado. Você se sentiu assim quando foi para Isolte? O que faz as nossas casas nos puxarem de volta, ainda que nem tudo tenha sido bom?

Talvez daqui a um mês, mais ou menos, eu volte para uma visita, para ver você e os seus grandes planos. Talvez então, quando eu atravessar mais uma vez os corredores resplandecentes de Keresken, saberei qual é o meu lugar.

Sei que está mais ocupada do que qualquer outra pessoa do continente, mas quando tiver tempo, por favor, escreva contando as suas muitas aventuras. Depois de todo esse tempo, você é a pessoa de quem mais quero ter notícias. Envio-lhe meu amor e minha dedicação.

Sua súdita no exterior,
Delia Grace

Ler aquela carta foi como respirar fundo. Embora tenhamos conversado sobre muita coisa antes de Delia Grace decidir partir, sentia que minha vida no castelo jamais estaria completa enquanto ela não estivesse ao meu lado. Àquela altura, não havia como ela ser a mais escandalosa de nós duas, então não precisava preocupar-se com os olhares que receberia em cada sala que entrasse. Mas eu me perguntava se parte da minha amiga ainda desejava aqueles olhares, desde que não fossem para julgá-la.

Talvez eu jamais soubesse. Mas tinha esperança.

Respirei fundo e quebrei o selo da última carta.

Majestade,

Escrevemos para avisá-la que chegaremos por volta do meio-dia de amanhã, quinta-feira, dia 17. Prometemos não causar escândalo nem provocações. Bom, talvez provocação, sim, mas não muita. Não dessa vez.

Etan *Rex*

Sorri. *Rex*. Que chique. Enquanto monarca, talvez eu também devesse adotar isso. Mas nada de plural majestático: eu caçoaria sem dó assim que ele chegasse. Levei a carta ao nariz. Dava para sentir o cheiro de Isolte no papel, e, se me concentrasse, o dele também.

Ele estava a caminho e ainda fazia brincadeiras comigo. Não importava o que mais pudesse acontecer, ao menos havia isso.

Como eu não tinha nem um instante vago, a chefe das minhas damas de companhia aproximou-se aos pulinhos.

—Valentina, o que houve?

Ela estava radiante.

— Tudo pronto, majestade.

Suspirei de alegria.

— Perfeito.

Trinta e seis

Sentei-me à penteadeira dos aposentos do rei — bom, da rainha — para que Valentina conferisse tudo pela última vez. Minha coroa estava engastada de safiras, o rubi reluzia no anel de minha mãe, e minhas alianças? Bom, estavam guardadas num lugar seguro para que eu pudesse vê-las quando quisesse. Tanto Jameson quanto Silas fizeram parte do caminho até ali, mas os passos que eu desse adiante eram meus. Por isso, queria que tudo se saísse perfeitamente.

Por seu passado, Valentina tinha olhos mais aguçados até do que Delia Grace e agia com naturalidade ao meu lado. Melhor ainda, havia confiança total entre nós, algo que Delia Grace e eu tínhamos perdido e recuperado, perdido e recuperado tantas vezes.

—Valentina, me sinto uma tonta por não ter perguntado antes, mas você se sente desconfortável por estar aqui hoje? Por não ser mais rainha?

Ela fez uma careta brincalhona.

— Nem um pouco. Estou muito mais feliz como sua súdita do que como rainha deles.

— Então não sente falta? Nem mesmo longe de Isolte?

Ela estreitou os olhos por um instante, pensativa.

— Não. Nossa casa é a que escolhemos. E eu escolhi Coroa.

—Você tem me feito tão bem. Preciso descobrir uma maneira de agradecê-la algum dia.

Ela balançou a cabeça.

—Você me resgatou — disse, com o tom calmo e decidido. — O rei Etan me resgatou. *Eu* faço isso para agradecer *vocês*. — Ela deu um passo para trás para conferir o trabalho de suas mãos. — Agora, sim. Linda.

— Eu não confessaria isso para mais ninguém, mas estou muito nervosa.

— Com a proximidade entre vocês dois, não tem como essa reunião dar errado.

Engoli minhas palavras, pensando que, com a nossa proximidade, aquela poderia ser a reunião mais difícil do meu reinado.

Valentina bateu à porta e os guardas a abriram para mim. Saí, com ela segurando minha saia, e comecei a cumprimentar os presentes. Ao lado da plataforma, Hagan estava à minha espera com o braço estendido.

Hagan era aquilo que Valentina chamara de "um espécime perfeito". Alto, nariz fino e cabelo castanho-escuro. Seus ombros largos lhe deixavam impecável em qualquer coisa, e ele, sobretudo, pertencia a uma das mais antigas famílias de Coroa. Na época em que minha mãe tentava trocar o que presumia ser um breve relacionamento com Jameson por uma proposta de outra família da alta nobreza, Hagan nem sequer aparecia em sua lista. Ele era bom demais para mim.

— Bom dia, majestade — ele me cumprimentou com um sorriso fácil no rosto. — Que escolha interessante. A senhora está linda.

— Obrigada.

Ele me conduziu para diante do público, enquanto eu treinava o ritmo da minha respiração.

Lá estava o meu trono, e o de Etan. O assento de Hagan ficava à minha direita, e à esquerda de Etan havia uma cadeira para Ayanna. Tinha ouvido dizer que o encorajaram a encontrar uma pretendente bem rápido. Ele e eu estávamos em situações parecidas: éramos os últimos membros de nossas dinastias.

Lancei um olhar para Valentina, para perguntar se minha aparência ainda estava boa. Como se algo tivesse mudado nos últimos três minutos. Ela assentiu para me reassegurar, e eu uni as mãos na cintura, na esperança de aquecer o frio na barriga, mas, em vez disso, senti meu anel. Baixei os olhos rapidamente para o presente de minha mãe, herança de Jedreck. Nas nossas muitas correspondências, Etan nunca o pedira de volta, mas, como eu agora era rainha de Coroa, impossibilitada de ser uma isoltana, perguntava-me se deveria devolver. Tratava-se de um dos muitos detalhes a acertar naquela visita.

As trombetas soaram, anunciando a chegada deles, e senti o coração saltar no peito. Etan estava ali. Respirávamos o mesmo ar. Fixei os olhos cheios de expectativa no caminho até o centro do Grande Salão, provavelmente revelando o meu desejo desesperado de ver seu rosto novamente.

Primeiro vi seu sapato. E bastou isso para que eu me perdesse. Ele estava com o cabelo mais curto, mas ainda havia uma mecha rebelde ameaçando cair sobre o olho. Tinha deixado crescer uma barba muito curta, que emoldurava de maneira charmosíssima o sorriso desenhado em seu rosto.

Balancei a cabeça, e pelo visto tivemos a mesma ideia, o que não deveria me surpreender.

Enquanto sua comitiva trajava diversos tons frios de azul, o paletó de Etan era vermelho. Ele era um brilho de fogo na noite. E eu? Usava o vestido mais azul que tinha e enchera meu cabelo de prata. Por ele.

Ele se aproximou e curvou-se diante de mim. Ao fazê-lo, permitiu que eu notasse a garota delicada logo a seu lado, com o cabelo preso num coque sofisticado e um rosto angelical e comedido.

Por uma fração de segundo, esqueci da minha posição. Retribuí seu cumprimento com uma reverência, um pouco impulsiva. Soltei um suspiro. Já tinha começado errando.

Desci da plataforma, com os braços estendidos, e ele tomou com alegria minhas mãos.

— Isso é o melhor que você conseguiu fazer? — perguntou, cutucando a gola do meu vestido. — Parece uma poça d'água.

— Suponho que você tenha perdido o guarda-roupa pela estrada e por isso veio com essa manta de cavalo, não?

Ele riu.

— Funciona bem na hora do aperto.

Abri um sorriso, olhei para além dele, e levantei a voz:

— Caros amigos, obrigada por virem. Tenho consciência de que este encontro ocorre muito antes do esperado. Agradeço sua disposição para virem visitar-nos e pelo seu apoio, ainda que de longe. Alguns de vocês cavalgaram até este mesmíssimo palácio por minha causa, e não me esqueci disso. Por favor, sintam-se em casa. São mais do que bem-vindos aqui.

Houve aplausos educados pelo salão, e Etan ainda segurava minha mão quando subimos para a plataforma. Lá, Hagan me aguardava, e lembrei-me a quem deveria dar o braço.

— Majestade, por favor, permita-me apresentar-lhe a Sir Hagan Kaltratt. Ele será meu acompanhante durante a sua estada.

Etan estendeu a mão.

— É um prazer conhecê-lo. Espero que tenhamos tempo para conversar.

Hagan apertou a mão de Etan.

— Eu adoraria. Ouvi dizer que o senhor é um grande cavaleiro de torneios de lanças. Agradeceria qualquer conselho que me desse.

Etan riu.

— Infelizmente ganhei apenas um torneio. Foi sorte. — A essa palavra, ele lançou-me um olhar. — Muita sorte. Mas mesmo assim posso acompanhá-lo até a arena quando o senhor estiver livre.

— Excelente.

Etan tomou a mão da garota ao seu lado e a aproximou de mim.

— Majestade, gostaria que conhecesse Lady Ayanna Routhand. É uma das mais brilhantes damas da corte de Isolte, e morre de vontade de ter aulas de dança com a senhora.

— É mesmo? — perguntei para ela.

— Sua sogra me contou todas as suas aventuras. E Lady Scarlet fala de como as senhoras costumavam dançar.

Agarrei o braço de Etan.

— Elas estão aqui?

— Ficaram enroladas. Vêm hoje à noite — ele respondeu, achando graça.

— Seus pais? — precisei me conter para não os chamar de tia e tio.

— Estão cuidando de tudo na minha ausência, mas enviam seu amor, como sempre.

Não conseguia conter a alegria. Etan estava ali, e minha mãe logo se juntaria a ele, assim como Scarlet. Eu não havia percebido o tamanho da saudade que tinha deles, mas, assim que me acostumei com a situação, me senti muito mais leve. Como o objetivo da visita não era fazê-los ficar de pé aos risos comigo, gesticulei para que Etan me acompanhasse até os nossos assentos. Hagan, sempre um cavalheiro perfeito, foi até Ayanna e a levou para conhecer algumas das famílias mais influentes da corte.

— Ela é um doce — comentei.

— É. Um doce, ansiosa por aprender... Meu pai aprova, o que já é alguma coisa.

Fiz uma careta.

— E tia Jovana?

Ele franziu a testa.

— Não demonstra muito afeto por Ayanna.

— Tenho certeza de que vai acabar aceitando.

— Acho que sim. — Mas algo na posição do queixo dele me dizia que era improvável. — O que é tudo isso? — ele perguntou, apontado para a parede. Havia uma cortina ao lado dos vitrais com momentos do passado de Coroa. — Quebraram alguma janela?

— Não quebraram nada. Mandei instalar uma nova. Vamos revelar ao pôr do sol. A luz estará perfeita.

— Você sabe isso melhor do que ninguém.

Ele sorriu e me levou até os tronos. Quando nos sentamos, seu rosto ficou muito mais sério.

— Como você está se saindo, Hollis? Fale a verdade.

Engoli em seco.

— Bem, eu acho... Não tenho nenhum parâmetro. Ao contrário de você, não nasci nos entornos da realeza, de modo que já infringi duas leis sem querer, por pura ignorância. Os clérigos fizeram uma semana de orações por mim.

Isso o fez rir.

— Bom, se alguém precisa de orações, é você...

Dei-lhe um tapinha, sem deixar de sorrir, porque, embora ele estivesse diferente, ao mesmo tempo era o Etan de quem eu me lembrava.

— Estou melhorando, mas tenho pavor de estragar alguma coisa. Antigamente, quando eu cometia um erro, prejudicava apenas a mim mesma, ou talvez a quatro ou cinco pessoas próximas. Agora? Eu prejudicaria tanta gente, Etan. E isso me deixaria arrasada.

— Então escreva para mim — ele disse, com a mão sobre a minha. O toque me deixou arrepiada. — Eu não sei tudo, mas tenho bastante experiência. Poderei ajudar.

Inclinei a cabeça para ele.

—Você tem o próprio país para cuidar. Um país com duas vezes o tamanho do meu, devo acrescentar. Não pode parar o que está fazendo para me salvar.

— Mas pararia — ele sussurrou. — Eu faria... Faria muito mais se pudesse.

Engoli em seco.

— Eu sei. Eu também — baixei o tom de voz. — Não acredito que não pensei no que isto ia significar... para nós.

Ele deu de ombros.

— Nem eu pensei. Na hora, só fiquei feliz por você. Por vê-la se tornar rainha.

— Se eu tivesse me dado conta na hora, jamais teria...

— Teria, sim. Teria aceitado a coroa num piscar de olhos, porque, apesar da minha primeira impressão, você é muito mais do que um enfeite. É corajosa, talvez beirando a burrice. — Essas palavras me fizeram rir. — E é generosa. Tem uma lealdade inabalável... Tantas coisas, Hollis. Coisas que eu gostaria de ter notado antes.

Virei o rosto. Todo o brilho ao meu redor começava a

apagar. Pensei que seria um conforto muito esperado rever Etan... Agora, me perguntava quanto conseguiria aguentar daquilo.

— Acho que, para o bem de nós dois, este deve ser o nosso último encontro pessoal.

Quando ousei levantar os olhos para ele de novo, Etan parecia estar prestes a chorar.

— Acho que você tem razão. Não sei se aguentaria continuar assim pelo resto da vida.

Assenti.

— Estou um pouco cansada. Talvez me retire. Mas tenho tanta coisa para lhe perguntar esta tarde, negócios a fazer. Acho que podemos fazer muita coisa boa. Sempre trarei Isolte no coração.

Ele abriu um sorriso belo e derrotado.

— Eu sei. E meu coração sempre viverá em Coroa.

Engoli em seco. Não podia nem mesmo dizer adeus. Levantei-me e fiz uma reverência aceitável antes de me retirar para os meus aposentos com a maior velocidade possível sem dar a entender que tinha sido ofendida ou coisa assim.

Não fechei a porta ao passar, e Valentina entrou rapidamente, seguida por dois clérigos. Eles eram como que sombras minhas. Na maior parte do tempo, eu não me importava. Precisava tão desesperadamente de ajuda que agradecia quando alguém vinha me mostrar o caminho certo. Não sabia o que pensar da presença deles agora.

— Majestade? — Valentina perguntou, ao me ver desabar em soluços.

— Não consigo. Eu o amo demais, Valentina. Como vou viver sem ele?

Ela me deu um abraço.

— Não é justo. Tantas pessoas acabam vivendo sem aqueles que amam. Aqui está você, com todos os recursos do mundo, e não consegue fazer isso acontecer. É cruel, Hollis. Sinto muito.

— Majestade? — Langston perguntou. — Ele não a ofendeu, certo?

Fiz que não, chorosa. Eu não saberia explicar aquilo que todas as pessoas próximas já sabiam: a dor no meu coração era culpa minha.

Agarrei-me com força a Valentina. Sentia-me tão tola por aceitar a coroa, por fazer o juramento antes de perceber que isso significava perder Etan para sempre, antes de perceber que, como monarcas, Etan e eu estaríamos para sempre ligados aos nossos países, sem escapatória.

Os clérigos não sabiam bem o que fazer com uma mulher aos prantos. Já me disseram a coisa errada mais de uma vez, preferindo ficar calados na falta das palavras certas.

— Majestade — Langston disse —, se vale algo, sentimos muito. Pensávamos ter descoberto o que era uma desilusão amorosa quando a senhora partiu. Jameson estava praticamente inconsolável. Mas, ainda assim, nunca o vi arrasado. Sentia raiva, sentia a vaidade ferida, o desejo de se vingar... Nunca foi assim. — Ele então se aproximou e falou com suavidade: — Mas conhecemos a sua força. E seu povo a ama. A senhora superará isso.

Fiz que sim e falei por entre as lágrimas:

— Claro que sim. Perdoem-me. Vou descansar e me preparar para nossa reunião mais tarde. Temos muito trabalho a fazer durante esta visita, e não vou decepcioná-los.

Os clérigos curvaram-se e saíram do quarto, fechando a porta.

— Venha — Valentina disse. — Vamos secar essas lágrimas. Não será bom que a vejam assim.

— Se existe uma pessoa que sabe o que é isso, é você.

Ela me abraçou mais forte.

— Eu sei. E não vou deixá-la cair, Hollis.

A parte triste é que eu já tinha caído. E num poço tão fundo que não havia como voltar.

Trinta e sete

— Receio que minha lista seja longa demais — preveni Etan enquanto contornávamos a mesa comprida no meu novo gabinete.

Os clérigos estavam de pé ao lado das próprias escrivaninhas, com livros e rolos à mão caso fosse necessário confirmar algo. Ayanna e Hagan sentaram-se em cadeiras lado a lado, cochichando perguntas e respostas entre si, os prometidos dos dois jovens governantes.

— Eu também — Etan disse ao colocar alguns papéis na mesa diante de nós. — Primeiro as damas.

Abri um sorriso.

— Bom, mesmo antes de ser rainha, invejava os avanços da medicina de Isolte. Gostaria de começar uma espécie de programa em que os cidadãos de Coroa com interesse no assunto pudessem estudar lá. Claro, o número seria limitado e haveria uma seleção; não quero enviar uma horda para o seu reino. Mas você concordaria com algo nesse sentido?

Ele pensou um pouco.

— Por que nós não enviamos alguns dos nossos melhores médicos para cá? Talvez pudéssemos organizar cursos alternados. Passar por duas ou três regiões de Coroa? Você saberia dizer onde eles seriam mais úteis.

Fiquei surpresa.

— Isso seria de uma generosidade incrível. De imediato, gostaria de algo aqui, onde a população é grande e precisa de cuidados, e nas regiões mais pobres, onde é difícil ter acesso aos recursos de tratamentos. Assim que um grupo de pessoas estiver treinado, podiam tornar-se professores, e os seus médicos poderiam voltar para casa.

Ele concordou.

— Anote que precisaremos buscar dez médicos dispostos a morar e lecionar em Coroa. Nós cuidaremos da moradia e da alimentação.

Um dos pajens dele registrou tudo.

— Obrigada. — Suspirei, emproando o corpo. — Essa foi fácil. Muito bem. Sua vez. O que você mais deseja?

Ele se virou e olhou para mim por um bom tempo. Não foi a melhor escolha de palavras; era uma pergunta que nenhum de nós podia responder com sinceridade. Ouvi Hagan pigarrear, e por fim me afastei.

Etan pegou um rolo de papel.

— Este é o projeto de que mais gosto.

E o desenrolou na mesa, colocando um peso em cada ponta, revelando para mim um mapa do continente.

Forcei a vista, deixando meus dedos correrem pelo papel.

— Acho que não entendi.

Ele apontou para uma tênue linha vermelha onde Coroa e Isolte se encontram.

— Quando você falou para Quinten que ele deveria simplesmente ceder aquele território, achei uma das melhores ideias que ouvi na vida. Com a recente mudança de monarcas — ele começou, dirigindo-me um olhar intenso —, não tenho mais ouvido notícias de conflitos na fronteira. Parece que as pessoas estão ocupadas com outras coisas. Mas quero cortar as animosidades pela raiz. Sugiro uma nova fronteira, em que essas duas seções de território passem para Coroa.

Ele correu o dedo pela linha vermelha e então pude enxergar como ela entrava quase imperceptivelmente em Isolte; mal diminuía o território total, mas mudava tudo.

Inclinei-me para Etan e sussurrei:

— Não posso deixar de comentar que até agora tudo parece beneficiar a mim.

— É tudo o que posso fazer, Hollis. Por favor, não me detenha.

Engoli em seco. Dessa vez, foi Ayanna que pigarreou.

Tentei esconder, fingir que meu mundo não girava em torno do sorriso dele. Tinha certeza de que cada milímetro do meu corpo me entregava e, por mais que tentasse, não podia fazer nada. Espiei a pretendente de Etan por trás dele.

Tive a nítida sensação de que tanto ela quanto Hagan ficariam contentes quando a visita terminasse.

— Muito bem. De acordo — falei.

— Ah, maravilhoso. Aprendeu a receber ordens. Não vejo a hora de escrever à minha mãe para contar isso.

— Escrever? Então você finalmente dominou o alfabeto? Ela deve estar muito orgulhosa.

Continuamos a conversar sobre comércio, estradas e arte por horas. Honestamente, eu não compreendia por que nossos antecessores dificultavam tanto as coisas. Embora Etan e eu não estivéssemos alinhados em tudo, e embora os guardiões da lei precisassem intervir de vez em quando, tudo avançou sem solavancos.

Iniciar um diálogo sem partir do pressuposto que o rei vizinho queria a minha ruína, e vice-versa, mudava tudo.

O mundo mudava quando escolhíamos não entrar em uma sala encarando todos os presentes como inimigos.

Finalmente, Etan esfregou a testa.

— Acho que preciso de um intervalo agora. Podemos deixar os papéis na mesa e retomar de onde paramos amanhã, se quiser.

Concordei.

— E acho que tem um baile marcado para hoje à noite, então preciso descansar um pouco antes.

— Bom, você não precisa dançar, majestade — Hagan propôs. — Estou certo de que as outras damas da corte ficarão felizes em entreter os convidados em seu lugar.

Ayanna levantou-se.

— Algumas damas de Isolte ensaiaram uma dança coreografada para a senhora. Um presente. Nada impressionante, estou certa, mas...

— Não, não! — falei com um sorriso. — Que delicadeza. Não vejo a hora de ver.

Eu me virei para Etan.

— A ideia foi toda dela — ele gabou-se.

Gostei de ver que a dama era atenciosa. Ele precisava de alguém que o pusesse em primeiro lugar, que pusesse os outros em primeiro lugar em geral.

— Cavalheiros, dão-nos licença? Acho que gostaria de mostrar os jardins para Lady Ayanna.

Ela sorriu e arregalou os olhos, respirando fundo, preparando-se para estar a sós na minha companhia.

— Venha — falei, estendendo-lhe o braço. — Vai amar as flores.

Enquanto caminhávamos, eu apontava as belas características da nossa arquitetura e as várias alas do palácio. Meu lar.

Por muito tempo, não soube ao certo onde era meu lar. Mas no momento era aqui. Certo? Tinha que ser. Era onde eu dormia, comia, governava. Mas imaginava que, enquanto Etan Northcott não estivesse sob o mesmo teto que eu, nenhum lugar me daria a sensação de lar.

— Então, sobre o que queria falar? — Ayanna arriscou.

— Estou certa de que não me trouxe aqui apenas para olhar as flores.

— Bom, achei que seria bom conhecê-la. Tenho certeza

de que trocaremos cartas ao longo dos anos, ainda que não nos encontremos de novo.

— É... Está em seus planos não nos encontrar de novo?

— Provavelmente — respondi, ignorando seu suspiro trêmulo de alívio. — Mas me fale de você. Como conheceu Etan?

Ela sorriu ao recordar.

— Meus pais nos apresentaram. Fiquei doente no dia do casamento de Hadrian, então não pude conhecê-la, não pude ver sua majestade vencer o torneio nem voltar com um exército. Depois de tudo ficar bem e eu sarar, fomos até Chetwin prestar homenagens e jurar fidelidade. Tenho morado no castelo desde então, de modo que conseguimos passar muito tempo juntos. — Ela deu de ombros, tímida. — Como a senhora conheceu sua majestade?

Comecei a rir.

— Ah, foi aqui no Grande Salão. Ele me insultou, e eu retruquei. Começamos muito bem.

Ela riu.

— Sério? Nunca ouvi Etan insultar ninguém.

Revirei os olhos.

— Sorte sua. Parece que nos comunicamos através de provocações.

Ayanna se deteve e largou meu braço.

— Se é assim... Como os dois parecem tão felizes quando estão no mesmo ambiente?

Tive certeza de estar corada, mas ainda tentei negar.

— Ele é como se fosse da minha família. Casei-me com o pr...

Ela me interrompeu:

— Eu já conheço a história toda. Mas faz uma semana que ele não tira o sorriso do rosto. E quando estávamos no gabinete, ele fingia precisar pegar alguma coisa só para tocar a sua mão. Portanto, se vocês dois vivem para discutir, por que parece que... — Ela não teve forças para concluir. — Sou forte o bastante para aguentar, sabia? Posso me conformar em perdê-lo; só preciso que alguém me conte a verdade.

Lá estava: um dos muitos momentos que eu temia. Queria dizer-lhe que parasse de lutar por ele, que, se chegássemos a esse ponto, eu ganharia todas as vezes. Mas eu não podia. Não podia lutar por Etan nem desperdiçar meu tempo odiando-a.

Ayanna era a única pessoa que podia cuidar dele por mim, assim, minha única escolha era ser sincera e amá-la apesar disso. Eu precisava defendê-la.

Agarrei-a pelos braços.

— A verdade é que ele é o mundo para mim. Não vou ter a crueldade de mentir para você. Mas Etan não pode vir antes da coroa. Eu *jurei* servir Coroa, e não posso abandonar meu trono. Assim como ele. Não sobrou ninguém para assumir nosso lugar. Então, você não precisa temer. Estou aqui, e ele está lá, e, depois desta viagem, você provavelmente nunca mais verá meu rosto.

Ela baixou o rosto e se voltou para o jardim. As flores ainda resistiam, mas o outono estava próximo. Logo, tudo ali adormeceria.

—Você diz que Etan nunca poderá vir antes da coroa. Mas eu nunca poderei vir antes de você — ela lamentou.

— Não é verdade. Nós dois vivemos juntos uma história monumental. Isso forjou uma amizade mais profunda do que qualquer outra. Mas nossos caminhos vão se separar. Com o tempo, as coisas serão diferentes, eu prometo.

Aquela não era a conversa que eu imaginara ter com ela. Queria apenas conhecer melhor o seu caráter. Mas sabia meu papel, que me levava a um canto do mundo, oposto ao de Etan. Se tudo que eu podia lhe dar era uma noiva confiante, era isso que faria.

— E Hagan? Ele parece tão bondoso.

Voltei a dar o braço para ela, e retomamos o passeio. Talvez, se continuássemos, as coisas se resolveriam ali mesmo.

— Ele é. É perfeito, de verdade. Bonito, carinhoso, sempre pensa em mim primeiro. Não consigo imaginar um homem melhor em Coroa para fazer a função de meu consorte. — Fiz questão de escolher bem as palavras, e me perguntei se ela captou. — Hagan será meu príncipe, você será a rainha de Etan, e eu gostaria que todos pudéssemos ser amigos.

Ela inclinou a cabeça e me olhou.

— Mesmo?

— Mesmo.

Ayanna abriu um sorriso cauteloso e frágil. Não era uma garota ruim. Em alguns aspectos, as coisas teriam sido muito mais fáceis se fosse.

— Já fez uma coroa de flores? — perguntei-lhe. —Venha, vamos fazer uma para você usar esta noite.

Trinta e oito

Graças a Silas, eu tinha aprendido muitas coisas. Aprendi o que era o amor. Aprendi que o bom humor e a seriedade podiam andar de mãos dadas. E, em termos práticos, aprendi que dava para fazer muitas coisas com metal.

— Que linda — Nora comentou. — Onde você foi arranjar uma pena dourada?

Sorri diante do meu reflexo no espelho.

— Ah, em algum lugar pelo caminho.

Com a penugem espaçada, foi fácil para a minha costureira passar um fio de ouro pelos vãos e prendê-la à frente do meu vestido, ofuscante de tão lindo e brilhante. Alguns poderiam considerar ostentação prender algo tão grande no corpete, mas, se eu não podia simplesmente declarar a Etan que o amava desesperadamente, queria ao menos mostrar-lhe por todos os meios a meu dispor que ele estaria o tempo todo no meu coração.

Eu tinha voltado a usar o meu dourado de sempre. Não tinha certeza, mas achava que ele gostava de mim nessa cor. E, embora fosse adequado usar coroa, prendi algumas flores do jardim nela, na tentativa de ser Hollis e rainha ao mesmo tempo. A noite seria um pouco menos formal, e quis dar a ele imagens de mim que pudesse guardar, não importava o que acontecesse. E muitas coisas aconteceriam. Dois países diferentes, dois casamentos inevitáveis, e anos governando lado a lado quase sem se falar.

Tínhamos sobrevivido a muita coisa. Podíamos sobreviver àquilo.

Quando adentrei o Grande Salão, o jantar já tinha começado.

Dois homens de Isolte aproximaram-se de mim, curvando-se e levando um joelho ao chão.

— Majestade, não sei se se lembrará de nós, mas acompanhamos o rei Etan quando a senhora veio confrontar Jameson. Sabemos do seu enorme papel para que nós enfim tivéssemos um rei justo, e estamos felizes de ver que Coroa agora conta com uma rainha honrada. Gostaríamos de apresentar o nosso respeito.

Eles baixaram a cabeça, demonstrando mais humildade do que eu julgava merecer.

— Cavalheiros, os senhores arriscaram a própria vida mais de uma vez naquele dia. Eu é quem deveria honrá-los.

— Ah, não, senhora — um respondeu com firmeza. — Sabemos da sua coragem. Sua majestade fala muito bem da senhora.

Eu ri.

— Bom, sei como é difícil ganhar elogios dele, de modo que os receberei como o maior dos louvores. Por favor, levantem-se, senhores, e aproveitem. Espero que estejam se sentindo muito bem-vindos.

Ambos se ergueram com uma expressão estranha no rosto. O que tinha permanecido calado gesticulou, sem jeito, para o salão.

— Já estive em Coroa incontáveis vezes, e nunca me senti tão em casa. Devo atribuir a mudança à bela e generosa rainha.

— Obrigada. Significa muito para mim.

Ambos inclinaram a cabeça mais uma vez e foram juntar-se à comemoração.

Hagan veio ao meu encontro quando eles saíram e começou a caminhar dois passos atrás de mim como um filhote de pato. De repente, me detive para examiná-lo.

Ele era tudo o que eu dissera a Ayanna. Atencioso, bonito. E seria um bom pai, dava para ver. Não tinha grandes ambições e não exigia nada. Até onde eu notava, parecia não incomodado pela hierarquia entre nós... Hagan era o melhor que eu poderia ter.

— Veja como as coisas correm bem, majestade — ele disse ao contemplar o salão.

Segui seu olhar, e ele estava certo. Na última vez em que coroanos e isoltanos se encontraram neste castelo, ocorreram discussões mesquinhas e um ar de desconfiança marcou a visita. Agora, eu via gente de azul brindar com gente de vermelho, pessoas de cabelo escuro darem tapinhas nas costas de pessoas loiríssimas, ambas rindo da mesma piada. Estava tudo tão... feliz.

Estava tão envolta em meus pensamentos que mal percebi que alguém apareceu na minha frente.

— Majestade.

Olhei para a figura que, apesar de curvada, me encarava, e comecei a chorar sem nem pensar duas vezes.

— Mãe!

Eu a puxei e caí em seus braços. Ah, como eu precisava daquilo. Precisava de alguém a quem abraçar, alguém para cuidar de mim como ninguém mais podia. Precisava de alguém que me amasse.

— Minha vez.

Levantei os olhos e vi Scarlet aguardando atrás dela. Passei de um abraço para o outro.

— Senti tanta saudade de você.

— Não mais do que eu senti de você.

Elas continuaram abraçadas comigo, ali no meio do Grande Salão, e, pela primeira vez, me senti completa. Sabia que elas voltariam para Isolte, que não podia mantê-las ali. Mas, por ao menos um dia, eu tinha uma família.

— Desculpe o atraso — Scarlet disse. — Sua majestade deixou alguns encargos na corte e houve alguns imprevistos. Ele nos tem feito tão bem que não queríamos decepcioná-lo.

Logo atrás de Scarlet, Julien acenou educadamente para mim com a cabeça, radiante ao correr os olhos pelo salão.

Fiquei muito feliz de ver que ele ainda estava ao lado de Scarlet.

Eu tomei a mão dela.

— Como Etan tem se saído? Conte o que ele não contaria.

Scarlet sorriu. Sorriu de verdade. A garota que dançou nos meus aposentos estava de volta depois de todo esse tempo.

— Ele tem se saído tão bem, majestade. A senhora não tem com que se preocupar. Está caçando quem fez parte dos Cavaleiros Sombrios e revitalizando a parte da cidade perto do castelo. Todo dia tem uma ideia nova para melhorar Isolte. As pessoas o acolheram de braços abertos, e somos um país pacífico. Finalmente.

A tensão nos meus ombros se desfez.

— Graças aos céus. Então tenho tudo o que poderia pedir. Quase.

— Com licença.

Um calafrio me subiu pelas costas quando constatei que reconhecia a voz dele em qualquer circunstância. Virei-me para trás, e Etan estava lá.

— Se eu puder roubá-la da sua família, acho que nós deveríamos dar o exemplo, majestade — ele disse, estendendo a mão.

Ao lado dele, Ayanna sorriu, inclinando a cabeça de lado para me dizer que estava tudo bem. Olhei para Hagan.

Ele levantou as mãos e falou, com um sorriso fácil:

— Quem sou eu para contradizer um rei?

— Muito bem — falei, com um suspiro.

Conforme ele nos conduzia ao centro do salão, os casais na pista foram nos dando passagem. Quando ficamos frente a frente, vi que ele fazia o mesmo que eu: seu olhar percorria atentamente o meu rosto e guardava cada detalhe na memória. Por fim, sua atenção recaiu sobre o meu vestido.

— Sempre me perguntei o que teria acontecido com aquela pena. Faz você parecer uma guerreira. Gostei bastante.

A música começou e as notas que já havíamos dançado um dia preencheram o salão. Claro. Curvamo-nos, fizemos reverências e rodeamos um ao outro.

— Gosto de pensar que ela nos dá um pouco de sorte.

Voltamos a ficar frente a frente.

— Também guardo a nossa sorte comigo — ele disse ao dar dois toques no bolso do paletó. A borda dourada de um lenço despontava.

Girei, sem tirar os olhos do bolso dele.

—Você disse que tinha perdido.

Ele balançou a cabeça.

— Nunca perdi. Só não queria devolver. — Em seguida, pensou melhor e acrescentou: — Bom, perdi uma vez, e revirei meu quarto até encontrar. Não saio de casa sem levá-lo no bolso.

— Quando você ficou tão romântico? — provoquei.

— Sempre fui. Você só me odiava demais para ver.

Apertei os lábios de brincadeira, pensativa.

— Só odiei você por um dia. Talvez.

— Gostaria de poder dizer o mesmo — ele disse, balançando a cabeça. — Se soubesse como nosso tempo seria limitado, como você seria importante para mim, não teria desperdiçado.

—Temos mais um dia. Não vamos cometer o mesmo erro.

Ele fez que sim, se calando enquanto continuávamos a dança. Por que ela tinha parecido tão mais longa em Isolte? A música se aproximava do fim, e ele ia me erguer. Essa talvez fosse a última desculpa que teria na vida para estar nos braços de Etan.

Ele me ergueu, os olhos cravados nos meus... e não me baixou. Permaneceu me segurando, me encarando, até a música parar.

Quando finalmente me colocou de volta no chão, o salão todo aplaudia nossa dança, e eu estava um pouco sem fôlego.

Num mar de olhos, eu só conseguia enxergar os dele. Senti meu corpo inclinar-se em sua direção, cada vez mais perto. Ele engoliu em seco antes de desviar o rosto, e me vi precisando urgentemente de uma distração.

—Acho que agora é um bom momento. Aqui.

Tomei a mão dele e o puxei para o lado do salão onde ficavam as janelas. Acenei para Hagan e Ayanna, que conversavam bem próximos. Perguntava-me que segredos estariam trocando. Quaisquer que fossem, eles os abandonaram para juntar-se a nós. Alguns clérigos já nos aguardavam ali, atentos como sempre.

— Langston, você poderia revelar o vitral ao nosso convidado?

Embora tivesse demonstrado preocupação com a nova janela no começo, Langston não podia refutar o fato de o nosso momento histórico ser único. Ele assentiu para outro homem, que, com muito entusiasmo, puxou a corda. O sol ainda estava um pouco alto, mas iluminou o vitral perfeitamente. Concentrei-me no rosto de Etan enquanto ele contemplava a cena.

— É você — balbuciou.

Confirmei. Sim, era eu. Eu estava gravada num vestido vermelho, o cabelo solto, parada bem em frente ao castelo. Mas o vitral não era apenas um tributo a mim. Ao fundo, havia uma linha de dezenas de homens de azul, e bem na frente deles...

— Sou eu!

Falei, em voz baixa:

— Verei você todos os dias. E todo o povo de Coroa vai saber quem você é e o que fez por nós.

Vi seu pomo de adão descer e subir no pescoço enquanto ele tentava conter as lágrimas.

— Isso é grandioso, Hollis.

— É o mínimo que posso fazer. Nada parece o bastante.

Ele engolia em seco.

— Amei. Amo...

Ele baixou o olhar para mim, sem completar a frase.

Estávamos presos às nossas coroas, e era uma dor excruciante saber o quanto nos amávamos sem poder fazer absolutamente nada a respeito.

— Se me dá licença, majestade, creio que a agitação do dia me deixou cansado — ele disse.

Quando Etan se virou, seus dedos roçaram de leve os meus. Ele se retirou do salão. Ayanna o seguiu, e não pude entender muito bem a expressão em seu rosto. Estava triste? Frustrada? Em todo caso, não parecia nada bom. Quando ela saiu, minha mãe e Scarlet se aproximaram.

— Que belo gesto, majestade — minha mãe disse.

— Por favor, posso ser apenas Hollis para vocês? — perguntei, muito perto das lágrimas.

Scarlet abraçou minha cintura enquanto minha mãe acariciava meu cabelo.

— Claro. Você sempre será a minha Hollis. Mas veja só no que se transformou! E veja o que conseguiu. Etan lutava contra tudo e contra todos; tinha desistido da vida, e você o salvou. E você! Você enfrentou os monstros da sua vida e desfez injustiças horríveis. É a primeira rainha a reinar na história de Coroa e, céus, olhe ao seu redor.

Olhei. Olhei atenciosamente.

— Você uniu o que a maior parte das pessoas pensou ser impossível. Só isso já é um feito para os livros de história — ela disse.

Foi então que me ocorreu uma ideia. Provavelmente era idiota e imprudente, e talvez até impossível. Mas eu não tinha nada a perder, e valia a pena tentar.

— Chamem Valentina. E Nora também. Preciso de todas vocês. Preciso da sua ajuda.

Trinta e nove

O SOL JORRAVA PELAS JANELAS, E EU CONTINUAVA DEBRUÇADA sobre as leis. Minha mãe, Scarlet, Valentina, Nora e eu trocávamos livros vez ou outra, conferindo tudo.

Valentina soltou um longo bocejo.

— Acho que não é *ilegal* — falou. — Só não sei ao certo se alguém pode ter argumentos contrários. Nora?

— A linguagem que eles usam é impossível. Tenho que consultar o dicionário o tempo todo. Por que não escrevem de maneira simples? — Nora lamentou.

Scarlet esfregou os olhos.

— Não vejo nada contra. Mas, sabe, as coisas começaram a se misturar num borrão quatro horas atrás.

— Acho que vou desmaiar — minha mãe acrescentou.

— Eu sei, sinto muito — disse, um pouco grogue. — Mas todos vão partir esta noite. Se eu quiser agir, tem que ser agora.

Exaustas, mas fiéis, minhas amigas e minha família voltaram aos livros de direito e história diante de nós. Minha sensação era a de atirar flechas no escuro na tentativa de encontrar algo que eu não sabia se existia.

— Hollis... — Valentina repentinamente parecia despertar, lendo uma parte da lei de novo. — Veja isso.

Ela me entregou um dos calhamaços, indicando um trecho. Li três vezes para confirmar que tinha entendido certo.

— Acho que é isso... Valentina, acho que você encontrou!

— Ah, graças aos céus. — Scarlet suspirou. — Posso dormir agora?

— Minha cama fica para lá — falei. — Todas vocês, descansem um pouco. Vou arranjar outra pessoa para me vestir, Valentina. Você já fez demais.

Ela balançou a cabeça.

— Se você vai fazer isso mesmo, não confio em mais ninguém para vesti-la. Venha.

Eu a segui até meu dormitório, onde minha mãe e Scarlet despencaram sem cerimônias na minha cama. Nora, um doce, caiu toda torta numa poltrona grande, e apagou em segundos. Pensei nas noites em claro mais recentes da minha vida. A que passamos caminhando até o solar Varinger. A noite em que Etan foi me buscar quando fugi rumo à fronteira. A que passei chorando depois de ler a carta dele explicando a nossa situação. E a noite anterior.

Recusava-me a considerar qualquer uma dessas noites como um desperdício, mas esta me enchia de esperança.

Valentina me vestiu com mais vermelho. Boa parte do meu guarda-roupa era vermelha. Joguei uma água no rosto e ela deixou meu cabelo apresentável. Olhei-me no espelho, tentando firmar minha determinação.

— Qual é o primeiro passo? — Valentina perguntou.

— Hagan.

Ela assentiu.

— Faz sentido. Como está?

Conferi o que ela tinha feito.

— Perfeito, como sempre. Obrigada.

— Quer que eu vá com você?

Eu ri das olheiras dela.

— Não. Acho que preciso resolver isso sozinha.

— Ah, que bom! — ela disse, desabando no sofá mais perto.

Deixei-a ali e saí rapidamente pelo castelo silencioso nas primeiras horas do dia. Havia uma grande chance de Hagan ainda estar na cama, e eu estava prestes a despertá-lo da maneira mais grosseira possível. As pessoas se curvavam à minha passagem rumo ao quarto dele. Quando cheguei, detive-me um instante, dizendo a mim mesma a cada respiração que eu ia bater à porta. Levei vários minutos para finalmente conseguir.

Seu mordomo abriu a porta e, assim que me viu, curvou-se com nervosismo.

— Laurence, poderia, por favor, dizer a Sir Hagan que estou aqui? Eu espero até ele se vestir se for preciso.

Laurence se levantou e entregou uma carta para mim.

317

— Não será necessário, majestade.

Peguei a mensagem, rompi o selo e li a carta escrita às pressas.

Hollis,

Sinto muito. Sei que você quer amor, e eu também, e parece que nenhum de nós vai encontrá-lo com o outro. Sinto muito, muito mesmo. Um homem melhor talvez seja capaz de fazer isso. Espero que você encontre alguém capaz de assumir esse lugar, porque não sou eu.

Hagan

Talvez a minha primeira reação não devesse ter sido alívio.

— Ele disse aonde ia?

— Não, majestade.

Fiquei ali por um instante, atônita. Não estava com raiva, apenas... surpresa.

— Se descobrir, por favor, me informe, para que eu possa mandar minhas bênçãos. Obrigada.

Dei meia-volta, tentando pensar. Acho que doeu um pouco saber que nem uma coroa foi capaz de fazer a vida ao meu lado tolerável para Hagan. Mas, pensando melhor, o mesmo aconteceu entre mim e Jameson. Não, eu não ia condená-lo por isso. Algum dia, descobriria como agradecê-lo. De verdade. Era o que ele merecia.

Com aquilo resolvido, a única coisa que me restava era encontrar Etan.

Eu não parava de pensar que ele poderia me rejeitar. No mínimo, havia sua devoção a Isolte, e seu caráter era tão forte que ele odiaria magoar Ayanna. Isso podia acabar bem mal, na verdade.

Engoli em seco e subi a escadaria para o seu quarto. Fiz a mesma dança idiota na minha cabeça, dizendo a mim mesma que só precisava respirar um pouco mais antes. Mas, no meio do meu ritual inútil, ouvi uma conversa do outro lado da porta.

Bati e fui atendida pelo próprio Etan. Ele tinha nas mãos um pedaço de papel e parecia perplexo. Depois de escancarar a porta, voltou a usar aquela mão para enfiar a camisa por dentro da calça e endireitar o colete. Seu cabelo estava todo bagunçado, mas combinava com ele.

— Hollis, você sabe algo sobre isto? — ele perguntou, mostrando o papel.

— O que é?

— Passaram debaixo da minha porta ontem à noite. Ayanna foi embora.

Senti o sangue sumir do meu rosto. Soltei um suspiro.

— Talvez eu saiba. Será... Será que pode pedir para seus criados nos deixarem a sós por um instante?

Ainda com o ar de alguém tendo que resolver um enigma para atravessar uma ponte, ele fez que sim, com o olhar perdido. Os mordomos e alfaiates saíram e fecharam a porta.

— É culpa minha — ele disse. — Eu deveria ter lhe dado mais atenção. Fui tomado pela necessidade de me despedir de você da melhor maneira possível, e acho que ela não conseguiu ignorar. Eu causei isso a mim mesmo.

— Ela... Nós conversamos. Ela sabia que havia uma luz no fim do túnel, e tinha esperança. Você não fez nada.

Ele me olhou, chocado.

—Vocês conversaram?

— Sim. As mulheres fazem isso. Recomendo bastante. Resolve muitos problemas.

— Não resolveu este — ele disse, amargurado, atirando-se numa cadeira.

— Conversamos ontem à tarde. Algo deve ter acontecido de lá para cá. Meu palpite é que ela e Hagan ficaram próximos por causa das posições que tinham na nossa vida.

Ele me olhou por entre os dedos tapando seu rosto.

— Por que diz isso?

— Ah, nada. Só que ele também foi embora — respondi antes de mostrar minha carta.

Etan deu um pulo.

— Acha que partiram juntos?

— Como uma isoltana saberia aonde ir sem que um coroano a levasse?

Bufando, ele começou a andar em círculos.

— Hollis… Eu sinto muito. Estragar a minha vida é uma coisa, mas a sua?

— Estou acostumada — falei, dando de ombros.

Apesar da frustração, ele riu.

— Como você consegue ficar calma com isso? Tanto você como eu temos que nos casar com *alguém*. Temos que iniciar uma linhagem, e as nossas melhores opções sumiram.

Balancei a cabeça, sorrindo. Meus olhos encheram-se de lágrimas quando murmurei:

— Não, Etan. Não sumiram.

Ele parou de andar e me encarou, aparentando ao mesmo tempo esperança e ansiedade. Provavelmente estávamos quites nesse quesito.

— Hollis? — ele perguntou, os olhos ainda hesitantes.

Pigarreei.

— Lembra-se de quando sugeriu uma nova fronteira entre Isolte e Coroa?

— Lembro. E quero mantê-la. É a ideia que mais me encanta.

— Bom, e se nós simplesmente… eliminarmos a fronteira?

Sua testa encheu-se de rugas de confusão.

— O quê?

— E se Isolte entregasse a Coroa todo o seu território? E se Coroa entregasse a Isolte todo o *seu* território? E se… não houvesse fronteira entre nós?

Sua expressão tornou-se suave.

— Sem fronteira?

— Sem fronteira.

— Um país?

— Um país.

Vi todas as engrenagens da cabeça dele começarem a funcionar.

— Então, em vez de dois tronos em dois castelos em dois países… os tronos ficariam em um país, em um castelo?

— Com uma sala do trono redonda — propus.

— E um labirinto no jardim. Obviamente.

— Valentina, Nora, minha mãe, Scarlet e eu passamos a noite acordadas lendo as leis e dissecando tudo. Teríamos que formular de maneira diferente, mas faz parte dos meus poderes de rainha adquirir novas terras, absorver outros países. Como Isolte também é uma terra de leis, tenho certeza de que seus poderes são semelhantes. Podemos contornar uma lei com outra. Podemos ficar juntos. — Olhei para ele e dei de ombros. — O que acha?

Ele partiu para cima de mim, esmagando os lábios contra os meus. Eu o agarrei, morta de vontade de tê-lo mais perto. Havia muito espaço entre nós.

— Conseguiremos fazer isso funcionar? — ele perguntou com sinceridade. — Ainda são dois povos diferentes.

— Não como antes, Etan. Observei com atenção tudo nesta visita. As coisas mudaram. Provavelmente por nossa causa. É surpreendentemente fácil ensinar as pessoas a não odiar. Acho que vai dar certo, Etan. De verdade.

Ele me olhou de cima a baixo.

—Vamos ter que começar a usar trajes roxos.

—Vai servir. Eu fico bem com qualquer coisa.

— Hm, acho que sim — ele provocou, apertando-me com mais força e me beijando novamente.

ESTA OBRA FOI COMPOSTA PELA VERBA EDITORIAL EM BEMBO E IMPRESSA PELA GRÁFICA BARTIRA EM OFSETE SOBRE PAPEL PÓLEN SOFT DA SUZANO S.A. PARA A EDITORA SCHWARCZ EM JULHO DE 2021

A marca FSC® é a garantia de que a madeira utilizada na fabricação do papel deste livro provém de florestas que foram gerenciadas de maneira ambientalmente correta, socialmente justa e economicamente viável, além de outras fontes de origem controlada.